KB242949

높은 곳에 오르다

登高

바람 세고 하늘 높이 원숭이 울음소리 애달프고

강기슭 맑고 모래 희디 새 맴돌며 난다

끝없이 나무들에 나뭇잎이 우수수 떨어지고

그치지 않는 장강은 출렁출렁 밀려온다

風急天高猿嘯哀　渚清沙白鳥飛廻

無邊落木蕭蕭下　不盡長江滾滾來

長江水路寨
장강수로채
Fantastic Oriental Heroes
長江

장강수로채 6

박현 新무협 판타지 소설

초판 1쇄 찍은 날 § 2005년 3월 2일
초판 1쇄 펴낸 날 § 2005년 3월 12일

지은이 § 박현
펴낸이 § 서경석

편집장 § 문혜영
편집 § 장상수 · 김민정 · 최하나
마케팅 § 정필 · 강양원 · 이선구 · 홍현경

펴낸곳 § 도서출판 청어람
등록번호 § 제1081-1-89호
등록일자 § 1999. 5. 31
어람번호 § 제2-0538호

주소 § 경기도 부천시 원미구 심곡1동 350-1 남성B/D 3F (우) 420-011
전화 § 032-656-4452 팩스 § 032-656-4453
http://www.chungeoram.com
E-mail § eoram99@chollian.net

ⓒ 박현, 2004

ISBN 89-5831-449-4 04810
ISBN 89-5831-303-X (SET)

박현 新무협 판타지 소설

長江水路寨
장강수로채

Fantastic Oriental Heroes

長江

6 태풍

도서출판
청어람

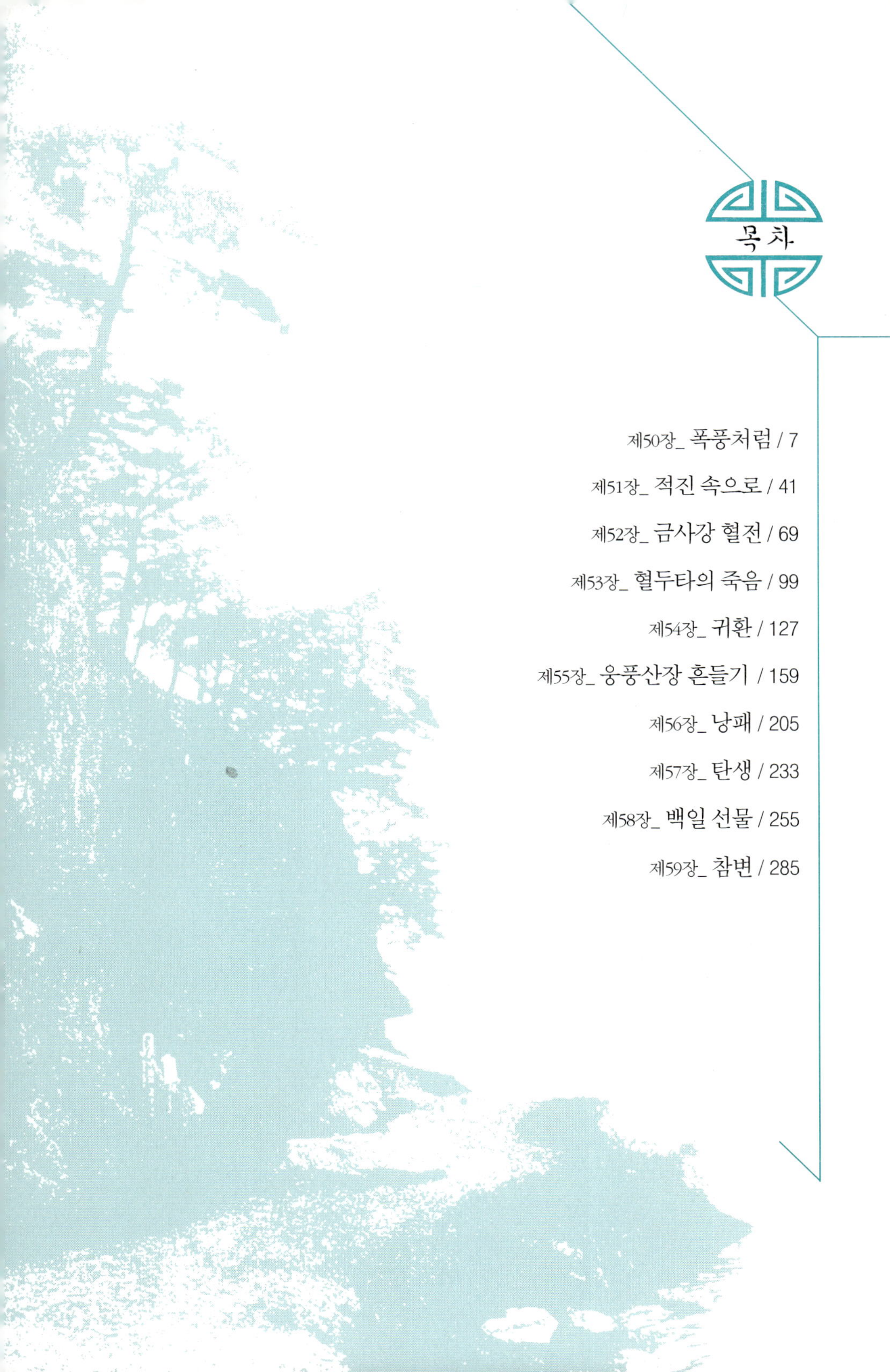

제50장
폭풍처럼

축시(丑時:01시~03시) 말.

금사강에서 초웅현으로 흐르는 물줄기.

찌르르… 찌르르…….

평소처럼 잔잔한 물소리와 풀벌레 소리가 조화를 이루는 수초 밭.

갑자기 어느 한곳이 심하게 흔들리나 싶더니 그 사이로 하얀 눈동자들이 나타났다.

스스스…….

뚫어져라 사방을 살피던 하얀 눈동자들.

누군가의 손이 오르자 수초를 헤치며 움직이기 시작했다.

저마다 중무장한 상태로 사방을 살피며 움직이는 사내들.

그들은 곽무한이 이끄는 연합 세력 중 기습과 유인을 맡은 자들이었다. 도합 팔백에 이르는 그들의 총책임자는 가릉채 부채주 중 한 사람인 수라도(修羅刀) 마천풍.

마천풍이 이끄는 병력은 이삼십여 명씩 짝을 지어 팔(八) 자 형태를 이루며 은밀하게 움직이고 있었다.

바스락!

갑자기 들려온 인기척 소리.

"저쪽!"

마천풍이 손가락으로 건너편 풀숲을 가리키자 쇠뇌와 활을 든 사내들이 낮은 포복으로 움직였다. 그리고 잠시 후,

퓨퓨퓻!

"크으윽!"

섬뜩한 음향과 함께 비명 소리가 들려왔고, 마천풍이 재차 손가락을 치켜들자 이번에는 수중 병기를 든 자들이 숲으로 달려갔다.

서걱! 서거걱!

"아흐으……."

"커컥!"

투닥거리는 소리와 비명 소리가 뒤섞여 들리나 싶더니 곧 정적이 흘렀다.

잠시 시간이 흐르고, 마천풍의 수신호에 따라 사내들이 다시 움직이기 시작했다.

질척한 수초 밭과 우거진 잡목 숲을 헤치자 탁 트인 초지와 아스라이 펼쳐진 목책이 보였다. 그 목책 너머의 오르막에 세워진 전각이 오늘의 기습 목표인 금사상채의 본채 건물.

"자식들! 대단한 배짱인걸? 그 흔한 망루조차 없어!"

사내들 중 누군가가 중얼거렸다.

"망루가 없다고 방심하지 마. 사천의 물길을 단숨에 장악한 놈들이
야. 어딘가에 숨어 경계를 하고 있을 게 틀림없어!"

엄한 눈빛으로 수하들에게 주의를 준 마천풍은 각 로주들을 불러 모
았다.

"모두 동시에 쳐들어가 놈들의 이목을 흔든다. 그리고 난 뒤 시차를
두고 빠져나오면서 놈들의 배를 탈취하는 게 오늘의 목표다. 다들 명
심하도록!"

"알고 있소. 이미 귀가 따가울 정도로 들었잖소. 어차피 우리 팔
로(八路)가 유인조이니… 나중에 화살받이가 되지 않도록 반격 시간
이나 잘 맞춰주시오."

"알겠다. 나중에 계곡에 들어서면 자네 조는 죽자고 뛰어! 그럼 살
수 있어!"

"제기랄……."

팔로주 작두란 자가 입을 툭 내밀자 마천풍이 농담처럼 덧붙였다.

"표식 매는 걸 잊지 마! 아니면 동료들 손에 개죽음을 당할 거야."

"니미… 알겠수다."

"좋아. 그럼 다시 한 번 확인한다. 각자 맡은바 위치와 퇴각로를 말
해 봐."

"육로. 좌측이오. 퇴각로는 강 건너 우측. 칠로의 뒤를 따르오."

"칠로. 우측이오. 퇴각로는 계곡 좌측이고 가장 먼저 철수하오."

"팔로. 오로와 함께 정면이오. 퇴각로는 계곡 중앙이고, 가장 늦게
퇴각하는 화살받이오. 젠장!"

팔로주 작두가 다시 불퉁한 표정을 지었다.

"큭큭큭."

"푸흐흐. 수고하게."

"자네 임무가 가장 막중하네. 나중에 따로 상을 받을 걸세."

각 로주들은 작두를 보며 숨죽여 웃음을 터뜨렸다.

잠시 후 로주들은 각자 수하들을 이끌고 정해진 위치로 이동했다.

'모두에게 행운이 있기를…….'

마천풍은 사라지는 로주들을 바라보며 도를 꺼내 입을 맞추었다.

＊　　　＊　　　＊

혈두타가 중경에 있는 지금, 금사상채의 채주 대행은 독안괴(獨眼怪) 오가덕이 맡고 있었다.

오가덕은 혈두타에 대한 충성심 하나로 부채주에 오른 자였다.

그는 혈두타가 있을 땐 매사에 철두철미한 모습을 보였지만, 지금처럼 혈두타가 없을 땐 안하무인에 제멋대로인 모습을 보이는 자였다.

지금도 마찬가지였다.

〈초저녁쯤 보도하를 건너는 표국이 있기에 덮쳤는데, 알고 보니 모두 한 가락씩 하는 놈들이었습니다. 부랴부랴 추적하던 중 갑자기 나타난 정체불명의 인물에 의해 엄청난 피해를 입었습니다. 추측키로는 가릉채 놈들이 아닐까 합니다. 그래서 주변을 수색하려고 하니 병력을 지원해 주십시오.〉

자정 무렵, 보도하에서 날아든 한 장의 첩지.

"부채주, 그들에게 병력을 보내주고 채의 경계망도 한 번 점검을 해 보시는 게……."

자다가 일어나 보고를 들은 오가덕은 보도하의 지원 요청과 수하의 제안을 모두 일축해 버렸다.

"됐어. 핑계야, 핑계! 놈들이 보낸 첩지 못 봤어? 표국이라잖아! 보도하 놈들이 욕심스레 표국을 덮치다가 당한 일이야. 겨우 그런 일로 우리가 움직여야 해? 그러다가 나중에 가릉채 놈들이 공격해 오기라도 하면 내 체면이 뭐가 돼?"

그러고도 모자라, 오가덕은 재차 신중한 표정으로 권하는 수하를 내쫓아 버리기까지 했다.

"겨우 이천 명의 병력으로 만 명이 지키고 있는 이곳을 기습해 온다고? 흥! 올 테면 와보라지. 기껏 강줄기 하나 꿰찬 녀석들에게 당할 일이야 있을라고?"

압도적인 병력의 우위를 믿기에 오가덕은 자신만만했다.

인시(寅時:03시~05시) 초.

전면을 응시하고 있던 마천풍이 번쩍 도를 치켜들었다.

"지금이다. 모두 공―격!"

마천풍이 쩌렁쩌렁한 호통을 터뜨리며 어둠의 초지를 향해 뛰어가자 요란한 함성이 그 뒤를 따랐다.

"와아아! 공격!"

"와자자자자!"

번쩍이는 칼빛과 번져 가는 함성 소리.

드넓은 초지는 곧 함성을 지르며 달려가는 사내들로 가득했다.

사내들의 거침없는 질주에 초지가 숨을 죽일 무렵.

땡땡땡땡!

목책 너머에서 요란한 종소리가 울렸다.

"적이다!"

"놈들의 기습이다!"

이곳저곳에서 들려오는 당혹성들. 그러나 대처는 무척 빨랐다.

곧 사방에 불이 켜지고, 목책 위로 경계병들의 머리통이 불쑥불쑥 튀어나왔다.

"이런 젠장! 모두 발밑을 조심해!"

마천풍은 무릎에 감긴 은사를 베어내며 소리쳤다.

무릎까지 웃자란 초지 사이에 숨겨진 은사.

자칫 잘못 베이기라도 하는 날이면 발 병신 되기 딱이었다.

마천풍의 호통 이후, 사내들의 속도가 조금 느려졌다.

"속도를 늦추지 마! 놈들이 전열을 갖추기 전에 목책을 넘어야 해!"

마천풍은 다시 한 번 고함 지르며 빠르게 달려나갔다. 바로 그때,

"으아악!"

처절한 비명 소리가 들려왔다. 퍼뜩 고개를 돌리니 옆에서 달리던 수하의 모습이 어디론가 사라지고 없었다. 급히 주변을 살펴보니 곳곳에 창날을 박아놓은 함정이 있었다.

"조심해! 함정이 있다!"

마천풍은 수하들의 주의를 환기시키며 훌쩍 목책을 뛰어넘었다. 눈 아래로 당황하는 적들의 모습이 확 다가왔다.

"이놈들!"

"으아악!"

마천풍은 눈앞의 몇 놈을 베어버린 후 빠르게 주변을 훑었다.

어느새 놈들이 진용을 갖추려 하고 있었다. 벌써 시야에 들어온 놈만 해도 백 명이 넘어 보였다.

"속도를 내! 개죽음당하기 전에 어서 달려!"

마천풍은 수하들을 독려하며 다시 도를 휘둘렀다.

"크아악!"

피가 튀고 비명이 울렸다. 그때 등 뒤에서 들려온 소리.

"손을 멈춰!"

몸을 돌리자 네 놈이 흉흉한 눈빛으로 다가오고 있었다.

"이야압!"

마천풍은 놈들의 공격을 기다리지 않고 기합성을 지르며 먼저 공격해 들어갔다.

"저 새끼 조져!"

거친 고함 소리와 함께 한꺼번에 날아오는 칼날.

"어림없다!"

카카캉!

불똥이 눈앞에서 번쩍였다.

슬쩍 훑어보니 자신이나 놈들이나 소득없긴 마찬가지.

"이놈들!"

마천풍은 으르릉 목 울림으로 기세를 가다듬었다. 바로 그때,

피유웅!

가슴 철렁한 소리와 함께 쇠뇌가 빛살처럼 날아왔다.

"아차!"

마천풍은 황급히 바닥을 굴렀다.

파곽!

쇠뇌가 흙먼지를 일으키며 몸체를 떨었다.

"젠장. 벌써……."

연달아 날아드는 칼을 피해 몸을 일으키고 보니 어느새 놈들의 진용이 완성되어 버렸다. 마치 인의 장막이라도 펼친 듯 목책 주변은 놈들의 모습으로 빽빽했다. 천 명도 넘어 보였다.

"제기랄. 똥줄 빠지겠군."

마천풍은 인상을 찌푸리며 다시 칼날을 곧추세웠다.

"흐흐흐. 이놈, 순순히 항복하시지!"

느물거리며 다가오는 놈들.

"어림없다. 차앗!"

마천풍은 직도단천(直刀斷天), 하늘에서 땅으로 도를 내리그으며 놈들과 맞부딪쳐 갔다.

카카카캉!

귀를 울리는 쇳소리.

그러나 그 소리는 곧 고막을 울리는 소음에 묻혀 버렸다.

"와아아! 공격!"

"중앙으로 집중 사격해!"

쐐애애액!

퓨퓨퓨퓻!

천지를 찢어발길 듯한 함성 소리와 빗발치는 쇠뇌 소리.

놈들의 반격이 시작된 것이었다.

"왜, 도대체 왜 이리들 늦는 거야?"

마천풍은 놈들과 대치하고 있는 와중에도 모든 신경을 목책 너머로 곤두세웠다. 바로 그때였다.

콰자자작!

"와아아! 이놈들!"

목책 부서지는 소리와 함께 기다렸다는 듯 들려오는 함성 소리.

좌측 끝머리였다.

마천풍은 힐끗 눈을 돌려 봤다.

"와아아! 몰아붙여!"

"공격! 무조건 공격!"

놈들의 시선이 중앙으로 몰린 틈을 타 목책을 넘어선 육로(六路)의 병력이 보였다. 우측도 마찬가지였다. 칠로(七路)의 병력이 들이닥쳐 놈들의 진용 한쪽을 마구 무너뜨리고 있었다.

"푸하하하. 좋아, 좋아! 지금부터 시작이다!"

급기야는 쇄도하는 쇠뇌 공세를 피해 목책 중앙을 돌파하는 팔로주 작두의 모습까지 들어오자 마천풍은 웃음을 터뜨리며 손에 힘을 주었다.

"모두 내 뒤를 따르라!"

마천풍은 다시 도를 치켜들며 앞쪽으로 달려나가기 시작했다. 그 뒤를 팔로주 작두 등이 따르면서 선봉 기습 부대는 또다시 질주를 시작했다.

"와아아! 돌격!"

콰자자작!

"막아! 놈들을 막아!"

금사상채의 본진은 금방 귀를 찢는 병장기 소리와 요란한 함성 소리로 범벅이 되었다.

오가덕은 비상 타종 소리에 놀라 잠에서 깨어났다.

"무슨 일이냐?"

"놈들이, 놈들이 습격해 왔습니다."

누군가의 대답에 서둘러 뛰쳐나가 보니 이미 경계망이 무너졌는지, 본진 안에서 혼전이 벌어지고 있었다.

"아니, 저놈들이 진짜 가릉채 놈들 맞아?"

오가덕이 이런 생각을 할 정도로 침입자들은 빠르고 강했다.

놈들 하나하나가 자기 수하 셋을 상대할 정도였다.

이게 도대체 말이나 되는가? 금사강을 통일한 역전의 용사들이 고작 강 하나 차지한 놈들에게 밀리다니?

"모두 정신 차려! 전열을 갖춰! 놈들의 숫자는 얼마 안 돼!"

오가덕은 아래를 내려다보며 고함을 질렀으나 정신없이 날아드는 쇠뇌와 살기를 머금은 병장기 소리, 귀를 먹먹케 만드는 함성 소리와 비명 소리에 묻혀 금방 사그라지고 말았다.

"이런, 제기랄!"

오가덕은 급한 마음에 호위들을 데리고 종루로 뛰어갔다.

종루는 수채 전체에 명을 내리는 곳.

쐐애액, 퍼퍽!

"이크!"

빗발처럼 쏟아지는 화살은 종루라고 피해가지 않았다.

오가덕은 발치께에 퍽퍽 박히는 화살에 찔끔찔끔 놀라면서도 기어코 종루에 오르는 데 성공했다.

땡, 땡 땡!

종루에 오르자마자 연거푸 울린 종소리.

수하들의 이목이 그제야 자신을 향했다.

"아군끼리 뭉쳐! 놈들과 거리를 벌리란 말이야!"

오가덕의 호통 소리에 금사상채들이 서서히 움직이기 시작했다.

십여 명의 적에게 둘러싸여 있던 마천풍은 놈들의 변화를 알아차렸다.

"제기랄. 이러다가 큰일 나겠다."

지금 이 상황에서 거리를 벌리면 자신들이 드러나고 만다. 그러면 서로 뒤엉켜 혼전을 벌이는 지금 상태와는 다르게 자신들이 고립당하고 만다.

마천풍은 퍼뜩 한 가지 생각을 떠올렸다.

"모두 종루에 집중 사격을 가해!"

수적들의 생리상 우두머리가 죽으면 혼란이 일어난다.

쐐애액! 퓨퓨퓻!

명이 떨어지자마자 무수한 화살과 쇠뇌가 종루로 날아갔다. 그러나 놈의 운이 좋았을까? 대부분 빗나가거나 호위들에 의해 가로막혀 버렸다. 그리고 그 이후부터는 놈의 코빼기조차 볼 수 없었다.

"제기랄!"

마천풍은 아쉬운 한숨을 흘리며 전면으로 시선을 돌렸다.

예상대로 암울한 상황이 전개되기 시작했다.

"놈들이 달아나기 전에 퇴로를 막아!"

"흑호대는 동쪽을 막아! 적호대는 서쪽을 막고!"

이곳저곳에서 호통 소리가 나오는가 싶더니 사오십 명씩 무리를 지은 놈들이 사방으로 나뉘어 퇴로를 막아서고 있었다. 그리고 어느 정도 포위망이 갖춰졌다 싶은 순간, 놈들이 일제히 공격해 들어오기 시작했다.

"와아아! 놈들을 잡아라!"

"쏴! 놈들을 향해 화살을 있는 대로 쏴!"

이곳저곳에서 호령 소리가 들리자 기세를 올리며 다가서는 적들.

사방에 횃불이 어른거리고 화살과 암기가 빗발처럼 날아왔다.

"크으윽!"

"아흑!"

놈들의 공격이 거세지자 사방에서 수하들이 죽어나갔다.

'제기랄! 최악이군……'

지원은 기대할 수 없었다. 그러니 최대한 빨리 임무를 완수하고 빠져나가는 수밖엔 없었다.

마천풍은 이를 악물었다.

"물러서지 마! 물러서면 안 돼! 목표 지점에 거의 다 왔어!"

마천풍은 수하들을 독려하며 먼저 앞으로 뛰쳐나갔다. 오늘의 기습 목표인 수로가 바로 저 앞에 보였다.

"와아아! 돌격!"

그 모습에 힘을 얻었는지, 수하들이 재차 함성을 지르며 힘을 내기 시작했다.

피웅, 피웅! 쐐애액!

서거걱! 카카캉!

"으아악!"

"크아악!"

소나기처럼 날아드는 암기와 정신없이 짓쳐드는 칼날, 그리고 메아리처럼 울려오는 처절한 비명.

수로 부근은 곧 피 튀는 전쟁터로 변하고 말았다.

"모두 힘을 내! 힘을 내라고!"

목이 터져라 외치길 벌써 몇 번째인지 모른다.

중과부적.

놈들은 완강했다.

초반 기습은 먹혔지만 놈들이 전열을 정비하고부터는 일진일퇴의 공방을 벌여야 했다. 덕분에 시간이 흐를수록 궁지에 몰리는 것은 자신들이었다.

끊임없이 몰려오는 적들.

육조와 칠조가 철수하고 난 뒤부터 상황은 시간이 흐를수록 악화되었다.

앞쪽에는 수로를 지키고 있는 적들.

양옆과 뒤쪽으로는 포위망을 이루며 공격해 들어오는 적들.

그 어디에도 뚫고 나갈 길이 보이지 않았다.

쐐애액!

카카캉!

"으아악!"

"크으윽……."

점점 거세지는 공세와 처절한 비명을 남기며 죽어가는 수하들.

"힘을 내! 모두 힘을 내!"

재차 목청을 돋워 수하들을 독려했지만, 이미 목이 쉬어버렸는지 거친 바람 소리만 새어 나왔다.

마천풍은 가슴이 미어왔다. 터져 나갈 것만 같았다.

뭔가 전환점이 필요했다.

여기까지 와서 포기할 순 없었다.

마천풍은 마지막 남은 기력을 쥐어짜냈다. 그리고는 도를 힘껏 움켜쥐었다.

"죽자! 여기서 죽자! 으아아아!"

급기야 마천풍은 자폭하듯 적진 한가운데로 뛰어들었다.

"부채주! 안 됩니다!"

뒤에서 누군가의 절규가 들려왔다. 그러나 마천풍은 걸음을 멈추지 않았다. 미친 듯이 도를 휘두르며 그저 앞만 보고 달렸다.

질주 따라 흔들리는 적들의 모습.

살기를 뻗치며 날아오는 수십 개의 칼빛.

"으아아아! 이 새끼들아! 내가 바로 수라도 마천풍이야!"

카카카카캉!

피가 튀고 불똥이 날았다.

묵직한 감촉이 몇 번인가 팔뚝으로 전해져 왔다.

그리고 어느 순간, 가슴 어림이 뜨끔하더니 사방이 빙빙 돌았다.

"크으윽!"

휘청이는 시야에 번뜩이는 뭔가가 다가왔다.

푹!

화끈!

거친 음향이 귀를 거스르더니 온몸에서 힘이 빠져나갔다.

"부채주—!"

누군가의 고함 소리가 의식 저 너머에서 들려왔다.

쿵……

마천풍은 온몸에 피를 뿌리며 쓰러졌다.

마천풍이 쓰러지는 순간, 작두의 눈에서 화염이 일었다.

"으아아아아! 이 개새끼들아!"

작두는 괴성을 지르며 미친 듯이 앞으로 돌진했다.

살기를 머금은 섬뜩한 칼날들.

화끈한 통증과 함께 전신에서 흘러내리는 핏물들.

작두는 눈도 깜짝하지 않았다.

그저 괴성을 지르며 도끼를 휘둘러 댔다.

콰자자작!

마천풍에 이어 또다시 일천 대 일.

그 모습을 본 사내들의 눈에 일제히 핏발이 돋았다.

어느새 가슴에 불이 붙어버린 사내들.

그들은 가슴 저 깊은 곳에서 끌어올린 함성으로 죽음을 향해 돌진했다.

"으아아! 나 장사규도 간다!

"우아아! 이놈들! 여기 왕단도 있다!"

"와아아! 우리도 가자!"

기세였다.

생사를 초월한, 해일처럼 번진 사내들의 기세에 금사상채들이 당황하기 시작했다.

"이, 이놈들이?"

당황은 혼란을 불러왔다. 혼란은 무기력을 낳았다.

급기야 금사상채들의 전열이 무너지며 철옹성 같던 앞쪽이 뚫리기 시작했다.

"와아아! 가자!"

“막아! 놈들을 막아!”

뒤늦게 지휘부가 나서서 전열을 추스르려 했지만 별 소용이 없었다.

전신이 피투성이인 상태에서도 눈에 불을 켜며 달려드는 자들과 싸우고 싶은 사람은 별로 없는 법이니까.

결국 사선을 넘은 사내들은 배를 탈취하는데 성공했다.

“와아아! 성공이다!”

사내들은 환호성을 터뜨리며 빠르게 노를 저었다.

촤아악!

순식간에 배를 탈취해 본진을 빠져나가는 사내들.

오가덕은 사내들의 기세에 혀를 내두르면서도 입가에 비릿한 조소를 머금었다.

“후후후. 고작 배를 훔치러 온 것이냐?”

오가덕은 다시 종을 두드렸다.

땡땡땡땡땡!

곧 날카로운 종소리가 사방으로 퍼져 나갔다.

“빨리, 빨리!”

우르르!

비상 타종 소리와 함께 시작된 급한 발자국 소리.

그들은 본채 외곽과 목책 주변, 그리고 각 경계망에 은신하고 있던 금사상채들이었다. 타종 소리를 듣자마자 그들은 외곽 수로를 따라 길게 늘어섰다.

“준비!”

누군가가 소리치자 수백 개에 달하는 활과 쇠뇌가 수로를 향했다.

촤아아! 촤촤촤!

어둠을 뚫고 들려오는 물소리.

"온다!"

외곽 수로 변의 지휘를 맡은 탁삼의 입 꼬리가 비스듬히 말려 올라갔다.

"조준!"

티이잉!

철컥, 철컥!

명에 따라 팽팽히 당겨지는 활과 쇠뇌.

촤아아! 촤촤촤!

앞쪽에 죽음이 기다리고 있는지도 모르고 꼬리에 꼬리를 물며 내려오는 소선들, 그 윤곽이 뚜렷해지자 조준하고 있던 금사상채들의 눈이 바짝 가늘어졌다.

"흐흐흐. 이놈들, 저승에서 못다 한 회포를 풀려무나."

금사상채의 외곽 경계조장 탁삼, 그의 입이 활짝 열렸다.

"발사!"

목청껏 소리친 고함이었다.

쐐애애액!

시시시싯!

분명 이런 귀를 찢는 소리가 들려와야 정상이었다.

그러나 아무리 기다려도 자신의 귀에는 아무 소리도 들리지 않았다.

'이것들이 뭐 하고 있어?'

탁삼은 옆에 있는 수하에게 고개를 돌렸다.

그런데 이상했다. 마치 온몸이 허공에 뜬 듯 간질간질했다.

'뭐야? 무슨 일이야?'

탁삼은 고개를 갸웃했다.

바로 그때, 그는 환상처럼 하나의 영상을 볼 수 있었다.

웬만한 사람의 턱 밑에까지 이르는 도를 움켜쥔 채 시퍼런 눈빛으로 서 있는 사내의 모습.

그게 탁삼이 이승에서 마지막으로 본 장면이었다.

쿵.

흡사 바람처럼 나타나 탁삼의 목을 날려 버린 곽무한, 탁삼의 동체가 쓰러지자마자 수로 변에 은신 중인 금사상채들의 뒤를 덮쳐 갔다.

패애애액!

바람을 가르는 날카로운 소리.

"으아악!"

"커헉!"

수십 명이 목을 감싸 쥐며 쓰러졌다.

"헉? 뭐, 뭐야?"

채 상황을 알아차리기도 전에 날아드는 무시무시한 도세.

쐐애애액!

"으아악!"

"끄아악!"

피보라가 사방으로 튀었고, 비명 소리가 메아리처럼 울려 퍼졌다.

"헉! 적이다!"

"막아! 놈을 막아!"

누군가가 소리쳤지만 번개처럼 움직이는 곽무한의 신형을 따라잡기엔 역부족이었다.

쐐애애액!

"으아아! 고수다!"

"막아! 모두 합공을 해!"

사방에 분분한 비명 소리와 고함 소리.

곽무한은 마치 양 떼 속을 누비는 호랑이처럼 동에 번쩍 서에 번쩍 하며 마구 도를 뿌렸다. 그 바람에 수로 변에 은신하고 있던 금사상채들은 수로를 따라 내려오고 있는 소선들에는 미처 신경을 쓰지 못했다.

"아! 채주!"

소선에 타고 있는 사내들은 그제야 곽무한을 발견했다.

뒤늦게 상황을 알아차린 사내들, 저마다 자세를 낮추며 병장기를 움켜쥐었다. 몇 명은 곽무한과 합류하려고 배에서 뛰어내리려고까지 했다.

"상관 말고 그냥 가!"

곽무한은 자신을 도우려는 수하들을 말리고는 다시 도를 뿌렸다.

쾌애애애액!

화마처럼 날아가는 시뻘건 도기.

곽무한은 스스로에게 분노하고 있었다.

사방에 쓰러져 있는 낯익은 시신들.

먼저 퇴각해 온 육조와 칠조를 통해 전후 사정을 짐작했다. 그래서 말리는 수하들을 뿌리치고 달려왔지만, 상황은 예상보다 처절했다. 팔백여 기습 부대 중에 살아남은 자가 겨우 이백이 될까 말까다.

생각 같아서야 분이 풀릴 때까지 놈들을 도륙 내고 싶었지만 다음 계획이 기다리고 있다.

"으아아아아!"

곽무한은 들끓는 비분을 토해내며 다시 한 번 도를 뿌렸다. 그리고는 훌쩍! 마지막으로 내려오는 소선에 몸을 실었다.

"가자!"

촤촤촤!

소선은 내리막을 타고 빠르게 달렸다.

"놈들을 추격하라!"

멀리서 은은한 호통 소리가 들려왔다. 뒤이어 요란한 타종 소리가 울리더니 놈들이 배를 타고 추격해 오기 시작했다. 목책이 열리며 일단의 기마대도 모습을 드러냈다.

"그래, 와라. 제발 끝까지 따라와라!"

뒤를 돌아보며 이를 갈던 곽무한, 천천히 고개를 돌렸다.

"모두… 수고했다."

곽무한은 한배에 타고 있는 수하들의 어깨를 두드려 주고는 곧장 등을 돌리고 말았다. 모두 상처투성이의 얼굴들… 조금만 더 쳐다보면 자기도 모르게 눈물이 흘러내릴 것 같아서였다.

"마천풍과… 작두는?"

한참이 지나 곽무한이 물었다.

"오로주께서는… 돌아가셨고…….”

한 녀석이 눈자위를 훔치며 한쪽을 가리켰다.

출렁이는 뱃머리.

그곳에 거적으로 덮어씌운 물체가 있었다.

거적을 향한 곽무한의 손이 순간적으로 떨렸다.

"으음……."

부지불식간에 나온 탄식성.

뱃머리에는 차마 눈 뜨고 못 볼 두 구의 인육덩어리가 있었다.

“크르르… 크으……”

한 사람은 이미 퍼러죽죽한 얼굴, 혼이 떠난 모습이었고, 다른 한 사람은 짓뭉개진 입술로 간헐적인 피거품을 뿜어내고 있었다.

“생사를 헤매고 계신 분이… 팔로주이신 작두님이십니다.”

등 뒤에서 누군가가 말했다.

“그… 런가……”

곽무한은 자기도 모르게 콧날이 시큰해짐을 느꼈다.

선봉 기습조들은 기어코 자신의 명을 완수했다. 지금도 그 위험천만한 곳을 빠져나오면서 팔조들이 가장 뒤로 처져 있다. 놈들을 유인하라는 명을 지키기 위해.

곽무한은 울컥한 충동을 참으며 작두의 맥을 살폈다.

천만다행이도 숨결이 붙어 있었다.

곽무한은 요상단을 꺼내 작두의 입에 물려주고는 진기를 인도해 그의 기맥을 어루만져 주었다.

“곧… 복수할 기회를 주마!”

곽무한은 쥐어짜 내듯 말하고 돌아섰다.

시야에 계곡이 들어왔다. 금사강으로 향하는 계곡이었다. 지금 그곳에 추격해 오는 놈들을 사냥하기 위해 수하들이 매복해 있다.

“가자!”

곽무한은 작두를 등에 업고 배에서 내렸다.

수하들은 웃자란 풀밭을 헤치며 곽무한의 뒤를 따랐다.

두두두두!

점점 가까워지는 말발굽 소리.

속속 강변에 도착해 추격대들을 토해내기 시작하는 놈들의 선단.

"저기다! 계곡으로 들어가고 있어!"

쉭, 쉭!

요란한 함성 소리와 함께 벌써 지척으로 날아드는 화살들.

"모두 계곡을 향해 전력으로 뛰어가!"

수하에게 작두를 넘긴 곽무한은 도를 세워 들고 행렬의 맨 뒤로 빠졌다.

콰두두두!

"와! 잡아라!"

지축을 울리며 십여 장 거리로 다가온 기마대.

선두에 선 놈의 표정까지 확연히 보일 정도였다.

쉭쉭 귓전을 스치는 화살들.

그러나 곽무한은 일체의 미동도 없이 정면만을 노려보고 서 있었다.

콰두두두!

짓밟을 듯한 기세로 달려오는 선두의 기마병.

말발굽에 채인 풀잎들이 분분히 시야를 어지럽힌다 싶은 순간,

"타핫!"

곽무한의 입에서 벽력 같은 호통 소리가 나오더니 시퍼런 칼빛이 번뜩였다.

"어엇?"

이히히히힝!

당혹스런 목소리에 이어 말의 처절한 울부짖음이 흘러나왔다.

말발굽 아래에서 피를 흠뻑 뒤집어쓰고 나타난 곽무한은 연이어 얼빠진 표정으로 쓰러져 있는 추격병의 목을 베어버리고는 재차 몸을 날렸다.

그때부터가 시작이었다.

슈각, 슈가각!

이히히힝!

뼈를 도려내는 섬뜩한 소리와 함께 처절한 비명을 지르며 나동그라지는 말들.

기마대는 곧 혼란에 빠졌다. 죽어 나자빠진 말들과 뒤엉키는 바람에 혼란이 일어난 것이다.

“뭐야? 무슨 일이야?”

뒤쪽에서 따라오고 있던 기마대의 우두머리, 백타대주(白駝隊主) 조환은 돌변한 상황에 놀라 손을 들어 대열을 멈췄다. 그리고는 안력을 모아 앞쪽을 살폈다. 그러나 말발굽 아래로 뛰어들어 도를 뿌리는 곽무한을 멀리서 발견해 내기란 어려운 일이었다. 결국 조환은 잠시 추격을 멈추고 대열을 재정비할 수밖에 없었다.

기마대들이 일제히 뒤로 물러나자 곽무한은 주인 잃은 말 한 마리를 빼앗아 타고 유유히 달아났다.

조환은 그제야 곽무한을 발견했다.

“이런 빌어먹을! 저 한 놈 때문에 우리 기마대의 발이 묶였다는 건가?”

조환은 계곡 입구 쪽으로 사라져 가는 곽무한을 보며 잠시 자존심 상한 표정을 짓다가 이내 비릿한 미소를 지었다.

“후후후, 어리석은 놈. 얼마나 다급했으면 그쪽 계곡으로 달아나?”

자기들의 앞마당이나 다름없는 계곡이다. 그러니 손금 보듯 환하다.

계곡은 깊지도 않고 길지도 않다. 게다가 계곡을 지나면 곧바로 금사강과 맞닥뜨린다.

"일부는 후미로 돌아가! 강에서 놈들의 퇴로를 막고 기다린다. 나머지는 전속 전진! 놈들을 정신없이 몰아붙여!"

조환은 곧 걷어들일 전과를 생각하며 고삐를 꽉 움켜쥐었다.

두두두두!

기마대는 초지를 짓뭉개며 계곡으로 향했다.

나머지 추격대들도 '와!' 함성을 지르며 기마대의 뒤를 따랐고, 일부 병력은 우회해서 금사강으로 배를 몰았다.

"후후후. 바보들……."

곽무한은 뒤따라오는 말발굽 소리를 들으며 회심의 미소를 지었다.

겨우 십여 장 길이밖에 안 되는 계곡이지만 양편 언덕에 수목이 우거져 있어 매복하기엔 최적인 곳이다.

곽무한은 날아드는 화살을 피하며 앞쪽을 쳐다봤다.

이제 수하들도 거의 다 계곡을 빠져나가고 있었다.

곽무한은 마지막 한 사람까지 계곡을 벗어나는 것을 기다렸다가 양쪽 언덕을 보며 휘파람을 불었다.

휘이익!

휘파람 소리가 울리자 숲 이곳저곳이 움직이기 시작했다.

무성한 수풀, 나뭇가지 사이를 들추며 나타나는 하얀 눈빛들.

"모두 준비!"

곽무한은 매복조들의 주의를 환기시키고는 빠르게 말을 몰아 계곡을 빠져나갔다.

두두두두!

곽무한이 계곡을 벗어나자마자 기마대가 들이닥쳤다.

"제기랄! 마치 날다람쥐처럼 빠른 놈이군!"

조환은 앞쪽을 노려보며 투덜거렸다.

금방이라도 잡힐 듯하던 놈이었는데, 계곡으로 들어와서는 갑자기 사라져 버렸다.

"그래 봤자……."

이곳에서 강변까지의 거리는 반나절도 채 걸리지 않는다.

"모두 속도를 올려!"

조환은 다시 속도를 높여 계곡을 빠져나갔다.

기마대가 사라지고 난 한참 뒤, 추격대들이 계곡으로 접어들었다.

"헉, 헉. 도대체 어디까지 달아난 거야? 젠장! 이럴 줄 알았다면 배에서 내리지 말걸."

땀을 뻘뻘 흘리며 계곡으로 들어서는 추격대들.

그들은 대략 천 명 정도였는데, 기마대가 놈들의 꼬리를 잡으면 함께 공격하려고 배에서 내린 놈들이었다. 그러나 상황이 묘하게 꼬여 이제는 뜀박질로 기마대의 뒤를 따라야 할 신세들이다.

"빌어먹을!"

추격대들은 투덜거리면서도 다시 걸음을 재촉했다.

추격대들의 선두가 지나가고 후미가 막 계곡으로 들어설 즈음, 계곡 좌측 수풀이 살짝 흔들렸다. 이파리 넓은 가지 사이로 나타난 건 번뜩이는 외눈, 무견이었다.

무견은 놈들의 대열이 완전히 계곡으로 들어설 때까지 기다렸다가 어느 순간 눈을 빛내며 소리쳤다.

"모두 공격!"

그때부터 매복하고 있던 구, 십, 십일로의 공격이 시작되었다.

쿠르르릉!

거대한 바윗덩이들이 계곡 입구를 막는 것을 시작으로 해서 쇠뇌와 화살들이 빗발처럼 쏟아졌다.

쉬쉬쉬쉿!

패애애액!

"으아악!"

"컥! 매, 매복이다!"

퇴로가 막힌 좁은 계곡에 쉴 새 없이 쏟아지는 화살 비.

"으아아! 도대체 이게 어찌 된 일이야?"

추격대들은 혼비백산했다.

이미 기마대들이 무사히 지나간 길이어서 기습이 있으리라고는 꿈에도 생각지 못했다. 그래서 그들은 반격할 생각은커녕 저마다 꽁지에 불붙은 망아지처럼 우왕좌왕하며 어찌할 바를 몰랐다.

그때였다.

혼란의 와중에도 머리가 돌아가는 자들이 있었다.

"앞쪽으로 달려! 앞쪽엔 기마대가 있어!"

그들이 생각하기론 그랬다.

앞쪽엔 기마대가 있으니 살아날 길은 금사강 방향밖에 없었다.

그 말이 먹혔을까? 놈들은 매복조의 공격을 받으며 정신없이 금사강 쪽으로 달아났다.

"와아아! 놈들을 잡아라!"

이제 역으로 매복조의 추격이 시작되었다.

"더 빨리! 숨 돌릴 틈 없이 몰아붙여!"

무견은 맨 앞으로 뛰쳐나가며 수하들을 독려했다.

이번 작전은 암류조들이 지세를 살피고 돌아온 때부터 치밀하게 준비된 작전이었다.

기습조가 놈들을 계곡으로 유인해 오면 매복조가 그들을 급습, 강변으로 몰아넣고, 강변에서 미리 기다리고 있던 정예병들과 힘을 합쳐 놈들을 일시에 몰살시킨다는 계획이었다.

변수는 예상에 없던 기마대였다. 그러나 그 문제는 곽무한이 직접 나섬으로 해결되었다.

이제는 놈들을 강변으로 몰아붙이기만 하면 되었다.

강변에는 이미 어젯밤부터 매복에 들어간 추단과 이탁의 정예 사백여 명과 조금 전 계곡을 빠져나간 유인조 이백여 명이 기다리고 있다. 거기다가 지금 자신이 이끄는 육백여 명의 매복조까지 합쳐지니, 이미 대열이 무너지고 정신이 혼란한 추격대 따위야 일시에 무너뜨릴 수 있으리라. 더구나 일당 천의 신위를 발휘하는 곽무한까지 합류했음에랴.

이제 매복조가 할 일은 놈들을 정신없이 몰아붙여 생각할 틈을 주지 않는 것, 그게 다였다.

*   *   *

우두산 끝 자락, 금사강과 금사상채의 지류가 합쳐지는 물굽이.

사람 키 높이만큼 웃자란 수초들이 무성한 이곳에 한 사내가 물결 따라 흔들리는 소선 위에서 팔베개를 하고 누워 있었다.

수초를 질겅질겅 씹으며 흘러가는 구름을 쳐다보고 있는 사내. 그는 얼굴 반을 차지하는 흉터가 유난히도 돋보이는 자였다.

"이건 무슨 버림받은 자식새끼도 아니고, 도대체 내가 이게 무슨 꼴이람?"

지렁이는 아련히 들려오는 함성 소리를 들으며 혼잣말로 투덜거렸다.

꿈속에서조차 이를 갈던 금사상채가 바로 코앞이다. 그런데도 이렇게 후방에 처박혀 대기하고 있어야만 하는 자신의 신세에 짜증스러웠던 것이다.

"카악, 퉤! 모두 콱 뒈져 버렸으면 좋겠군. 그러면 속이라도 후련하겠어."

함성 소리와 종소리가 심해질수록 점점 열불이 치밀어 올랐다. 지렁이는 조바심을 견디지 못해 자리에서 벌떡 일어났다.

"어이, 장직! 전세가 어떻게 돌아가고 있을 것 같아?"

그러자 건너편 수초 더미에서 가느다란 목소리가 흘러나왔다.

"제 생각이요? 풋! 아마 모두 피똥을 싸며 죽을 고생을 하고 있겠지요."

"고전이라… 고전……."

지렁이는 고개를 외로 꼬며 생각에 잠겼다가 벌떡 몸을 일으켰다.

"어이, 모두 일어나 봐. 아무래도 안 되겠어. 우리도 가서 한 손 거들어야겠어."

지렁이가 소리치자 수초 밭이 요란하게 흔들렸다. 은신하고 있던 수하들이 위장하고 있던 풀과 나뭇가지를 치운 것이다.

그때였다.

"부채주님, 관두세요. 우린 굿이나 보고 떡이나 먹으면 된다구요."

수초 더미 사이로 장직의 얼굴이 나타났다.

"굿이나 보고 떡이나 먹는다구?"

지렁이가 고개를 갸웃하며 물었다.

“후후후. 부채주님, 생각해 보세요. 무려 일만에 달하는 놈들이 우글거리는 곳입니다. 중과부적이에요. 그러니 괜한 명줄 재촉하지 마시고 그냥 이곳에서 조용히 기다렸다가 후퇴할 때 같이 후퇴하자구요. 그게 가장 지혜로운 방법이에요.”

“음······.”

일리있는 말이었다.

일만 대 이천.

아무리 생각해도 수적 열세가 너무 컸다.

그러나 지렁이는 이번만큼은 장직의 생각에 동의하고 싶지 않았다.

그 이유는 상대가 다름 아닌 금사상채라는 사실 때문이었다.

갑작스런 배신으로 수많은 형제를 죽음으로 몰고 간, 그래서 자신의 청춘을 온통 복수로 들뜨게 한 그 금사상채였기 때문이다.

“우린 놈들과 달라! 우린 그 험한 삼협의 폭류도 이겨냈으며, 지금은 사천 동부까지 한 손에 거머쥔 적호채 출신들이야. 놈들처럼 어중이떠중이가 아니라구!”

“물론 그렇지요. 그러나 놈들은 사천 전체를 제패한 놈들이지요.”

“끙······.”

지렁이가 인상을 찌푸리자 장직은 잔뜩 목소리를 낮추며 한마디 더 덧붙였다.

“더구나 지금 우리의 명령권자는 무한이 녀석이지요. 허구한 날 우리를 괄시하고 무시하는······.”

“으음······.”

“제 말이 무슨 뜻인지 이해하시겠어요? 전 차라리 지금 기회에 무한이 놈이 사라져 버리기를······.”

막 장직이 지렁이의 표정을 살피며 귀엣말을 건넬 때였다.

땡땡땡땡땡!

멀리서 들려오던 종소리가 갑자기 급박해졌다.

"음? 무슨 일이지?"

이렇게 급박한 종소리는 돌발 상황이 생겼다는 말.

지렁이는 급히 몸을 날려 수초 밭 너머의 수로를 살폈다.

그때 보게 됐다.

촤아악!

요란한 함성 소리를 등지고 빠르게 달려오는 소선들.

"우리 편이다! 유인에 성공한 모양이야!"

지렁이는 긴장한 표정으로 수로를 지켜봤다.

수하들도 잔뜩 흥분한 기색으로 수로를 살폈다.

"으음! 추격이 만만찮아!"

수로를 지켜보는 지렁이 등의 표정이 시시각각 변해갔다.

분명 유인에는 성공한 듯싶었지만 곧바로 놈들의 추격이 시작되어 한 치 앞도 내다볼 수 없는 상황으로 변해가고 있었기 때문이다.

그때였다.

놈들에게 쫓기던 기습조 진영에서 화살 한 대가 날아올랐다.

삐이이이이익!

길고 날카로운 소리를 내며 날아오르는 화살.

신호용 대초명적이었다.

"와하하! 이거였구나! 이래서 기다리고 있으라고 했구나!"

대초명적이 날아오른 순간, 지렁이의 표정이 돌변했다. 눈에 생기가 돌고 얼굴에는 화색이 감돌았다.

　북받치는 감동을 주체치 못해 한동안 웃음을 터뜨리던 지렁이, 어느 순간 눈을 번쩍이며 소리쳤다.

"모두 공격 준비!"

"존명!"

　곧 풀 더미가 정신없이 날아오르고 수백 개의 노가 물속에 잠겨들었다.

"와하하하! 모두 전속 전진! 놈들을 물고기 밥으로 만들어주자!"

　지렁이는 옆구리를 훤히 드러내며 지나가는 금사상채의 선단을 보며 통쾌한 웃음을 터뜨렸다.

　콰자자자작!

　귀를 울리는 충돌음을 시작으로 사방에 물이 튀었다.

"헉! 매복이다!"

"옆을 조심해!"

　분분히 들려오는 당혹성들.

"푸하하하! 공격! 모두 공격!"

　지렁이는 직접 도를 휘두르며 놈들의 배로 뛰어들었다. 뒤이어 시커먼 화살들이 놈들에게로 쏟아졌고, 사방에는 곧 무수한 비명성이 울려퍼졌다.

제51장
적진 속으로

콰드득!

카카캉!

그토록 요란하던 칼부림 소리도 점차 잦아들었다.

피비린내 물씬한 강변.

"크으으… 이럴 수가……."

백타대주 조환은 신음성을 흘리며 자신의 병기를 쳐다봤다.

토막토막 끊겨 나가 이젠 손잡이만 남은 유성추.

저벅, 저벅.

묵직한 발자국 소리.

저 소리가 들릴 때마다 끔찍한 혈광이 하늘로 치솟았고, 수하들은 단말마의 비명을 지르며 죽어갔다.

"왜? 왜 아직도 안 오는 거야? 왜?"

조환은 공포에 질린 얼굴로 금사강을 쳐다봤다. 행여나 지금이라도 지원 병력이 오지 않을까 해서였다. 그러나 금사강은 무심히 흐를 뿐이었다.

턱!

발자국 소리가 멎었다. 그와 동시에 목에서 느껴지는 차가운 감촉.

"네가 이들의 우두머리냐?"

화염처럼 불을 내뿜는 저 무시무시한 눈빛.

"그… 그렇습니다."

철그렁!

조환은 이름뿐인 유성추를 떨어뜨리며 눈을 감고 말았다.

'이미 생기를 잃은 자…….'

곽무한은 조환의 목에서 도를 거두고 천천히 사방을 둘러봤다.

핏물 흥건한 강변에 지천으로 널린 병장기와 시체들.

그 가운데 포로들을 에워싼 수하들의 얼굴이 보였다.

모두 만신창이가 된 모습들이었지만, 얼굴 가득 승리의 기쁨이 어렸다.

곽무한은 하늘을 쳐다봤다.

어느새 석양이 밀려드는 오후.

이른 새벽부터 시작된 작전이 이제야 일단락 지어졌다.

'후우…….'

곽무한은 긴 탄식성을 흘렸다. 승리를 거두긴 했으나 수하들의 희생이 너무 큰 때문이었다. 그러나 감상에 젖기엔 너무 일렀다. 전쟁은 지금부터가 진짜 시작이었으니.

곽무한은 냉막한 표정으로 돌아섰다.

“놈을 데려와!”

추단이 조환을 끌고 왔다.

얼마나 격한 전투였던지, 추단의 전신도 피에 절어 있었다. 그러나 그는 조환을 꿇리며 뿌듯한 미소를 보내오고 있었다.

곽무한은 희미한 미소를 지어주고는 조환을 내려다봤다.

그는 죽음을 예감했는지 간헐적으로 어깨를 떨고 있었다.

곽무한은 한참 그를 내려다보다가 천천히 입을 열었다.

“너와 네 수하들에게 살 기회를 줄까 하는데…….”

그 말이 떨어지기 무섭게 녀석의 고개가 번쩍 들렸다.

“무, 무슨 말이오?”

그 순간 추단의 발이 조환의 턱을 강타했다.

“이 자식아! 대수룡채의 채주님이시다! 눈깔을 파버리기 전에 극공의 예의를 갖춰!”

“어이쿠! 아, 알겠습니다!”

화들짝 놀라 고개를 조아리는 조환을 보며 잠시 실소를 짓던 곽무한, 이내 표정을 굳히며 말했다.

“우리는 기습 따위나 하려고 이곳에 온 게 아니다. 금사상채의 이름을 지우기 위해 온 것이지. 그래서 말인데…….”

곽무한의 눈에서 불꽃이 치솟았다. 그와 동시에 추단이 일월쌍환을 만지작거리며 분위기를 띄웠다.

“귓구멍에 창을 꽂아버리기 전에 채주님 말씀 똑똑히 들어!”

“어이쿠, 예! 듣고 있습니다. 귀를 열고 듣고 있습니다요.”

조환은 오금을 떨며 곽무한의 말에 정신없이 고개를 끄덕였다.

지렁이는 첩지를 와락 구기며 벌컥 소리를 질렀다.

"지금 나더러 쥐새끼 흉내를 내라는 것이냐?"

"채주의 명이오."

한 치의 흔들림도 없는 대답.

"채주의 명이면?"

지렁이는 이글거리는 눈빛으로 이탁을 노려보았다.

"명령 불복종의 대가가 무엇인지 아실 텐데요?"

장군에 멍군.

마주한 두 사람의 눈에 불똥이 튀었다.

"네놈이 지금 채주의 명을 빌미 삼아 날 능멸하려는 것이냐?"

지렁이의 흉터가 꿈틀거렸다.

"능멸이 아니라 명을 다시 한 번 주지시켜 주는 것이오. 진짜 싸움은 아직 시작되지도 않았소."

한 치의 꿇림도 없는 이탁.

"으드득!"

지렁이는 한동안 이탁을 노려보다가 획 등을 돌리고 말았다.

이탁은 안도의 한숨을 내쉬며 지렁이의 뒷등을 쳐다봤다.

'후우……. 저 개떡 같은 성질만 고치면 정말 나무랄 데 없는 호걸인데…….'

방금 전의 대치는 이 단계 작전 때문이었다. 보다 엄밀히 말하자면 지렁이의 성격을 잘 알고 있는 곽무한의 밀명 때문이었다.

놈들의 지원 선단을 풍비박산 낸 지렁이, 그가 움직일 방향은 안 봐도 뻔했다. 기세에 고무돼 곧장 적진 속으로 뛰어들 놈이었다. 평소 같은 전투라면 그게 당연한 수순이겠지만, 지금처럼 몇 배의 전력을 지니고 있는 적이라면 이야기가 달랐다. 그래서 곽무한은 정면 공격보다는 잠입 공격을 준비했다. 그러나 지렁이의 성격상 거부할 것이 분명해, 첩지와 함께 수룡채의 이 인자나 마찬가지인 이탁을 보낸 것이다.

지렁이는 뼈 속까지 수적이라고 자부하는 놈이었다. 그래서 그는 항상 이탁과 대립 각을 세우면서도 그의 배짱에 밀려, 알게 모르게 한두 수 양보하는 처지였다. 이번에도 마찬가지였다. 지렁이는 이탁의 기세에 밀려 자신의 고집을 꺾고 말았다.

*　　　　*　　　　*

유시(酉時:17시~19시) 말.
기웃기웃하던 석양이 서산 머리에 걸릴 시각.
뿌우우!
금사강 쪽에서 긴 나팔 소리가 울렸다.
나팔 소리가 울리자 목책 주변이 부산스러워졌다.
"백타대주께서 돌아오시는 모양이군."
"지독한 놈들이었나 보네. 이제야 귀환하시는 걸 보니……."
목책 주변에서 경계를 서고 있던 놈들은 서로 귀엣말을 나누며 목책을 열었다.
두두두두!
"이제 오십니까, 대주!"
어둑한 석양을 등지고 피범벅이 된 얼굴로 귀환하는 기마대. 선두에 선 조환을 확인한 경계병들은 허리를 꺾으며 앞을 틔워주었다.
꼬리에 꼬리를 물고 들어서는 기마대.

경계병들은 갑자기 고개를 갸웃했다.

행렬 중간의 포로들 때문이었다.

전투 후 포로들을 끌고 오는 것은 간혹 있던 일이기는 했지만, 이번에는 그 숫자가 많아도 너무 많았다. 근 이백 명에 달하는 포로라니?

“저어… 대주! 여쭤보고 싶은 게 있습니다.”

결국 경계조장이 조환에게 다가갔다.

“뭐야?”

핏발 선 조환의 눈동자가 돌아왔다.

경계조장은 찔끔한 표정으로 물었다.

“포로들의 숫자가 너무…….”

그때였다.

“으으으…….”

저 뒤쪽에서 휘하 경계병의 억눌린 비명 소리가 들려왔다.

경계조장은 자기도 모르게 고개를 돌리다가 깜짝 놀라고 말았다.

그그극, 그그극.

규칙적인 말발굽 소리를 내며 들어서는 기마대, 그 후위에서 귀를 자극하는 이질적인 소리를 내며 끌려오는 물체. 그것은 시체를 담은 것으로 보이는 가죽 부대였다.

아직도 핏물이 줄줄 흘러내리는 가죽 부대.

간혹 덜렁이는 팔을 내비치는 것도 있었다.

“지독한 놈들이었어. 그래서 공개 처형으로 형제들의 원혼을 달래려는 거야. 왜? 내 처사에 불만있나?”

“아, 아닙니다. 들어… 들어가십시오!”

경계조장은 워낙 충격적인 장면을 본 탓에 더 이상 의문을 떠올리지 못하고 얼른 뒤로 물러나고 말았다.

경계조장이 뒤로 물러나자 행렬 중에서 나직한 목소리가 흘러나왔다.

기마대로 위장한 추단과 곽무한이었다.

"어떻습니까? 제 생각이 통했죠?"

"그렇군. 수하들의 연기도 좋았어."

두 사람의 대화처럼, 지금 말 꼬리에 매달린 가죽은 시체가 아니었다. 그 속에는 수룡채의 정예들이 들어가 있었다.

그들은 두꺼운 옷이나 나뭇가지 등을 대고 가죽 부대에 은신해, 죽은 말의 피를 조금씩 흘려보내고 있었던 것이다.

자세히 보면 충분히 알아차릴 수 있는 단순한 위장이었으나, 이미 어둑한 초저녁인데다가 모두 시체라고 착각하는 바람에 세세히 살펴볼 엄두를 내지 못한 것이다.

놈들의 본채로 들어서는 수룡채들은 이들 외에도 많았다.

기마대로 위장한 수하가 있는가 하면 포로로 위장한 수하도 있었다.

그리고 기마대 뒤쪽의 추격대로 위장한 수하들도 부지기수였다. 또한 이곳 말고도 다른 곳으로 잠입하는 수하들도 있었다.

"참! 수로도 열어둬! 지원 나갔던 배들이 곧 돌아올 거야."

곽무한의 눈짓을 받은 조환이 지나가듯 던진 말.

지렁이와 곽패 등이 이끄는 후방 매복조에 대한 이야기였다.

그들은 이탁과 함께 수로로 오고 있었다.

곽무한은 이번 잠입 작전에서만 무려 팔백 명의 수하를 동원했다.

이 모든 것은 조환을 비롯한 몇몇 기마대 조장들을 회유해 그들의 얼굴을 전면으로 내세운 덕분에 가능한 일이었다.

효과는 금방 입증됐다.

"알겠습니다. 지금 당장 명을 전하겠습니다."

경계병들은 일말의 의심도 없이 수로로 전령을 보냈다. 그리고는 본채에도 급히 전령을 보내 백타대의 귀환을 알렸다.

그 다음부터는 일사천리였다.

중무장한 곽무한 일행이 버젓이 놈들의 본채로 향하고 있었지만 아무도 시비를 거는 자가 없었다.

"오! 그래? 백타대주가 놈들을 잡아오고 있다고?"

오가덕은 전령의 보고에 흡족한 미소를 지으며 자리에서 일어났다. 조환의 귀환 보고도 들을 겸 포로로 잡혀온 침입자들의 수괴 얼굴도 보기 위해서였다.

본채 중앙의 대연무장.

사방에 횃불이 일렁이고 수천 명의 금사상채들이 둘러선 가운데 조환 일행이 들어왔다.

"부채주를 뵙습니다!"

말에서 내려 군례를 보내는 조환.

혈두타 외에는 절대 하지 않던 극공의 예의였다.

"오오! 어서 오게, 백타대주!"

오가덕은 입이 찢어질 듯한 미소를 지으며 단 아래로 내려갔다.

"이자가 바로 놈들의 수괴입니다."

조환은 호위들과 함께 다가오는 오가덕을 슬며시 피하며 바닥에 무릎 꿇려져 있는 한 사내를 가리켰다.

곽무한과 비슷한 칠 척 체구에 팔자수염을 기른 사내.

그는 이탁의 심복인 편은극이었다.

“그래? 이놈이 그때 그 난리를 쳤던 놈이란… 말이지?”

처음엔 희색이 가득했던 오가덕의 눈에 점차 의혹이 어렸다.

비록 수적이라지만 명색이 수만 명을 거느린 금사상채의 부채주다.

아무리 봐도 새벽에 본 그 무시무시하던 놈의 기세가 아니었다.

“정말 이놈이… 놈들의 수괴 맞나?”

오가덕은 매서운 눈빛으로 조환을 쳐다봤다.

바로 그 순간,

패애애액!

일진 경풍과 함께 가슴 철렁한 소리가 났다.

“헉!”

오가덕은 외마디 비명을 지르며 본능적으로 바닥을 굴렀다.

짜자자자작!

섬뜩한 소리와 함께 사방으로 돌가루가 튀었다.

마치 지진이라도 난 듯 쩍 갈라져 버린 바닥.

기마대 쪽에서 날아오른 신형이 도를 치켜든 채 불꽃 같은 눈으로 자신을 노려보고 있었다.

“으아아! 호위! 놈을 막아!”

오가덕은 체면 불구하고 호위를 부르며 정신없이 바닥을 뒹굴었다.

금사상채에 휘몰아친 폭풍은 그때부터 시작되었다.

오가덕이 몸을 피하고 호위들이 막아서는 순간, 곽무한의 도가 연이어 불을 뿜었다.

쾌애애액!

빛살처럼 날아드는 도기.

호위들이 기절할 듯 놀라 얼결에 무기를 뽑아 들었지만 아무 소용이 없었다. 병장기는 곽무한의 도에 닿자마자 산산조각 나버렸고, 그들은 비명조차 내지르지 못한 채 피를 뿌리며 쓰러지고 말았다.

"으아아! 놈들이다! 놈들이 잠입했다!"

그야말로 눈 깜짝할 사이에 벌어진 참경.

그제야 상황을 알아차린 금사상채들이 기마대를 포위하려 했지만, 그때는 이미 늦어버렸다.

"와아아! 공격!"

곽무한의 기습이 시작되자마자 이미 본채에 들어와 있던 수룡채와 가룡채들이 우레 같은 함성으로 사방을 공격하기 시작한 것이다.

쐐애액! 채채챙!

"크아악!"

난무하는 병장기 소리와 처절한 비명 소리.

금사상채의 대연무장은 곧 피아를 구분할 수 없는 혼란에 빠져들고 말았다.

팔천 대 팔백.

무려 열 배의 전력 차이였지만, 지금 이 순간 그런 숫자놀음은 무의미했다. 한쪽은 누가 아군이고 누가 적군인지도 모르는 상태에서 우왕좌왕 헤매고 있었고, 다른 한쪽은 노도 같은 기세로 마구 몰아붙이고 있었으니.

땡땡땡땡!

급박한 타종 소리에 수채 구석구석에 처박혀 있던 놈들이 다 기어나왔다. 그러나 도저히 피아를 구분할 수 없는 상황이다. 그러니 뒤늦게 합류한 놈들은 그저 '와와' 소리를 지르며 허공에다 대고 병장기를 굿는 시늉만 할 뿐, 상황에 전혀 도움이 되지 않았다. 이러니 오가덕을 비롯한 수뇌부들은 그야말로 죽을 맛이었다.

"막아! 놈들을 막아!"

"섞이지 말고 거리를 벌려! 각 대별로 흩어지란 말이야!!"

발을 동동 구르며 명을 내렸지만 별 소용이 없었다.

혈두타가 욕심스레 만든 넓디넓은 대연무장이다. 거기다가 백타대의 귀환과 포로들의 얼굴을 보기 위해 전 병력이 한꺼번에 모이다시피 한 상황이다. 게다가 어두컴컴한 밤이니, 각 대별로 모여봤자 한두 놈이 슬며시 끼어들면 누가 누군지 알아볼 방법이 없다. 그러니 말단 수하들에게는 내게 칼을 들이미는 놈은 적이요, 나머지는 아군이란 식의 생각만 가질 뿐이었다.

이런 상황에서 신이 난 건 당연히 수룡채들과 가룽채들이었다.

그중에서도 수룡채들의 활약은 유난히 두드러졌다.

추단은 양손에 일월쌍환을 들고 마음껏 연무장을 휘젓고 있었고, 무견은 종횡도법을 펼치며 놈들의 목을 마구 거둬들이고 있었다.

나머지 수룡채들은 조별로 움직이며 금사상채들을 상대로 그동안 갈고닦은 실력을 마음껏 발휘했다.

가룽채들은 편법을 썼다.

그들은 싸움이 벌어지자마자 말에서 내려 놈들과 섞여 버렸다. 그리고는 기마대들과 싸우는 체하다가 갑자기 방향을 틀어 놈들의 뒤를 급습하곤 했다. 지금의 전투에서는 그게 오히려 효과적이기도 했다.

그러나 이렇게 신명난 사람들만 있는 것은 아니었다.

함께 싸우고픈 충동을 억누르며 마음을 다잡는 사람들도 있었다.

그들은 멀리서 연무장을 훔쳐보고 있는 지렁이와 곽패, 이탁 등이었다.

"제기랄! 저런 판에 끼어들어 신명나게 싸워야 하는데……."

지렁이는 연신 투덜댔다.

이탁은 웃음 띤 눈으로 그를 다독였다.

"기회는 지금이 아니라도 많습니다. 우린 우리에게 맡겨진 일부터 처리하지요."

그들이 향한 곳은 비밀 수로였다.

수채 전체에 내려진 비상령 때문에 경계병도 없었다.

"밑창을 부셔!"

지렁이와 곽패 등은 자기들이 타고 갈 배만 남겨두고, 수로에 숨겨져 있는 놈들의 배들을 몽땅 부서 버렸다.

"자! 이제 한바탕 연극을 해볼까요?"

"마음에 안 들어. 정말 안 들어."

지렁이의 투덜거림 속에 그들의 발길이 향한 곳은 지렁이가 그토록 바라마지 않던 싸움터의 한복판인 대연무장.

그러나 그토록 바라던 곳에 왔지만 지렁이 등은 전혀 신명이 나지 않았다. 왜냐하면 철천지원수 같은 금사상채 놈들과 싸우는 게 아니라 보란 듯이 동료들과 칼부림을 해야 했기에.

향후에 있을 작전 때문이었다.

놈들의 이목을 끄는 싸움을 함으로써 나중에 있을 의심을 피하기 위해서였다. 그러니 신명이 날 리가 없었다.

"제기랄. 저놈의 무위, 정말 징그럽군!"

지렁이는 추단과 손을 섞는 와중에도 가끔씩 곽무한을 훔쳐봤다.

츠츠츠츠츠!

쾌애애애액!

사방을 압도하는 번쩍이는 혈광.

곽무한은 작심한 듯이 도를 뿌리고 있었다.

곽무한은 오늘의 기습 목표를 잊지 않고 있었다.

쾌애애액!

"으갸갸갸!"

비명을 지르며 다시 바닥을 뒹구는 오가덕.

벌써 몇 번째인지 모른다.

죽어라 피해도 죽어라 따라다니는 칼빛.

수십 명의 호위가 두 동강나 버린 뒤에는 이제 어느 누구도 나서는 놈이 없었다. 결국 오가덕은 수하들을 방패 삼아 이리저리 도망 다니기에 여념이 없었다.

"후후후!"

곽무한은 그런 오가덕을 보며 차가운 미소를 지었다.

지금 곽무한은 일부러 오가덕을 몰아붙이고 있는 중이었다.

곽무한이 설정한 오늘의 목표는 놈들의 수뇌부를 괴멸시키고 안전하게 퇴각하는 것.

그 목표를 위해 곽무한은 오가덕뿐만 아니라 그 주변에 있는 금사상 채들까지 마구 공격해 나갔다. 그것도 그냥 공격한 게 아니라 내공의 소모를 감수하며 마구 도기를 뿜어댔다.

도저히 칼을 맞댈 엄두조차 나지 않는 도기.

상황은 예상대로 돌아갔다.

놈들은 공포에 질려 곽무한뿐만 아니라 오가덕까지 피해 다녔다.

그 덕분에 곽무한이 가는 곳마다 빈 공간이 생겼다.

그때부터 곽무한은 전황을 살펴가며 목표를 실천하기 시작했다.

"컥?"

오가덕을 향하다가 갑자기 엉뚱한 방향으로 향하는 도.

그때마다 흘러나오는 당혹스런 비명 소리.

비명의 주인공은 금사상채의 수뇌부들이었다.

그들은 곽무한이 오가덕의 뒤만 쫓고 있어 자기들은 괜찮을 거라 생각하고 있다가 난데없는 기습을 받고 불신의 표정을 지으며 하나씩 쓰러져 갔다.

그러길 얼마나 했을까?

어느 순간, 폭풍처럼 움직이던 곽무한의 신형이 뚝 멈췄다.

근처에 더 이상 눈에 띄는 고수가 없기 때문이기도 했지만, 베어도 베어도 끝이 없는 머릿수 때문에 수하들이 하나둘 지쳐 쓰러지고 있었기 때문이다.

더 이상 시간을 끌면 예상보다 피해가 늘어날 상황.

곽무한은 이만 철수하기로 결심했다.

"으으으… 제발, 제발!"

오가덕이 사시나무처럼 떨며 애원했지만 곽무한은 무표정한 눈빛을 보냈다.

서걱!

"커흑!"

간단한 손짓에 오가덕의 목이 떨어졌다.

곽무한은 오가덕의 목을 베자마자 사방을 돌아보며 크게 소리쳤다.

"내가 이자의 목을 베었다!"

연무장 가득 울려 퍼지는 목소리.

"헉! 부채주께서……."

"으아아!"

금사상채들이 당황한 표정으로 일제히 뒤로 물러나기 시작했다.

곽무한은 그 순간을 놓치지 않았다.

"모두 철수!

곽무한의 명이 떨어지자마자 수룡채들이 빠르게 연무장을 빠져나갔다. 물론 빠져나가면서도 사방에 불을 지르는 것과 말을 훔쳐 타고 달아나는 것을 잊지 않으며.

"으으으… 세상에 저런 놈들이……."

곽무한 등이 썰물처럼 빠져나가고 난 뒤, 금사상채들은 모두 넋 잃은 표정으로 바닥에 주저앉고 말았다.

불과 한 시진 정도의 전투였다.

그러나 피해는 상상을 초월했다.

난다 긴다 하는 수뇌부의 태반이 죽어버렸고, 근 이천 명에 달하는 동료들도 목숨을 잃고 말았다. 게다가 놈들이 지른 화재로 인해 식량 창고가 불타 버렸고 각종 전각이 소실되어 버렸다. 더구나 텅 비어버린 마사(馬舍)와 밑창이 부서져 버린 배들로 인해 놈들을 추적할 엄두조차 내지 못할 지경이었다.

"으으으… 도대체 어떻게 이럴 수가……."

금사상채들은 한참의 시간이 지나서야 겨우 정신을 차렸다.

한바탕 폭풍이 몰아친 것 같았다.

무려 일만에 달하던 병력이 겨우 이틀 만에 육천 명 정도만 남았다.

그것도 본채가 폐허가 되다시피한 상태로…….

그러나 그게 끝이 아니란 것은 그 누구도 생각지 못했다.

살아남은 수뇌들이 나섬으로 겨우 정리가 끝난 자정 무렵.

모두가 곯아떨어진 그 시각에 갑자기 난데없는 사건이 벌어졌다.

"불이야! 불이야!"

한밤중에 들려온 갑작스런 고함 소리.

"헉! 놈들이 또 쳐들어왔어?"

"으아아! 어디야, 어디?"

사방에 충천한 화광(火光).

금사상채들은 어찌할 바를 모르고 우왕좌왕했다.

불과 얼마 전에 겪은 공포 때문인지 모두 어디서 칼이 날아올지 몰라 전전긍긍 몸을 사릴 뿐 불을 끄려고 나서는 사람이 없었다.

"불을 꺼! 모두 불을 끄란 말이야!"

결국 수뇌들이 방방 뛰고 나서야 겨우 화재가 진압됐다.

"휴우… 잔불씨가 남은 모양이군."

놈들이 겨우 놀란 가슴을 진정할 때였다.

화재로 인한 강렬한 불빛이 사라지고 갑작스런 어둠이 찾아온 그때,

모두의 시야가 급격히 좁아진 바로 그때를 노린 한 수.

슉!

"크헉!"

서걱!

"끄아아아아악!"

저 뒤쪽에서부터 처절한 비명 소리가 메아리쳤다.

"으아아! 진짜다! 또 쳐들어왔어!"

공포가 삽시간에 번졌다.

놈들은 앞뒤 가릴 겨를도 없이 아무에게나 마구 칼질을 해댔다.

초저녁의 혼전 때문이었다.

그때와 비슷한 상황이어서 모두 공포에 질렸다.

언제 어디서 날아올지 모르는 죽음이니, 자기가 죽기 전에 먼저 옆의 놈부터 베고 보는 것이었다.

앞뒤 좌우에서 정신없이 날아드는 칼바람. 사방에서 들려오는 비명성. 금사상채는 또다시 극도의 혼란에 빠져들었다.

"으음… 이런 전략이었다니!"

어둠 속에서 그 모습을 보며 탄성을 흘리는 사람이 있었다.

그는 수하들과 함께 불을 지르고, 몇 놈의 목을 따버린 뒤 담장 밑에 몸을 숨긴 지렁이였다.

사실 지렁이는 조금 전 작전을 벌일 때까지만 해도 내내 시큰둥한 표정이었다. 그러나 막상 눈앞에서 펼쳐지고 있는 광경을 지켜보자니 그저 입만 쩍 벌어질 뿐이었다.

정작 범인은 따로 있는데 자기들끼리 죽이고 죽다니?

순간적으로 저놈들이 미쳤나 싶은 생각이 들 정도였다. 그러나 곰곰이 생각해 보니 고개가 끄덕여졌다.

인지상정이라고, 누구나 집에 불이 나면 처음엔 열심히 끄기 마련이다. 그러나 다 껐다고 생각한 불이 나중에 다시 난다면?

그땐 누구라도 의욕을 상실한 채 자포자기하고 말 것이다.

곽무한의 작전이 바로 이런 심리를 이용한 작전이었다. 거기다가 과거의 기억을 떠올리게 해 공포심까지 부추기는 작전을 가미한 것이다.

지렁이는 그제야 곽무한을 다시 보게 되었다.

지금 이 순간에도 눈앞에서는 자신이 직접 공격한 것보다 더 많은 적이 사라지고 있었다. 더구나 자신들은 털끝 하나 다치지 않고.

"아니, 저놈이?"

한동안 놈들의 자중지란을 구경하고 있던 지렁이가 어느 순간 자리에서 벌떡 일어났다.

"가자, 이놈아! 너 때문에 작전에 차질이 생기겠다."

지렁이가 뺨을 후려치며 끌고 온 사람은 장직이었다.

장직은 그때까지도 자아도취에 빠져 좌충우돌 비도를 뿌리며 피 맛을 즐기고 있었던 것이다.

결국 지렁이 등은 놈들의 혼란을 틈타 무사히 달아났다.

다음날.

금사상채는 완전 초상집 분위기였다.

동이 트고 난 뒤에 보니 간밤의 사상자 수는 무려 천여 명.

반면 적이라고 생각되는 시체는 겨우 열 손가락으로 꼽을까 말까였다.

그것도 확신이 들어서 그런 게 아니라 얼굴 부분이 온통 짓뭉개져 있어 적이었으면 좋겠다는 희망 사항일 뿐이었다.

그래서인지 채의 분위기는 극도로 흉흉해졌다.

아직도 남은 간자(間者:첩자)가 있다는 둥 누가 배신을 했다는 둥 온갖 소문이 떠돌고 불신이 팽배했다. 그리고 언제 놈들이 다시 기습을 해올지 몰라 모두 공포에 젖었다. 그러다 보니 몰래 채를 이탈하는 놈들까지 생겨났다. 그리고 시간이 흐를수록 이탈자의 숫자가 급속히 늘어났다. 일이 이 지경에까지 이르자 살아남은 수뇌부들은 대책 회의를 열었다.

그러나 별 뾰족한 방법이 있을 리가 없었다.

결국 회의실에서 탄식 섞인 목소리가 흘러나왔다.

"채주께… 급전을 보내라. 본채가 괴멸 직전이라고……."

그들이 택할 수 있는 방법은 혈두타에게 첩지를 보내는 방법뿐이었다.

＊　　　＊　　　＊

우두산 정상.

드넓게 펼쳐진 억새밭에 천막 하나가 서 있다.

천막 주위로는 형형한 눈빛의 사내들이 경계를 서고 있었다.

이른 아침.

열한 명의 사내가 천막 안으로 들어갔다.

천막 안.

곽무한을 중심으로 열한 명의 사내가 탁자에 둘러앉았다.

"예상대로 놈들이 출발했습니다."

가장 먼저 말을 꺼낸 이는 정보를 총괄하고 있는 이탁이었다.

"음… 그래?"

곽무한은 잠깐 침묵을 지켰다.

사내들은 모두 곽무한의 입을 주시했다.

'저 입술이 열리면 놈들은 또다시 공포에 떨리라…….'

맞은 만큼 정이 든 것일까?

최근 들어 곽무한에게 조금씩 마음을 주고 있는 지렁이의 생각이었다.

"좋아! 이제 서서히 싸움을 끝낼 때도 됐지."

독백처럼 중얼거리는 말에 모두의 가슴이 쿵쿵 뛰었다.

끝낼 때가 됐단다.

다른 곳도 아닌 금사상채를 끝장내 버리겠단다.

'분명 말도 안 되는 말이건만 이렇게 철석같이 믿어지는 이유가 뭘까? 요 며칠 동안의 전과 때문일까?'

분명 최근 며칠간의 전과는 눈이 부실 정도였다. 고작 이천 명의 병력으로 놈들을 거의 초토화시켜 버렸으니까.

그러나 견원지간이다시피한 자신조차 따르게 만드는 신뢰에는 그 이상의 이유가 있는 것 같았다.

'도대체 그게 뭘까?'

지렁이는 곽무한을 뚫어져라 쳐다봤다.

"모두 잘 들어! 지금부터 놈들을 끝장낼 준비를 한다. 추단! 오늘부터 사흘 동안 놈들을 흔들어. 지렁이! 이전의 위치에서 다시 은신한다. 단, 인원을 대폭 보강한다. 전체 전력의 삼분지 이를 데려가! 곽패는 내일부터 하루에 한 번씩 산에 불을 질러! 이탁은 지금 당장 가릉채에 첩지를 보내. 그리고……."

곽무한은 빠르게 말을 잇고 있었다.

"존명!"

거의 동시에 나오는 추단과 곽패 등의 복창 소리.

곽무한은 모두를 잠깐 훑어보다가 다시 보충 설명을 한다.

"세세한 전략은 이렇다. 놈의 성격으로 미루어 본채가 무너졌다는 소식이 들어가면… 지금 남아 있는 놈들은 모두 공황 상태에 빠져 있다. 이럴 때 그들을……."

지도까지 가리켜 가며 상세히 설명하는 곽무한.

지렁이는 그 모습에서 의문에 대한 답을 찾을 수 있을 것 같기도 했다. 지금 보듯이 곽무한은 매사에 철두철미했다. 예전엔 가슴에 불덩어리를 안고 있는 것처럼 급하기 짝이 없던 놈이었는데, 지금은 저렇게 신중한 성격으로 변한 것이다.

그러나 신중하다고 해서 결코 미적거리는 성격은 아니었다.

결단력에 있어서만큼은 예전의 성격 그대로, 아니, 어찌 보면 그 이상일 정도로 단호했다.

그리고 또 하나!

"한 치의 오차도 있어서는 안 돼. 그게 바로 놈과의 승부에 종지부를 찍는 일이니… 그리고 모두… 몸조심해."

지금 하는 당부처럼, 비록 드러내 놓지는 않았지만 놈은 수하의 목숨을 그 무엇보다도 아끼는 놈이었다.

'아! 그리고 보니 가장 중요한 한 가지를 잊고 있었군! 내게 전력의 삼분지 이를 맡긴다고 했던가? 그래, 놈은 그랬어! 단 한 번도 수하를 의심한 적이 없었군. 항상 믿고 있었어. 심지어는 나 같은 반골까지도……'

회의가 끝났다.

지렁이는 천천히 자리에서 일어났다.

지렁이는 만감이 교차하는 눈빛으로 곽무한을 쳐다봤다.

뚫어져라 지도를 보며 생각에 잠겨 있는 모습.

커 보였다.

예전에 자신의 하늘이었던 노호보다 더 커 보였다.

뭐가 고민일까?

그가 살포시 눈썹을 찡그리고 있었다.

‘혼자서 다 짊어지려 하지 말고 같이 나누면 좋을 텐데…….’

지렁이는 잠깐 그런 생각을 하다가 화들짝 스스로에게 놀랐다.

‘젠장! 요 며칠 피곤했던 모양이군. 나답지 않게 웬 닭살스러운 생각이람.’

지렁이는 머쓱한 표정으로 곽무한에게 허리를 숙여 보이고는 천막을 나섰다.

오늘따라 햇빛이 유난히도 찬란한 느낌이었다.

*　　　　*　　　　*

혈두타는 가릉채와의 전투에서 연일 기세를 올리고 있었다.

얼마 전 그들의 전력 중 일부가 빠져나간 것을 알아차리고 전면 공세를 펼친 게 주효했던 것이다.

이제 남은 것은 가릉강 중류에 배수진을 친 가릉채를 완전 괴멸시키는 일.

첩지가 날아든 것은 바로 이런 중차대한 시국이었다.

“크아아! 곽무한! 그놈이 바로 곽무한이었다고?”

혈두타는 첩지를 읽자마자 마구 광기를 터뜨렸다.

곽무한, 곽무한, 곽무한.

심중의 가시와 같은 놈이었다.

그동안 잠잠하기에 웅풍산장의 손에 당해 죽은 줄로만 알았다.

그런데 버젓이 살아난 걸로도 모자라 자신의 텃밭인 본채를 괴멸시키고 있는 중이라니?

혈두타는 분을 참지 못하고 벌떡 일어섰다.

"수하들을 모두 불러들여! 곽무한 그 개자식을 찢어 죽이러 간다! 지금 당장!"

사람은 누구나 맹점을 가지고 있다.

혈두타도 마찬가지였다.

그는 천하를 다 얻고도 내 집을 잃으면 아무 의미가 없다는 생각을 가지고 있었다. 그만큼 본채는 혈두타에게 있어 모든 것이었다.

그래서였다.

수하들이 벌 떼같이 일어나 말렸지만 분노로 눈이 뒤집힌 혈두타의 결정을 되돌릴 순 없었다.

혈두타가 광분하며 금사강으로 달려가자, 안도의 한숨을 내쉬는 사람이 있었다.

그는 최근 들어 궁지에 몰리고 있던 진묵이었다.

혈두타의 전면 공세로 채의 존망까지 걱정할 정도였는데, 놈들이 갑자기 철수해 버리다니? 그야말로 기사회생한 기분이었다.

이유는 금방 알 수 있었다.

〈작전 성공. 협공 준비 요망!〉

혈두타의 철수와 때맞춰 날아든 첩지.

겨우 열 자밖에 되지 않는 첩지였지만, 진묵에게는 가뭄 끝의 단비처럼 반갑고 소중한 첩지였다.

'최고야! 내 평생에 가장 잘한 협상이었어!'

도박판에서 하루 종일 잃다가 단번에 대박을 터뜨린 기분이었다.

진묵은 말 못할 희열이 엄습하는 것을 느끼며 갑판으로 나갔다.

"모두 준비해! 드디어 이 지긋지긋한 전쟁을 끝낼 때가 왔어!"

진묵은 모처럼 수하들에게 큰소리를 칠 수 있었다.

초웅현에 남아 있던 금사상채들은 모두 죽을 맛이었다.

그 이유는 사흘 내내 이어진 기습 공격 때문이었다.

그들은 낮이고 밤이고 가리지 않았다.

어떻게 그렇게 기가 막히게 시간을 맞추는지 밥 먹을라 치면 공격해 오고 잘라 치면 공격해 온다. 도무지 쉴 틈을 주지 않는다. 그 바람에 금사상채들은 사흘 내내 잠 한숨 제대로 못 자고 밥 한 끼 제대로 먹지 못한 상태에서 언제 놈들이 쳐들어올까 싶어 눈만 데굴데굴 굴리며 공포에 떨고 있었다.

더구나 시시때때로 치솟는 저 허연 연기.

그들은 하루에 두세 번씩 산에 불을 지르고 있었다.

그 이유가 하도 궁금해 수뇌들은 또다시 회의를 가졌다.

"놈들이 산에 불을 지르는 이유가 뭘까?"

"유인 작전이 아닐까요?"

"공포심을 조장하려는 것 같습니다."

"어서 항복하라고 시위하는 게 아닐까요?"

대답은 각양각색이었지만, 결론은 비슷했다.

어떤 이유에서든 자신들에게 위축감을 준다는 것.

그 결론은 정확했다.

사흘이 지나고부터 그들의 공격 유형이 달라진 것이다.

화르르!

산에 불이 나고,

"와아아! 공격!"

"푸하하하! 덤벼라 이놈들!"

놈들이 일제히 공격해 온다.

그동안은 소수의 병력으로 치고 빠지더니 사흘이 지나고부터는 산불이 오르는 시각에 맞춰 수백 명이 무리를 지어 공격해 왔다.

"으으… 전면 공격을 벌인다는 신호였나 봐!"

이제 금사상채들은 산에 불이 나는 것만 봐도 경기를 일으킬 정도였다. 심지어는 산불이 날 때마다 탈영하는 놈도 있었다.

이대로 가다가는 그야말로 앉아서 자멸할 판.

결국 금사상채들은 산불이 날 때마다 본채 내의 모든 문을 꼭꼭 걸어 잠갔다. 그리고는 이제껏 해오던 추격은 그만두고 경계와 탈영병 방지에만 몰두했다. 그것도 수뇌부들까지 모두 나선 상태로.

"그래? 드디어 안에 웅크리고만 있단 말이지?"

곽무한은 놈들의 움직임을 보고받고 회심의 미소를 지었다.

드디어 모든 안배가 끝났다.

이제 남은 것은 혈두타와의 일전뿐!

"지금부터 이곳에는 최소 병력만 남는다. 나머지 병력은 모두 우두산으로 이동하도록!"

곽무한은 모든 수하를 금사강이 내려다보이는 우두산 북쪽으로 이동시키고, 본채 부근에는 십여 명의 수룡채들만 남겼다.

남은 십여 명의 수룡채들.

그들의 임무는 간단했다. 간간이 산에 불을 질러 오천 명의 발목을 묶기만 하면 되는 일이었다. 그리고 그보다 더 간단한 임무도 있었다.

그것은 단 한 사람의 마음만 흔들면 되는 일이었다.

멀리서 초조한 심정으로 날아오고 있을 혈두타.

그의 마음만 조급하게 만들면 되는 것이었다.

그 임무 역시 산에 불을 지르기만 하면 되는, 아주 간단한 일이었다.

제52장
금사강 혈전

금사강 혈전

놈들이 온다.

내 형제를 죽인 놈들이 온다.

저 푸른 강물 너머로 그들이 온다.

저주가 있으리라.

내 원한을 실어 피의 저주를 내려주리라!

곽무한은 강물이 내려다보이는 절벽 위에 서 있었다.

첩지가 날아간 지도 벌써 일주일.

원래대로라면 사나흘 정도 더 걸릴 거리지만, 혈두타라면 오늘내일이라도 도착할 수 있는 거리였다.

곽무한은 잠깐 하늘을 올려다봤다.

곧 폭우가 오려는 듯이 먹구름이 잔뜩 낀 어두컴컴한 하늘.

‘날씨마저 돕는가?’

우두산은 계곡이 많은 산이었다. 그리고 그 계곡들은 모두 금사강과 이어져 있었다. 즉, 우두산의 계곡들은 폭우가 쏟아지면 곧바로 금사강으로 합류하는 지류가 된다는 말이었다. 그것도 옛 적취협의 폭류처럼 거세고 빠른 지류가.

곽무한이 지렁이를 이번 작전의 책임자로 정한 이유가 바로 그 때문이었다. 옛 적호채 출신들은 이미 폭류라면 이골이 난 놈들!

“조금 있다가 비가 오기 직전에 한 번 더 불을 지르라고 해!”

곽무한은 등 뒤를 돌아보며 명을 내렸다.

“존명!”

수하는 빠른 걸음으로 사라졌다.

수룡채들은 강물을 노려보고 있었다.

장강과 이어지는 금사강 저편을 눈 한 번 깜박하지 않고 노려보고 있었다.

이제 울분을 터뜨릴 시간.

그동안 참아왔던 복수를 할 시간이 다가오고 있어서였다.

지렁이 역시 마찬가지였다.

그는 계곡 아래로 내려다보이는 강물을 보며 이제나저제나 놈들을 기다렸다. 그 바람에 손에 잔뜩 힘이 들어가 몇 번이나 노를 바꿔 쥐었는지 모른다.

‘그가 온다고 했으니 곧 올 것이다.’

지렁이는 계곡 한쪽에 늘어선 배들과 함께 하염없이 강물만 노려보고 있었다.

"이 자식들아! 더 빨리! 더 빨리 달리란 말이야!"

혈두타는 조급했다.

저 멀리서 피어오르는 하얀 연기.

분명 자신의 본채가 있는 곳이었다.

혈두타는 곽무한을 잘 알고 있었다.

그때 그 백제성에서의 모습을 똑똑히 기억하고 있었다.

야차 같은 놈이었다.

복수를 위해서라면 제 목숨도 불사하는 지독한 놈이었다.

지금 이 순간도 수많은 수하들이 놈의 손에 죽어가고 있다 생각하니 애간장이 다 타 들어가는 것 같았다. 그래서 혈두타는 애꿎은 수하들만 족쳤다.

후두둑! 툭툭… 쏴아아아!

하늘은 과연 오후 느지막할 무렵부터 비를 쏟아내기 시작했다.

"옵니다. 놈들이 오고 있습니다."

쏟아지는 비를 뚫고 전령이 소식을 전해왔다.

금사강 초입에서 정탐하고 있는 이탁의 전언이었다.

"그래, 드디어 오고 있단 말이지?"

곽무한은 주먹을 불끈 쥐었다.

"모두에게 신호를 보내!"

명을 내림과 동시에 곽무한의 눈에서 번갯불 같은 광망이 쏟아졌다.

"후후후. 어서 오너라, 혈두타!"

곽무한은 빗줄기 너머로 차가운 미소를 지어 보이며 꽈드득! 혈뢰도를 움켜쥐었다.

후두둑! 쏴아아아!

작살처럼 내리 꽂히는 빗줄기.

어찌나 거세게 오는지 한 치 앞도 제대로 보기 어려웠다.

"빌어먹을! 빌어먹을! 이 바쁜 외중에!"

혈두타는 쏟아지는 빗줄기를 보며 선실 벽을 마구 두드려 댔다. 그러다가 휙 고개를 돌렸다.

"본채까지는 얼마나 남았어?"

"이제 거의 다 왔습니다."

"크아아! 이 자식아! 거의 다 왔다고 한 게 벌써 몇 번째야? 정확히 어디까지 왔냐고?"

혈두타는 버럭 고함을 지르며 수하의 턱을 걷어차 버렸다.

몰라서 물은 게 아니었다. 폭우 때문에 배의 속도가 느려져 울화를 참을 수 없어 건넨 말이었다.

"크윽! 이각(二刻:30분)… 앞으로 이각 정도면 도착할 것 같습니다."

수하 녀석이 비틀거리며 대답을 해왔다.

"등신 자식! 진작 이각이라고 하면 좋잖아!"

다시 한 번 수하의 뺨을 후려쳐 버린 혈두타는 콧김을 씩씩 뿜으며 손목에 감겨 있는 쇠사슬을 어루만졌다.

촤아아아!

거센 폭우 소리.

"빌어먹을! 이런 빗줄기 속에 놈들을 어떻게 잡아 족친다?"

공연한 걱정이었다.

곽무한 등은 이미 기다린 지 오래였다.

그러나 그런 사실을 꿈에도 생각지 못한 혈두타는 손목에 감긴 쇠사슬을 어루만지며 계속 심통만 부려댔다.

콰아아아!

계곡에 물이 넘쳐흘렀다.

어찌나 거세게 흐르는지 귀까지 먹먹할 정도였다.

지렁이 등은 금방이라도 배를 띄울 수 있게 삼판 부분을 붙잡고는 곧 떨어질 공격 명령만 기다리고 있었다.

그때였다.

쏟아지는 빗줄기를 뚫고 멀리서 불화살이 날아올랐다.

"놈들이다!"

누가 먼저 소리쳤는지는 모른다. 그러나 거의 동시에 배를 띄운 것은 확실했다.

"와하하하! 놈들을 깨부수러 가자!"

들뜬 함성 소리에 장대비가 흔들렸다.

그리고 곧 허연 포말을 탄 배들이 줄줄이 폭류를 타고 날듯이 내려갔다.

쏴아아아!

앞도 제대로 보이지 않는 장대비였다.

중간 중간 위험하게 솟은 바위들이었다.

그러나 전광석화!

지렁이 등은 그야말로 번개 같은 속도로 내려갔다.

콰콰콰콰콰!

계류가 금사강과 합쳐지면서 싯누런 흙탕물이 하늘로 치솟는 곳.

그곳을 지나고 나자 드디어 보였다.

출렁이는 물살을 가르며 지나가고 있는 금빛 호랑이 문양의 배들이 확연히 보였다.

"와하하하하하! 가자!"

폭우마저 잠재워 버리는 고함 소리.

지렁이는 빗줄기를 튕겨내며 빠르게 노를 저었다.

촤촤촤촤촤!

놈들 배의 옆구리가 확 커져 왔다.

"박아 넣어!"

콰자자자작!

철판으로 감싼 소선의 앞머리가 놈들의 옆구리를 통타했다.

그때부터 시작이었다.

"와아아!"

요란한 함성과 함께 강변에 매복하고 있던 배들이 한꺼번에 쏟아져 나왔다.

뒤이어,

철컹, 철컹!

빗속을 뚫고 수많은 갈고리들이 날아갔다.

"뭐야? 무슨 일이야?"

금사상채 놈들은 그제야 갑판으로 나왔다. 폭우 때문에 선실 안에 있다가 배가 흔들리는 충격에 뛰쳐나온 것이었다.

"헉! 적이다아아!"

"놈들이야! 놈들의 습격이다!"

놈들은 곧 찢어질 듯한 고함을 질렀다. 그러나 놈들이 고함을 지를 때는 이미 갑판에 수룡채들이 가득할 때였다. 그리고 그 소리는 쏟아지는 빗소리에 묻혀 얼마 퍼져 나가지 못했다.

"와아아! 공격!"

"하하하! 이놈들! 내 칼을 받아라!"

요란한 함성을 지르며 쇠사슬을 타고 훌쩍훌쩍 날아드는 수룡채들.

미처 병장기를 들고 나오지 못해 피를 뿌리며 쓰러지는 금사상채들.

후에 금사강의 혈전이라 불린 수룡채 연합과 금사상채 간의 수전은 이렇게 서막을 열었다.

쿵.

무슨 소리가 나더니 갑자기 선실이 흔들렸다.

"음? 무슨 일이야?"

혈두타는 눈살을 찌푸리다가 갑자기 들려오는 비명 소리에 놀라 자리를 박차고 일어났다.

황급히 선실 문을 열고 갑판으로 나서니,

"맙소사!"

그 말 외엔 다른 말이 생각나지 않았다.

쏴아아!

여전히 쏟아 붓는 빗줄기, 그 사이로 보이는 저 작은 배들은 다 뭣이란 말인가? 그리고 갑판 위에서 설치는 저 낯선 놈들은 또 누구란 말인가?

혈두타는 지금 자신이 꿈을 꾸고 있나 싶어 순간적으로 멍한 표정을 지었다. 그러다가 번쩍 정신을 차린 것은 빗줄기 사이로 보이는 한 사람의 얼굴을 발견하고부터였다.

"쿠오오오오! 곽—무—한!"

혈두타는 자기도 모르게 분노성을 터뜨렸다.

빗방울이 튀어 오르는 거센 강물.

그 위에 출렁이는 중형 판옥선.

그 배의 앞머리에 곽무한이 팔짱을 끼고 서 있었다.

팔짱 사이로 보이는 금빛 손잡이가 아프게 눈을 찔러왔다.

"노오오옴!"

혈두타는 살기등등한 눈빛으로 쇠사슬을 풀어 들었다.

그러나 바로 공격하기에는 거리가 너무 멀었다.

혈두타는 곽무한에게 쇠사슬을 잠시 흔들어 보이고는 보란 듯이 등을 돌렸다.

"이 하룻강아지들!"

혈두타가 쇠사슬을 날린 곳은 갑판 쪽이었다.

그곳은 웃통을 벗어젖힌 놈들이 수하들을 도륙하고 있는 곳이었다.

촤라라락!

"크아악!"

순식간에 세 명의 머리를 박살 내버린 혈두타.

피 묻은 쇠사슬을 들고 곽무한 쪽으로 다시 등을 돌렸다.

"흐흐흐. 이놈! 그때 살아난 것을 뼈저리게 후회하도록 만들어주마!"

혈두타는 쇠사슬을 흔들며 소리쳤다.

그런데 멀리서 놈이 씨익 웃고 있는 것 같았다. 그리고 천천히 도를 거머쥐는 것이 보였다.

"호오? 이곳으로 건너오시려고? 오냐! 오기만 와봐라! 아예 벌집을 만들어주마! 흐흐흐."

자신의 등 뒤에는 화포가 준비되어 있다. 그리고 그 곁에는 쇠뇌를 든 수하들이 줄지어 서 있었다.

혈두타는 곽무한을 보며 조롱하듯 손가락을 까닥였다.

놈은 여전히 희미한 미소를 달고 있었다.

그러나 놈의 손은 천천히 움직이고 있었다.

느리게 아주 느리게 도를 세우고 있었다.

"호오? 뭐 하시려는 걸까? 춤이라도 추시려고?"

혈두타는 그 모습을 보며 조소를 보냈다.

바로 그때였다.

놈의 눈에서 번쩍! 빛이 뿜어져 나왔다.

"맙소사! 저놈이 진짜?"

혈두타의 입이 경악으로 벌어졌다.

곽무한이 하늘로 날아오르는 것을 보았기 때문이다.

그러나 그건 약과였다.

경천동지할 일이 뒤이어 나타났다.

"혈—두—타아아아!"

고막을 뒤흔드는 쩌렁쩌렁한 사자후에 이어,

번쩍!

꽈르르르르릉!

하늘에서 끔찍한 천둥 번개가 날아들었다.

천지를 뒤흔드는 굉음과 함께 날아드는 시뻘건 빛덩어리.

"으아아!"

혈두타는 기겁성을 지르며 갑판을 굴렀다.

콰자자자자자작!

뱃머리에서 거대한 폭발음이 났다.

콰아아아……

작살처럼 내려찍던 빗줄기가 일순간 허공으로 말려 올라갔다. 그와 동시에 처절한 비명성이 귀를 울려왔다.

허물어져 나간 뱃머리와 함께 즐비하게 쓰러져 있는 수하들의 시체.

"허거거걱… 세상에… 세상에!"

혈두타는 날리는 파편 조각을 뒤집어쓴 채 사지를 벌벌 떨었다.

도강!

도강이었다.

숱한 무인들이 전설로 치부하는 그 도강이 지금 자신의 눈앞에 나타난 것이었다. 그것도 곽무한이라는 끔찍한 괴물의 손을 통해서…….

혈두타는 어찌나 충격을 받았던지 한동안 멍하니 앉아 있었다.

곽무한의 무위.

저 정도라면 도저히 맞상대가 불가능했다. 그러나 다행히 자신에게는 아직도 화포와 수하들이 남아 있었다.

혈두타는 이를 악물며 일어났다. 그리고 빠르게 사방을 훑었다.

그러나 없었다.

전후좌우 그 어디에도 놈은 없었다.

혈두타는 갑자기 찬물을 뒤집어쓴 듯 굳어버렸다.

'하늘! 하늘이다!'

수십 년 동안 굴러먹은 경험의 산물이었다.

"모두 조심해!"

혈두타는 비명처럼 외치며 다시 몸을 피했다.

과연이었다.

고오오오… 꽈르르르르릉!

혈두타가 몸을 피하자마자 대기가 진동하며 끔찍한 혈광이 작열했다.

산산이 부서져 사방으로 날리는 판자 조각들.

"화포! 화포를 쏴!"

혈두타는 한숨 돌리자마자 사색이 되어 소리쳤다.

혈두타의 배에 장착된 화포.

황법으로 엄하게 금하는 것이기도 했거니와 포탄이 워낙 비싸 가릉채와의 전쟁 때도 몇 번 쓰지 않은 것이었다. 그러나 지금의 상황에선 선택의 여지가 없었다.

꽈릉!

꽈르릉!

화포가 몸체를 들썩이며 시뻘건 불을 뿜었다.

휘이익! 콰콰쾅!

엄청난 굉음과 함께 시커멓게 피어오르는 구름.

얄밉게도 놈은 번개처럼 몸을 비틀어 강물 속으로 사라버렸다. 그러나 다행이도 놈이 타고 온 배는 박살 낼 수 있었다.

혈두타는 매캐한 화약 연기를 맡으며 잇달아 명을 내렸다.

"포수들은 놈들의 배를 보는 족족 쏴버려! 그리고 나머지는 모두 전투 대형을 갖춰!"

빠른 상황 판단이었다.

놈이 물속에 있을 때 빨리 수하들을 안정시켜야 했다.

포신이 '끼리릭, 끼리릭!' 소리를 내며 움직였다.

수하들은 쇠뇌를 장착하며 각자 자리를 잡았다.

"조준! 발사!"

꽈르릉!

퓨퓨퓨퓨퓻!

화포가 불을 뿜었고, 쇠뇌가 빗발처럼 날았다.

비록 앞머리가 부서졌지만 군선(軍船)을 개조한 어마어마한 몸집의 지휘선이다. 그런 지휘선이 화포를 쏘아대며 강물을 휘젓자 금사상채들은 조금씩 안정을 찾아갔고, 반대로 수룡채들은 당황하기 시작했다.

그러나 혈두타는 이런 상황이 오래가지 않을 것임을 알고 있었다.

놈이 물속으로 뛰어들었으니 곧 지휘선의 밑창이 뚫릴 것이다.

"포수들만 남고 나머지는 모두 호위선으로 이동한다!"

혈두타는 호위선이 오자마자 제일 먼저 몸을 날렸다. 그러고도 안심이 안 돼 쇠뇌수들을 전부 자기 주위로 불러들였다. 그리고는 서둘러 배를 움직이도록 명해 지휘선에서 멀리 떨어져 나갔다.

잠시 후,

쿠쿠쿠쿠쿠!

과연 자신의 예측처럼 지휘선이 물보라를 일으키며 침몰하기 시작했고, 그 소용돌이에 주변의 소선들도 마구 빨려들어 가기 시작했다.

"크으윽! 개자식! 갈아 마실 놈! 자근자근 밟아 죽일 놈!"

혈두타는 피눈물을 흘렸다.

수십 년 세월 모진 고생으로 장만한 것이었다. 그런데 그것이 한순간에 물거품처럼 사라져 버리다니!

"으드득! 좋다, 노옴! 그 대가로 오늘 네놈들을 몽땅 수장시켜 주마!"

비록 많은 피해를 입긴 했지만, 기습으로 인한 피해는 지휘선의 활약으로 인해 상쇄되었다. 그리고 이제 지휘선이 사라진 대신 수하들의 진용이 안정되고 있다.

혈두타는 충혈된 눈으로 전황을 살폈다.

자기 휘하의 배는 중형, 소형 합쳐 모두 이백여 척.

반면 놈들의 배는 날렵하지만 작은 육십여 척의 소선들.

승산은 충분하고도 남았다.

"모두 원진을 펼쳐 놈들을 포위해!"

둥둥둥!

육중한 북소리와 함께 푸른 깃발이 허공으로 올라갔다.

"잠수조들! 놈들의 배를 침몰시켜!"

첨벙, 첨벙!

어피를 입은 수백 명이 황톳물로 뛰어들었다.

쏟아지는 폭우와 위험천만한 물살.

수전(水戰)은 지금부터가 시작이었다.

콰지직!

격한 충돌음에 이어 사방에서 갈고리가 날았다. 뒤이어 근육질의 사내들이 함성과 함께 병장기를 휘두르며 갈고리를 타고 넘어온다. 그리고 곧 피아 구분 없는 격전이 시작되었다.

슈욱!

"크헉!"

채채챙!

"크아악!"

아비규환.

갑판마다 질펀한 피가 흐르고 비명성이 메아리친다.

빗줄기는 피를 훔치기에 바빴고, 강물은 시체를 옮기기에 바빴다.

"이야아압!"

"훅, 훅! 덤벼, 덤비라구, 이 새끼들아!"

악쓰는 기합성과 거친 숨소리.

모두의 눈에 광기가 어렸다.

둥둥둥둥!

뿌우우, 뿌우우!

북소리와 뿔 나팔 소리가 바쁘게 울려 퍼지는 가운데 치열한 백병전이 시작되었다.

쐐애애액!

"끄으으!"

수룡채들은 용감했다.

암기에 맞아 쓰러지면서도 끝내 휘두르던 병장기의 궤적을 완성했다.

"혁, 혁, 혁!"

지렁이는 격전 중에도 전황을 살폈다.

내리는 비 때문에 제대로 알아볼 수는 없었지만 사방에서 들려오는 비명 소리로 미뤄 일진일퇴의 공방 중이라는 것을 알 수 있었다.

패애액!

"웃? 어림없다, 이놈!"

지렁이는 달려드는 놈의 도를 피하며 단칼에 그의 목을 베어버렸다. 그리고는 하늘을 향해 껄껄 웃었다.

"푸하하하! 좋아, 좋다구! 모두 최고야!"

빗방울이 마구 입속으로 들어왔지만 개의치 않았다.

뭉클하고 통쾌한 기분이 들어 미칠 것만 같았다.

숫자에 있어 현격한 열세였었다.

더구나 놈들은 화포까지 지녔다.

그러나 자신뿐만 아니라 수룡채들은 그 누구도 물러서지 않았다.

자신들은 이미 신을 봤다.

까마득한 하늘로 날아오르며 거대한 빛덩어리를 뿜어내던 곽무한.

자신들은 그와 함께 싸우고 있었다.

물밀 듯 밀려오는 적들.

전혀 겁이 나지 않았다.

숫자의 차이는 아무것도 아니란 것을 모두 경험으로 알고 있었다.

그래서였다.

오히려 놈들과 정면으로 맞부딪쳐 갔다.

그 순간 당황으로 찔끔거리는 놈들의 눈빛.

이겼다. 이길 수 있다.

그런 생각이 온몸 가득 퍼져 나갔다.

그때부터였다.

자기뿐만 아니라 저 말단 장삼이 녀석까지 신들린 듯 적들과 싸웠다. 가슴엔 뜨거운 열기가 솟구쳤고, 근육에서는 알 수 없는 힘이 솟구쳤다.

"덤벼! 덤벼봐, 이 자식들아! 내가 바로 장삼이야! 와하하하하!"

고막을 파고드는 장삼이 녀석의 호기.

지렁이는 지금 이 순간 여기서 죽어도 좋다는 생각이 들었다.

저런 수하들과 함께라면 지금 당장 죽어도 여한이 없을 것 같았다.

혈두타는 심장이 지글지글 끓었다.

"저 머저리들! 저 등신 새끼들!"

진세를 구축하라는 명을 내린 지가 언제인데 아직도 저렇게 육박전이나 벌이고 있는 수하들을 보자니 미치고 환장하고 폴짝폴짝 뛰고 싶은 심정이었다.

"도대체 뭣들 하는 거야? 거리를 벌리라니까! 거리를 벌려 원진을 만들라고 했잖아, 이 돌대가리 새끼들아! 으아아아!"

그러나 소용없었다.

아무리 고함을 지르고 북을 두드리고 깃발을 올려도 명은 전혀 먹히지가 않았다.

알고 보니 갈고리 때문이었다.

놈들이 기습을 시작하자마자 던진 갈고리.

거기에 묶여 수하들의 배가 쉽사리 빠져나오지 못하고 있는 것이다. 게다가 놈들은 이미 수하들의 배로 넘어오자마자 키부터 부서 버렸다.

그러니 수하들 태반이 놈들과 육박전을 벌일 수밖에 없었고, 또 그러다 보니 어설프게나마 원진을 형성하고 있던 수하들마저 동료들을 배려하느라 마음 놓고 공격하지 못하고 있었다.

뒤늦게 이런 사실을 알아차린 혈두타는 수룡채들의 치밀한 준비에 이를 갈았다.

그러다가 퍼뜩 생각난 사실.

자신은 이미 그에 대한 대비를 하지 않았던가?

물속에 들어가 있는 잠수조가 놈들의 배를 침몰시켜 버리면 갈고리 문제가 해결되지 않는가? 그 생각을 떠올린 혈두타는 출렁이는 강물을 보며 버럭 고함을 질렀다.

"도대체 잠수조들은 뭣들 하고 있는 거야?"

그 바람에 덜컥! 생각이 나버렸다.

치열한 전황 때문에 잊고 있던 그놈.

곽무한 그놈도 지금 물속에 있지 않던가?

"아뿔싸!"

혈두타는 안색이 변해 펄쩍 뛰었다.

실수였다.

놈은 자신조차 진저리 칠 정도의 물귀신이 아닌가?

그런 곳에 잠수조를 보내다니?

"좋아, 좋아! 그래 봤자다. 그래 봤자라고! 크아아아아!"

혈두타는 뒤늦게 고래고래 고함을 질렀다.

예상보다 피해가 극심하긴 하겠지만 결국 승리를 거머쥐는 것은 자신일 것이다. 아직도 자기편의 숫자가 월등 많았으니까.

비록 곽무한이 두렵긴 하지만 그도 신이 아닌 이상에는 지치기 마련.

놈을 처리하는 것은 나중에 고민해도 된다고 생각했다.

"모두 공격해! 아군 적군 가리지 말고 마구잡이로 공격을 퍼부어!"

결국 혈두타는 싸움을 끝내기 위해 수하들마저 희생시키기로 했
다.

*   *   *

포탄을 피해 물속으로 뛰어든 곽무한은 피부 호흡으로 운기부터 했
다. 무리한 도법 전개로 인해 진기가 엉킨 때문이었다.
곽무한은 마음 한 켠으로 번져 가는 흥분을 억누르지 못했다.
평생 처음으로 펼쳐 본 도강.
그 엄청난 희열이 전신 세포를 달궈온 것이다.
'역시 심법 문제였어!'
겨우 몸을 추스른 곽무한은 그때 상황을 다시 떠올려 봤다.
혈두타의 얼굴을 보자 미친 듯이 들끓던 분노.
그 분노를 담아 단번에 폭발시키듯 도를 뿌렸다.
그때 무의식적으로 움직인 진기는 자신이 재해석한 심법의 경로를
따랐다. 아직 몇몇 맞지 않는 경로 때문에 기혈이 뒤엉키긴 했지만, 혼
자서 궁리한 심법으로 도강까지 펼칠 수 있었으니 실로 엄청난 성과였
다.
'조금만 더 가다듬으면 되겠어…….'
생각을 정리한 곽무한은 자신의 상태를 살폈다.
'좋지 않군…….'
억지로 모은 진기는 평소의 오 할도 채 되지 않았다.
아직 혈두타의 목도 베지 못한 상황.
순간적인 감정에 들떠 너무 무리를 한 게 아닌가 싶었다.

‘앞으로는 좀 더 냉정해야 되겠어⋯⋯.’

지금은 몇 배의 전력을 지닌 놈들을 상대로 전쟁 중이었다.

비록 놈들의 기선을 제압하고 몇 대의 화포를 부서놓긴 했지만 수장(首長) 된 입장임을 감안하면 너무 위험한 시도였다.

곽무한이 나름대로 생각을 정리하며 막 수면으로 몸을 솟구치려 할 때였다.

꽈르릉, 꽈르릉⋯⋯.

은은한 포성 소리가 물속으로 전달됐다.

‘이런!’

곽무한은 신형을 되돌렸다.

화포는 아무리 생각해도 너무 위험한 물건이었다.

시간이 걸리는 한이 있더라도 일단 눈앞에 있는 이 지휘선부터 부서 놓기로 했다.

콰지직!

‘너무 크군. 시간이 엄청 걸리겠어.’

길이가 무려 이십 장에 달하는 배였다.

곽무한이 난감해할 때 갑자기 무슨 소리가 들려왔다.

삐거덕! 끼이익!

배 밑창에 달려 지느러미처럼 좌우로 움직이는 물체.

배의 방향을 좌우하는 키였다.

‘이런 바보! 저걸 이제야 보다니!’

곽무한은 잠깐 스스로를 책망하고는 키 근처로 다가갔다.

콰지직!

힘없이 잘려져 나가는 키.

'이걸로 기동력은 잠재워 놨고······.'

곽무한은 다시 지휘선을 향해 몸을 움직였다.

잠시 후,

쿠콰콰콰콰!

지휘선이 거센 소용돌이를 일으키며 침몰했다.

곽무한은 잠깐 소용돌이를 피해 있다가 얼마간의 시간이 지난 후 수면 위를 노려보았다.

그곳에 혈두타가 있을 것이라 생각하니 다시 흥분이 되었다.

막 수면을 박차 오르려는 순간, 미약한 낯선 소리가 들려왔다.

곽무한은 단번에 알아차렸다.

자기 휘하의 배를 부수려고 뛰어든 놈들의 잠수조의 기척이란 것을.

'안 돼! 그렇겐 안 돼지!'

그때부터 수중에서 치열한 전투가 시작되었다.

앞도 제대로 보이지 않는 황톳물.

거기다가 날뛰듯 흐르는 물살.

쉬이익!

'끄르륵!'

물살이 갈라질 때마다 답답한 신음성과 피거품이 끓었다.

그러나 놈들은 숨 돌릴 겨를조차 주지 않았다.

슈슈슛!

쐐애액!

쉴 새 없이 날아드는 작살, 끊임없이 다가오는 아미자, 분수자.

그 와중에 당했을까?

곽무한의 어깨와 허벅지에는 어느새 굵은 작살이 박혀 있었다. 그러나 곽무한의 표정은 전혀 변화가 없었다.

서거걱!

'끄아악!'

무표정한 얼굴로 놈들을 처리하는 곽무한의 눈빛은 차갑게 가라앉아 있었다.

쿠르르르.

이번에는 네 놈이 몰려온다.

쉬이익!

혈뢰도가 다시 물살을 갈랐다.

물살 따라 번지는 자욱한 핏물.

바로 그때,

슈슈슛!

등 뒤에서 들려온 귀를 간질이는 소리.

곽무한은 허리를 접으며 빠르게 머리를 숙였다.

빙글.

츄르르…….

회전하는 신형 사이로 물거품만 남기고 사라져 가는 작살.

도대체 얼마나 많은 놈들이 뛰어들었는지 베어도 베어도 끝이 없었다. 수하들의 희생을 줄이기 위해 한시라도 빨리 수면 위로 올라가 지휘를 해야 하는 곽무한의 입장으로는 끝도 없이 달려드는 놈들이 지겹기만 했다. 그렇다고 안 그래도 수적 열세인 상황에서 물속을 마음껏 헤집고 다닐 이들을 두고 떠날 수도 없는 일. 갑갑증이 치밀었다.

곽무한은 잡념을 털고 다시 도를 움켜쥐었다.

이제는 수십 명이 떼거리로 몰려오고 있었기 때문이다.

양봉달은 혈기방장한 스무 살이었다.

그는 어릴 적 우연한 기회에 지나가던 무인으로부터 몇 수의 무공을 전수받았다. 그 덕분에 아랫도리 거뭇거뭇할 때부터 뒷골목에서 어깨에 힘주고 돌아다니다가 나름대로의 포부를 지니고 금사상채에 입문한 놈이었다.

그는 금사상채에서 금방 두각을 나타냈다. 그래서 그의 자질을 알아본 소채주 한 놈에 의해 잠수조로 편입됐다.

금사상채의 잠수조는 모두 한가락씩 한다는 왈짜들.

그 때문인지 훈련은 힘겨웠지만 대우는 무척 좋았다.

'그래! 바로 여기가 내 꿈을 펼칠 곳이야!'

양봉달은 내일의 희망에 부풀었다.

이미 사천의 물길을 거의 장악한 금사상채다.

기회를 잡아 소채주가 되기라도 하는 날이면 그날로 고생 끝 행복 시작이었다.

양봉달은 기를 쓰고 훈련에 매달렸다.

주위에서 점점 그를 눈여겨보기 시작했다.

다음 달에 있을 승진 심사 때 소채주로 승진할 거라는 소문까지 들리자 이제야 됐구나 싶어 양봉달은 가슴이 부풀었다.

그런데 일이 터졌다.

갑자기 가릉채와 전쟁이 터진 것이다.

비상 시국이라 승진 심사는 물 건너 가버렸다.

계속되는 출전, 출전…….

양봉달은 생사를 오가는 수전에서도 기어코 살아남았다.

그리고 시간이 흘러, 드디어 그토록 원하던 소채주가 됐다. 그러나 전쟁 와중이라 관할도 정해지지 않은 임시 소채주였다.

'이것만 해도 어디야? 곧 전쟁도 끝날 판이잖아!'

금사상채가 합천을 무너뜨린 날, 양봉달은 홀로 감격에 겨워했다.

이제는 진짜 끝났다.

논공행상을 거쳐 자기 관할만 배치받으면 끝이었다.

그랬는데… 분명 그랬었는데 지금 이게 무슨 난리란 말이냐?

난데없이 왜 본채의 위기 소식이 날아들며, 채주는 왜 급거 철수를 명하느냔 말이다. 더구나 왜 이런 폭우 속에 기습을 감행하는 놈들이 있느냔 말이다. 다른 곳도 아닌 무적의 금사상채를 상대로……

'무슨 미친놈들도 아니고……'

그랬다. 그런 생각뿐이었다.

그런데 갑자기 지휘선에서 화포가 불을 뿜고, 뒤이어 전원 잠수 명령이 떨어졌다. 이제껏 한 번도 없던 일이었다.

비록 초반 기습에 흔들렸다고는 하지만 저 미친놈들과 자신들 사이에 전력 차이가 얼만가? 그런데 웬 화포에 웬 전원 잠수 명령?

'나라를 상대로 전쟁을 벌이는 것도 아니고……'

양봉달은 그렇게 투덜거리며 가벼운 마음으로 잠수해 들어갔다. 그러나 물속에 뛰어든 순간 양봉달은 세상이 뒤바뀌는 충격을 받았다.

시체, 시체, 시체……

사방에 동료들의 시체가 둥둥 떠다니고 있었다.

‘이게 무슨 일이야?’

동료들은 뭣에 홀리기라도 한 것처럼 모두 한곳으로만 돌진하고 있었다.

‘뭐지? 무슨 일이지?’

그때 자신에게도 신호가 왔다.

딱… 딱… 따닥!

남서쪽으로 향하라는 신호였다.

그곳에 강력한 적이 있어 총공세를 벌인다는 신호였다.

‘도대체 몇 놈이나 되기에?’

양봉달은 긴장이 몰려와 자신의 병장기를 다시 한 번 살폈다.

양쪽으로 예리한 날이 서 있었고, 손잡이에는 암기 장치가 되어 있는 유선형의 분수자. 그리고 또 하나, 자신의 비장의 무기인 은사.

양봉달은 허리춤에 감긴 은사를 애무하듯 만져 보았다.

양 끝에 추가 달려 있어 상대가 알아차리기도 전에 쇄도해 그의 목을 날려 버리는 은사.

이걸로 몇 번이나 위기를 넘겼는지, 또 몇 놈의 목을 따버렸는지 자신조차 못 헤아릴 정도였다.

“가자! 가서 또 적의 목을 따주자!”

양봉달은 부쩍 용기가 치솟는 걸 느끼며 남서쪽으로 향했다.

콰아아!

세차게 흐르는 물살.

양봉달은 뭔가 이상함을 느꼈다.

저기 희끄무레하게 보이는 것은 지휘선이 아닌가?

‘지휘선이 침몰되다니?’

지휘선에는 자기조차 우러러보는 정예고수들이 차고도 넘쳤다. 그런데 벌써 침몰당하고 말았다니?

갑자기 가슴이 두근거렸다. 그리고 침몰한 지휘선 근처에 다가갈수록 강물이 끈적거린다는 느낌을 받았다.

'이건… 피?'

양봉달은 소스라치게 놀랐다.

이렇게 거센 물살인데도 끈적함이 남아 있을 정도라니?

갑자기 오한이 일었다.

사방에 비릿한 피 냄새가 흐르는 것 같았다.

양봉달은 그때 볼 수 있었다.

쐐애액!

귀를 자극하는 소리와 함께 순식간에 두 조각으로 터져 버리는 동료를. 그리고 시뻘건 핏물 속에서 새파랗게 빛나는 낯선 눈동자를.

"헉?"

양봉달은 갑자기 온몸이 굳어지는 것을 느꼈다.

온몸에 거미줄이 친친 감기는 기분이었다.

쿨렁, 쿨렁.

사내가 다가오고 있었다.

양봉달은 처음으로 피부 깊숙이 스며드는 죽음의 공포를 느꼈다.

"으으으……."

사내의 눈빛이 살짝 가라앉았다.

그 순간, 주변에서 갑자기 핏물이 확 치솟았다.

"으아아아!"

순식간에 십여 명에 달하던 동료들이 죽어버렸다.

양봉달은 공포에 휩싸여 미친 듯이 분수자를 휘둘렀다. 언제 어떻게 꺼냈는지 은사도 분수자를 따라 춤을 추고 있었다.

그러던 어느 순간,

'커커컥!'

양봉달은 목이 콱 조여오는 것을 느꼈다. 그와 동시에 등 뒤에 낯선 인기척을 느꼈다.

서걱!

섬뜩한 파육음.

양봉달의 마지막 기억이었다.

하얗게 뒤집힌 양봉달의 눈만이 뒤늦게 자기 목을 자른 은사를 보고 있었다.

"이제야 다 끝났군."

곽무한은 손에 힘을 풀었다.

스르르…….

은사가 물살에 흔들렸다.

잠깐 은사를 바라보던 곽무한, 휙 손목을 젖혀 팔목에 감았다.

잠수조들을 다 처리한 곽무한은 물속에서 한참을 머물렀다.

기력을 회복하기 위해서였다.

금사강에 북소리와 뿔 나팔 소리가 격하게 울려 퍼질 즈음,

슉!

곽무한의 신형이 수면 위로 솟구쳤다.

강물 위로 솟아오르자마자 전체 판세를 살핀 곽무한.

"암류조, 전원 입수!"

쏟아지는 폭우를 뚫고 쩌렁쩌렁한 곽무한의 목소리가 울려 퍼졌다.

뒤이어,
첨벙! 첨벙!
수많은 사내들이 강물 속으로 뛰어들었다.

제53장
혈두타의 죽음

혈두타의 죽음

 압도적인 전력을 바탕으로 아군 적군 가릴 것 없이 마구잡이로 공격하는 금사상채 때문에 거의 일방적으로 흐르던 전황.

 그러나 곽무한이 수면 위로 부상(浮上)하고, 암류조들이 물속을 헤집기 시작하면서부터 일대 변화가 일어났다.

 "추단! 놈들과 거리를 벌려! 곽패는 후위로 빠지고! 무견, 지금이야! 정면으로 치고 들어가!"

 "와아아! 돌격!"

 곽무한은 배 이곳저곳을 옮겨 다니며 연신 수하들을 지휘해 나갔고, 암류조들은 놈들의 배 밑창을 뚫거나 가끔씩 물 밖으로 고개를 내밀어 쇠뇌를 쏘아대는 등의 활약으로 놈들의 정신을 분산시켜 나갔다.

 그런 활약 덕분인지, 그동안 금사상채의 물량 공세에 시달리던 수룡채들이 다시 힘을 내기 시작했고, 반대로 금사상채의 진형은 눈에 띄게 흔들려 갔다.

쾌지지직! 우지끈!

"으아악!"

요란한 비명과 거친 소음.

빗발치는 쇠뇌와 격하게 튀어 오르는 핏물.

전세는 다시 혼전 상황으로 치달았다.

곽무한의 가세와 암류조들의 활약으로 한껏 사기가 오른 수룡채.

압도적인 전력으로 막대한 물량 공세를 벌이는 금사상채.

승부의 추는 다시 팽팽해져 어느 한쪽으로도 쉽게 기울지 않았다.

"제기랄! 제기랄!"

혈두타는 인상을 구기며 연신 쇳소리를 내뱉었다.

수하들을 희생시키면서까지 쏟아 부은 공세였다. 그런데 곽무한이 나타나자마자 다시 한 치 앞도 모르는 접전 상황이 되고 말다니!

혈두타는 답답한 표정으로 좌우를 둘러봤다.

어느새 백이십 척 정도로 줄어든 자기 휘하의 배.

놈들은 아직도 서른 척 정도가 남아 있다.

'제기랄! 고작 반나절 만에 팔십 척이나 날아가 버렸단 말이야?'

혈두타는 찢어 죽일 듯한 표정으로 물길 너머의 곽무한을 노려봤다.

놈이 지휘를 맡고부터 수하들의 배가 빠른 속도로 침몰하고 있는 중이었다.

'그러나 아직은 우위에 있어!'

저 물살 너머 보이는 수룡채들은 하나같이 상처투성이에 탈진 직전으로 보였다. 어떤 계기만 주어진다면 금방이라도 쓰러질 듯한 표정들이었다.

곽무한 역시 마찬가지였다.

드디어 기력이 고갈되었는지, 이전처럼 수하들의 배를 오가며 공격하는 대신 창백한 표정으로 선단을 지휘하기에 여념이 없어 보였다.

'후후후. 그래, 너라고 용 빼는 재주 있다더냐? 기다려라. 조금만 더 있다가 네놈의 목을 따주마!'

그동안 곽무한의 이목에 걸릴세라 수하들 뒤에 숨어 암암리에 지휘해야 하는 상황이 부담스러웠던 혈두타다. 이제 곽무한의 지친 모습을 보자 부쩍 힘이 솟는 기분이었다.

'좋아! 이제 끝장을 내자.'

백이십 척 대 서른 척.

네 배의 전력 차이다.

혈두타는 승부수를 띄우기로 결심했다.

"모두 진세를 풀어! 지금부터 정면 승부를 벌인다! 놈들 배 한 척당 네 척이 달라붙어! 놈들을 마구 짓뭉개 버리란 말이다!"

혈두타가 명을 내리자마자 곧 요란한 북소리가 울려 퍼졌다. 그와 동시에 붉고 푸른 깃발이 정신없이 깃대 위로 올랐고, 뒤이어 금사상채의 선단이 수룡채를 향해 돌진하기 시작했다.

혈두타는 느긋한 표정으로 팔짱을 끼고 앉아 돌아가는 전황을 살폈다.

예상대로였다.

접전 중임에도 그동안 서로 간의 거리를 유지하던 수룡채들.

수하들이 각개격파식으로 공격해 들어가자 당황하는 모습이었다.

"푸하하하! 이놈! 설마 하니 내가 이렇게 나올 줄은 몰랐지?"

혈두타는 수하들의 배에 둘러싸여 곤혹스러워하는 곽무한을 보며 통쾌하게 웃어 젖혔다.

　비록 수하들의 희생이 이만저만이 아닐 것이나 이런 방법이라면 놈이 더 이상 잔머리를 굴릴 수 없게 된다. 더구나 이렇게 떼거리로 붙게 된다면 놈들의 잠수조 역시 걱정하지 않아도 된다.

　"흐흐흐. 놈, 이제 드디어 끝장이구나 싶지? 눈앞이 캄캄하고 가슴이 와르르 무너지지? 가소로운 놈! 이 몸이 왜 사천의 패자(覇者)로 불리는지 뼈저리게 느껴보거라. 크하하하하!"

　혈두타는 치열한 접전이 벌어지고 있는 전장을 보며 웃음을 터뜨렸다.

　'세상에 이런 무식한 방법이라니?'

　곽무한은 기가 막혔다.

　수하의 목숨을 담보로 정면 승부를 걸다니! 도대체 제정신을 가진 놈인가 싶었다.

　'좋아! 조금만 기다려 봐. 지금의 네 웃음을 피눈물로 바꿔주마!'

　곽무한은 저 뒤쪽에 물러나 있는 혈두타를 보며 이를 갈았다.

　지금 그를 베러 가기엔 상황이 난감했다. 일단 달려드는 놈들부터 처리해야 했고, 또 수하들을 안정시켜야 했다. 그리고 그보다 더 중요한 것은 아직 마지막 안배가 남아 있다는 사실이었다.

　"모두 뒤로 물러나! 놈들과 바로 맞붙기보다는 시간을 끌어!"

　곽무한은 몰려오는 적들을 베어 넘기며 명을 내렸다.

　선불 맞은 멧돼지처럼 달려드는 적에겐 힘 빼기 작전이 최고였다. 더구나 수하들은 모두 백병전이라면 이골이 난 녀석들.

　곽무한의 명대로 수룡채들은 곧 버티기 작전에 들어갔다.

잠수하고 있던 암류조들까지 가세해 몰려오는 적들을 상대해 나갔다.

와지끈! 콰콰콰!

쐐애액! 카카캉!

"끄아악!"

전투는 이전과 비교할 수 없을 정도로 치열하게 돌아갔다.

쏟아지는 폭우와 중심조차 잡기 힘든 갑판.

베어도, 베어도 끊임없이 몰려오는 적들.

수룡채들은 저마다 악전(惡戰)에 고투(苦鬪)를 치르고 있었다.

휙휙 귀를 스치는 칼바람과 정신을 혼란케 만드는 소음.

갑판마다 시체가 산처럼 쌓여갔다.

곽무한은 비명을 지르며 쓰러져 가는 수하들을 볼 때마다 당장에라도 후퇴 명령을 내리고 싶었다. 그러나 아직은 때가 아니었다. 곽무한은 이를 악물고 참았다.

"훅, 훅!"

도대체 몇 놈이나 베었을까?

몸은 천근만근으로 변하고 입 안은 사막처럼 메말라 갔다.

그러나 전황은 여전히 수세였다.

그나마 어둠이 점차 짙어지고 있다는 사실이 수세에 몰린 수룡채들에게 다소간의 도움이 되고 있었다.

서걱!

카카캉!

시간은 무심히 흐르고 전투는 계속되었다.

별 하나 찾아보기 힘든 칠흑 같은 밤.

요란하던 병장기 소리도 점차 잦아들고 모두가 기진맥진해 그만 주저앉고 싶을 즈음.

피유웃!

멀리서 불화살 하나가 어둠을 가르며 솟아올랐다. 그와 동시에 누군가의 목소리가 밤하늘에 길게 울려 퍼졌다.

"왔다―!"

바로 그 순간 곽무한의 고개가 직각으로 꺾였다.

곽무한은 불화살이 날아오르는 것을 보고는 주먹을 불끈 움켜쥐었다.

"지금이다! 모두 퇴각!"

곽무한의 목소리가 울려 퍼지자마자 수룡채들은 너 나 없이 물속으로 첨벙첨벙 뛰어들었다.

"음? 뭐야?"

"놈들이 달아난다!"

상대가 갑자기 물속으로 뛰어들어 가버리자 어이가 없어진 금사상 채들. 병장기를 흔들며 고래고래 고함을 질렀다.

"뭣이라고? 놈들이 달아나? 크하하하! 드디어 끝이로구나!"

얼마나 기다리던 소리인가?

혈두타는 자기도 모르게 자리에서 벌떡 일어났다.

"모두 원진을 구축해! 단 한 놈도 빠져나가지 못하게 포위망을 벌리란 말이다!"

혈두타는 어깨춤을 추며 수하들을 독려했다.

'놈들은 이미 지칠 대로 지친 몸, 달아나 봐야 얼마나 가겠는가?' 라는 생각에 콧노래가 나올 정도였다. 그러나 그 생각은 오래가지 못했다.

막 수하들의 진세를 살피기 위해 눈을 돌리던 혈두타는 어느 한곳을 보다가 몸이 딱 굳어버리고 말았다.

"으으! 저, 저것들은 다 뭐야? 설마, 설마……!"

혈두타의 눈길이 미친 곳. 저 너머 강물에서부터 엄청난 불빛이 다가오고 있었기 때문이다. 그 불빛의 정체는 바로 곽무한의 마지막 안배, 가릉채의 선단이었다.

*　　　*　　　*

"세상에……."

진묵은 눈앞에 펼쳐진 광경을 보고 일순간 할 말을 잃어버렸다.

달빛조차 없는, 아직도 거센 빗방울이 쏟아져 내리고 있는 검푸른 강물. 그곳에는 실로 눈 뜨고는 못 볼 참경이 펼쳐져 있었다.

팔다리는 어디로 가고 사지만 남은 시체.

내장이 쏟긴 채 수십 개의 화살을 꽂고 있는 시체.

어디서 머리를 잃었는지 몸통만 이리저리 떠다니는 시체.

사방이 온통 시체투성이였다.

그뿐이 아니었다.

얼마나 치열한 전투가 벌어졌는지, 강변에는 부서진 배들이 흉한 몰골을 한 채 서로 뒤엉켜 있었고, 뱃전에는 부서진 배의 잔해들이 물살에 휘말려 이리저리 튕겨나고 있었다. 그나마 온전한 형체를 간직하고 있는 배들은 흐르는 물살에 몸을 맡긴 채 이리저리 출렁이고 있었는데,

그곳에서는 간헐적으로 애절한 신음 소리가 흘러나오고 있었다.

그러나 진묵에게 있어 이 모든 것보다 더 충격으로 다가온 장면은 바로 저 앞쪽에 몰려 있는 금사상채의 선단이었다.

불과 얼마 전까지만 해도 자기 수채를 거의 궤멸 직전까지 몰아붙이던 금사상채였다. 그러나 지금은 거의 난파선 수준으로 부서진 채 이리저리 흩어져 있는 게 아닌가?

"어떻게? 어떻게 이럴 수가?"

진묵으로선 도무지 믿기지 않는 장면이었다. 곽무한으로부터 첩지를 받을 때까지만 해도 대충 전황이 어찌 돌아갈 것이라고 짐작은 했지만, 차마 이 정도까지일 줄은 꿈에도 생각지 못했던 것이다.

진묵이 벌린 입을 다물지 못하고 있을 바로 그때,

촤아악!

물소리와 함께 누군가가 갑판으로 뛰어올랐다.

"누구냐?"

진묵이 깜짝 놀라 방어 자세를 취하며 고개를 돌리니 물에 흠뻑 젖은 곽무한이 눈앞에 서 있었다.

"뭐 하십니까? 지금이 바로 놈들을 칠 천재일우의 기회입니다."

곽무한은 그 말 한마디를 남기고 다시 강물 속으로 사라져 버렸다.

"고, 공격! 전원 공격하라!"

진묵은 얼떨떨한 심정으로 공격 명령을 내리고는 황급히 곽무한을 찾았다. 그러나 이미 곽무한의 흔적은 없었다. 그저 빗물만이 요란하게 강물을 튕기고 있었다.

"으으… 이럴 수가, 이럴 수가……."

혈두타는 물밀 듯이 밀려오는 가릉채의 선단을 보며 망연자실한 표정을 지었다.

승리가 바로 코앞인데 난데없이 가릉채가 나타나다니?

"크아아! 곽무한, 곽무한! 이 빌어먹을 개자식아아아!"

혈두타는 그제야 왜 곽무한이 본채를 쳤으며, 또 자신에게 기습 공격을 감행했는지, 그리고 수하들의 희생에도 불구하고 왜 그리 악착같이 버티고 있었는지 그 이유를 모두 알 것 같았다.

그러나 이미 엎질러진 물. 분노하기에도, 되돌리기에도 너무 늦어버렸다. 지금 당장은 가릉채를 상대할 방법부터 먼저 생각해 내야 했다.

그러나 상황은 암담했다.

곽무한에게 당할 대로 당해 남은 선단은 고작 팔십여 척.

곽무한을 상대할 때는 충분한 숫자였지만, 전력을 몽땅 끌고 오다시피한 가릉채에 비하자면 그야말로 열세를 면치 못할 전력이었다. 게다가 자신들은 이미 지칠 대로 지친 상황. 승산이 희박했다.

혈두타는 콩이 타는 심정으로 수하들을 불렀다.

"상황이 급하다. 민강채와 보도하 애들을 몽땅 불러 와! 그리고 본채에도 급히 연락을 보내고!"

곧 몇 척의 소선이 떠나고 불화살이 잇달아 날아올랐다.

그러나 이런 응급조치도 곽무한의 계획을 벗어나진 못했다.

소선들은 미처 금사강을 벗어나지도 못하고 금사강 초입에서 매복하고 있던 이탁 일행에 의해 수장되고 말았으며, 불화살은 한참이 지나도록 소식이 무소식이었다.

"크아아! 도대체 왜 아무도 오지 않는 거야? 그것도 엎어지면 코 닿을 데 있는 놈들까지?"

다른 곳은 거리가 있어 곧바로 지원 나오기 어렵다지만 본채는 달랐다. 반나절이면 충분히 올 수 있는 거리였다. 아무리 괴멸 직전이어서 웅크리고 있다지만 도대체 싸운 시간이 얼만가? 무려 일만에 달하는 수하들이 있던 곳에서 단 한 놈도 나타나지 않다니? 혈두타는 그야말로 눈이 돌아갈 지경이었다.

그러나 본채에도 나름대로 사정은 있었다.

혈두타가 밤새 지원을 요청하며 날린 불화살.

본채 놈들은 또다시 곽무한 일행의 유인책이 아닌가 싶어 병력을 파견하지 않은 것이었다. 그러나 본채에서 병력을 파견했어도 혈두타에게 도움이 되지 않긴 매한가지였을 것이다. 이미 몇 번에 걸친 기습으로 인해 본채에 남아 있던 배는 모조리 부서진 상황이었니.

좌우간 혈두타가 이렇게 눈이 돌아가 있는 동안, 진묵은 그동안 쌓인 복수를 한다는 기분에 들떠 입이 귀에 걸렸다.

"공격! 놈들이 우왕좌왕하고 있어. 쉴 새 없이 몰아붙여!"

그러나 전황은 진묵이 따로 다그칠 필요조차 없었다.

이미 격전으로 인해 지칠 대로 지친 적과 갓 전장에 투입된 아군.

그것만 해도 벌써 우열이 가려질 정도인데, 거기에 더해 상대보다 우위에 있는 화력에다가 쉴 새 없이 물속을 헤집는 지원군까지 있음에랴.

먼동이 트면서 그토록 쏟아 붓던 폭우가 그쳤다.

그러나 혈전은 동이 트고도 계속됐다. 그 이유는 일방적으로 몰리고 있는 전황 때문에 눈이 돌아가 버린 혈두타 때문이었다.

"으으으. 이럴 수는 없어! 장강 통일을 꿈꾸는 내가 겨우 여기서 무너질 수는 없어! 싸워! 모두 이를 악물고 싸우란 말이야! 죽기 살기로 싸워! 크아아!"

웬만하면 이쯤에서 항복하거나 아니면 후퇴 명령을 내려 후일을 도모하기 마련이었지만, 혈두타는 자신의 기업이 송두리째 무너져 내리고 있다는 사실에 충격을 받았음인지, 막무가내로 수하들을 죽음으로 내몰고 있었다. 그 때문에 끝나도 이미 끝났어야 할 전쟁이 계속 이어지고 있는 것이었다.

곽무한이 나선 건 바로 이때였다.

한동안 물속을 헤집으며 가룽채를 지원하던 곽무한.

전황이 거의 압승으로 끝날 듯하자 수하들과 함께 한쪽 뒤로 물러나 있다가 적진 저 너머에서 길길이 날뛰고 있는 혈두타를 발견하고는 양손에 은사를 감아 쥐고 물속으로 뛰어든 것이다.

이번에는 혈두타도 피하지 않았다.

"이놈! 내 인생을 망친 곽무한, 네 이놈! 오냐! 어서 오너라! 어서 와서 내 저주를 받아라! 크아아!"

그는 이판사판이라고 생각했는지, 검붉은 쇠사슬을 굳게 움켜쥐며 이글거리는 눈빛으로 곽무한을 맞았다.

촤아악!

곽무한이 수면을 박차 올랐다.

곽무한의 등줄기를 타고 물방울이 후드득 떨어져 내렸다.

햇살이 곽무한의 등에서 튕겨 나온 물방울을 비출 때,

촤촤촹!

씨이잇!

굵고 가는 두 개의 선이 서로를 향해 날았다.

묵철에다가 만년한철까지 섞어 만든 혈두타의 쇠사슬.

이름없는 적에게서 빼앗은 곽무한의 은사.

두 개의 선은 한 점에서 만났고, 작은 소리를 만들어냈다.

스슷!

검붉은 쇠사슬이 허무하게 잘려 나가고 붉은 피가 하늘로 치솟았다.

잠시 후,

"끄르륵!"

가래 끓는 신음 소리와 함께 오 척 단구가 허물어졌다.

툭, 툭… 데구르르.

금사강의 풍운아.

사천 물길의 패자.

혈두타 가득소는 일세를 풍미한 자신의 별호처럼 머리에 붉은 피를 흠뻑 뒤집어쓴 채 운명을 달리하고 말았다.

곽무한은 양손으로 은사를 잡아당긴 상태로 한참을 서 있었다. 그러다가 천천히 몸을 돌려 혈두타의 머리를 집어 들었다.

"드디어… 끝인가?"

곽무한은 만감이 교차하는 심정이었다.

어디선가 환호 소리가 들려왔지만 고개를 돌리지 않았다. 대신 혈두타의 머리를 하늘 높이 치켜들었다.

햇살에 눈이 부셨다. 그러나 눈을 감지 않았다. 햇살 속에 많은 얼굴이 보인 때문이었다.

"기다려라, 웅풍산장! 이제는 너희 차례다!"

곽무한은 떠오르는 태양을 보며 낮은 목소리로 중얼거렸다.

전쟁은 끝났다.

이긴 쪽은 서로를 얼싸안고 승리의 기쁨을 만끽했으며, 진 쪽은 힘없이 병장기를 떨어뜨렸다.

간헐적으로 이어지던 전투까지 완전히 끝나고 나자 수룡채와 가릉채들은 바쁘게 움직였다. 서로 조를 나눠 동료들의 시체를 수습하고, 부서진 배를 손봤다. 그리고 일부는 포로들을 이곳저곳으로 분산시켜 전열을 재정비했다. 격전 뒤라 모두 피곤했지만 저마다 들뜬 표정으로 발 빠르게 움직였다.

곽무한과 진묵을 비롯한 수뇌부들은 지휘선에 모여 향후의 대책을 논의했다.

비록 혈두타를 죽였지만, 아직도 몇 번의 전쟁이 남아 있었다.

금사상채 휘하 수채들인 보도하와 우란강, 그리고 민강수채를 복속시켜야만 완전히 끝나는 것이었다.

"일단 놈들의 본채부터 정리합시다. 그러고 난 뒤에 보도하와 우란강을 복속하고, 여세를 몰아 민강수채를 무너뜨립시다."

논의는 일사천리로 진행됐다.

논의가 끝나자마자 양쪽 수뇌부들은 전 선단을 이끌고 금사상채의 본채로 향했다.

그간의 기습으로 인해 가뜩이나 공황 상태에 빠져 있던 본채는, 대규모 병력을 이끌고 나타난 수룡채와 가릉채를 보자마자 어 뜨거라 싶어 얼른 백기를 내걸었다.

무혈 입성으로 금사상채를 완전 장악한 곽무한과 진묵은 다음 수순도 빠르게 진행해 나갔다.

금사상채의 남은 병력 중 쓸 만한 놈들을 모두 편입시킨 후, 곧바로 보도하와 우란강을 쳤다.

악머구리 같은 놈들만 모였다는 보도하와 우란강의 수적들.

그러나 수룡채와 가룡채, 거기다가 금사상채의 잔여 병력까지 포함된 전력 앞에서는 속수무책, 태풍에 날리는 가랑잎처럼 끽 소리조차 못하고 와르르 쓰러져 갔다.

민강수채도 마찬가지였다.

예전 흑수교 호불태와 독시효 임원영이 있을 때 같지 않았다.

웅풍산장의 후원을 업은 혈두타가 민강수채를 장악하면서 피의 숙청을 한 때문인지 전혀 예전의 명성을 선보이지 못하고 오합지졸마냥 우왕좌왕하다가 순식간에 무너지고 말았다.

곽무한은 화마에 휩싸여 우지끈 무너져 내리는 누각을 보면서 만감이 교차했다. 그 옛날 잠룡연 때의 기억이 떠오른 것이다.

'그땐 엄청나게 높고 화려하게만 보이던 곳이었는데……'

곽무한은 점차 싸움이 끝나 소강 상태를 보이는 민강수채를 지켜보다가 홀로 능운산으로 향했다.

거대한 불상이 환한 미소로 맞았다.

넘실거리는 강을 바라보며 오늘도 묵묵히 풍상을 견디는 불상.

곽무한은 불상이 자리한 언덕 꼭대기에 올라 강물을 내려다봤다.

넓고 푸르렀다. 그리고 쉼없이 흐르고 있었다.

곽무한은 흐르는 강물에 피 냄새를 흘려보냈다. 그리고는 눈을 들어 저 멀리 구름에 가려 꼬리에 꼬리를 물고 있는 능선을 쳐다봤다.

아련한 능선들. 그중에 우뚝 솟은 봉우리가 보였다.

'아미산이랬던가?'

곽무한은 가라앉은 눈빛으로 아미산을 바라보다가 긴 숨을 들이켰다.

'저 산처럼 높이 설 것이다. 다시는 아픔을 겪지 않도록 우뚝 설 것이다.'

곽무한은 우뚝 솟은 봉우리를 보며 수하들의 명복을 빌었다. 그리고 이번 전쟁이 마무리되고 난 뒤에 있을 진묵과의 담판을 생각했다.

잠시 생각을 정리한 곽무한은 발길을 돌려 언덕을 내려왔다.

문득 불상의 거대한 발이 눈에 들어왔다.

그와 겹쳐지는 과거의 영상.

외줄 박투 때 저곳에 앉아 자신을 응원하던 녀석. 그러나 알고 보니 남장 여인이었던 그녀.

'은화연이랬었지……'

곽무한은 그때를 떠올리며 피식 미소를 지었다.

지나간 과거여설까? 순간적으로 그때가 그립다는 생각이 들었다.

원한이나 증오 따위의 감정없이 무공을 겨루던 그때가.

곽무한은 곧 고개를 저었다.

'과거는 이미 지나갔다. 그리고 지금 내가 가는 길은 나 스스로가 선택한 길. 후회하지 않을 것이다.'

곽무한은 상념을 접고 산을 내려갔다.

"채주, 다 끝났습니다."

자신이 떠날 때 눈여겨보았던지 이탁이 강변에 배를 대고 기다리고 있었다.

"음. 가룡채주는?"

"벌써부터 기다리고 계십니다."

"그래? 가지."

배가 물살을 갈랐다.

곽무한은 강바람을 맞으며 뱃머리에 서 있었다.

등 뒤로 따끔따끔한 눈길이 느껴졌다.

이탁이 뭔가 할 말이 있는 듯 입술을 움찔움찔거리고 있었다.

곽무한은 이탁의 속내를 짐작하면서도 아무 말 없이 강물만 바라봤다.

"다 왔습니다."

수림 사이로 보이는 민강수채의 전각들.

어느새 많이 정리가 되어 있었다.

곽무한은 훌쩍 뛰어 뭍으로 내려섰다. 그러자 다급한 목소리가 등 뒤에서 들려왔다.

"채주! 최대한 양보를 받아내야 합니다. 우리 아이들의 희생이 막대했습니다."

곽무한은 대답 대신 한 손을 들어 보이고는 진묵이 기다리고 있는 전각으로 안내를 받아 들어갔다.

"어서 오시게, 채주."

진묵이 휘하 부채주들과 함께 환한 얼굴로 곽무한을 맞았다.

"끝까지 지켜보지 않고 중간에 자리를 비워 죄송했습니다."

곽무한은 가볍게 포권을 보내며 준비된 자리에 앉았다.

진묵과 나란히 놓인 자리, 상석이었다.

"상관없네, 상관없어. 어차피 다 끝난 싸움이었는데 뭐. 자, 곽 채주! 협상에 들어가기 전에 먼저 승리에 대한 축배를 드는 게 어떻겠나?"

오늘로서 모든 전쟁을 마무리했기 때문인지 진묵의 기분은 유난히 좋아 보였다.

곽무한은 진묵이 내민 술잔을 쳐다보다가 천천히 고개를 저었다.

"많은 수하들이 죽어갔습니다. 지금 바로 축배를 들기엔 좀 그렇군요."

"그, 그런가. 험, 험. 그럼 나중에 따로 자리를 만들지 뭐."

진묵은 머쓱한 표정으로 잔을 내려놓았다. 그러자 주변에 있던 가릉채의 부채주들도 하나둘 잔을 내려놓았다. 곽무한의 말 한마디로 흥겨웠던 분위기가 착 가라앉아 버린 것이다.

곽무한은 주변 분위기와는 상관없이 다시 입을 열었다.

"죄송하지만 휘하를 좀 물렸으면 합니다."

곽무한의 말에 잠깐 안색을 굳힌 진묵, 손짓으로 수하들을 물렸다.

"험, 험. 그러고 보니 자네 휘하들의 부상이 이만저만이 아니라 들었네. 내가 미처 그 부분을 고려치 못했네. 미안하네."

"괜찮습니다. 제가 휘하를 물리라는 것은 그런 이유가 아니라… 이왕 담판을 벌일 것, 채주와 저, 둘이서 결정을 지었으면 해서입니다."

"그런… 가?"

단도직입적인 말이어서일까? 진묵의 안색이 조금 굳어졌다.

곽무한은 잠깐 침묵을 지켰다.

진묵은 곽무한을 쳐다보며 술잔만 빙글빙글 돌렸다.

사실 이번 금사상채와의 승부에서 최고의 공로자는 수룡채들이었다.

그게 진묵에게는 부담이었다.

채의 규모로 봐서는 분명 자신들이 우위에 있었지만, 사실이 이러하니 금사상채가 거느리던 영역을 분할하는 데 있어 수룡채를 어떻게 예우해 줘야 할지가 고민이었던 것이다.

침묵만이 흐르는 대전.

정적은 곽무한에 의해 깨졌다.

"이번 전투에서 귀 채나 저희 채 모두 혼신의 힘을 다했지요."

곽무한은 차분한 어조로 말을 이어나갔다.

"채주께서도 많은 생각을 하고 계시겠지만, 제가 원하는 부분을 먼저 말씀드리겠습니다."

진묵은 자기도 모르게 꿀꺽 침을 삼켰다.

'과연 무엇을 얼마나 요구할 것인가? 만약 이곳을 달라고 하면 어떡하지?'

진묵은 순식간에 오만 가지 생각이 스치고 지나가는 것을 느꼈다. 그러나 그의 생각은 길게 이어지지 못했다.

"제가 원하는 것은 사천을 지나는 장강 이남 지역입니다."

"장강 이남?"

진묵의 눈이 번쩍 뜨였다.

금사상채가 관할하던 곳 중 최고의 노른자위는 바로 이곳 민강수채였다. 민강 자체가 풍부한 수량과 광활한 농토를 자랑하는 곳이어서 이곳을 차지하기만 하면 웬만한 수입은 그저 올릴 수 있었다.

그런데 이런 황금 어장을 포기하다니?

일단은 안심이었다. 그러나 문제가 있었다.

이곳 민강을 제외하면 금사상채가 관할하던 곳의 대부분이 장강 이남 지역이란 사실이었다.

"그럼 나더러 이곳 민강수채만 먹고 떨어지라는 말인데… 그건 너무 과한 요구가 아닌가?"

진묵은 짐짓 불쾌한 표정으로 말했다.

곽무한은 진묵이 그렇게 나올 줄 알았다는 듯 엷은 미소를 지었다.

"저도 그 부분을 고민했습니다. 그러나 잘 생각해 보시지요. 이곳 민강 수채를 제외하면 대부분이 오지로 뻗은 물길입니다. 끝없이 넓고 긴 수로들이거나 아니면 별 소득을 기대하기 힘든 작은 물길들이지요. 다시 말해 관리하기가 골치 아픈 곳들이란 말입니다. 그러니 현실적으로 이곳만 차지하셔도 채주께는 엄청난 이득일 텐데요?"

맞는 말이었다.

막말로 금사강만 해도 무려 오천팔백 리에 달하는 강이었다. 말이 쉬워 오천팔백 리지, 도저히 관리가 되지 않을 길이었다. 거기다가 오강은 또 어떤가? 사통팔달, 거미줄처럼 잘 뻗은 이곳 민강의 물길에 비하자면 거의 불모지나 다름없는, 변변한 교역로조차 연계되지 않는 강이 아니던가?

그러나 진묵은 왠지 손해 보는 기분이 들어 다시 고개를 내저었다.

"그래도 너무 과하네. 애써 싸우고도 고작 이 할밖에 차지하지 못한다면 수하들 보기에도 내 체면이 안 서네."

곽무한은 불퉁한 표정의 진묵을 보며 다시 미소를 지었다.

"좋습니다. 그럼 이렇게 하지요. 금사강은 귀 채에서 관리를 하시지요. 대신 보도하와 우란강, 오강은 저희가 관리하겠습니다."

"으음… 좋네. 그렇게 하세!"

진묵은 잠시 고민하다가 흔쾌히 고개를 끄덕였다.

사실 보도하와 우란강은 크게 수익이 오르지도 않은 곳이었다. 거기다가 오강은 웅풍산장이 있어 활동하기가 껄끄러운 지역. 그러니 풍요로운 민강, 광활한 금사강, 그 두 곳이 실리와 명분을 한꺼번에 얻을 수 있는 곳이었다.

"그럼 이것으로 관할 문제는 해결이 됐군요."

"그러네. 관할 문제는 이 정도에서 만족이네."

"다음 문제는 금사상채 잔당들의 귀속 문제인데……."

이것 역시 중요한 문제였다.

사상자를 제외하고도 금사상채의 잔여 병력은 물경 삼사천을 헤아렸다. 그들이 어느 채로 귀속되느냐에 따라 힘의 균형이 달라진다.

진묵은 이 문제는 어떻게 해결할 것인가 싶어 다시 한 번 곽무한을 쳐다봤다.

"전 병력에 있어서는 큰 욕심을 부리고 싶지 않습니다. 그들에게 어느 채에 속하고 싶은지 의향을 물어본 후 그들의 의향에 따라 분배하면 될 듯합니다."

"정말인가? 그래도 되겠나?"

아무려면야 별 이름 없는 수룡채보다야 자신의 수채가 유리한 것은 삼척동자도 알 일. 진묵은 기쁜 표정으로 되물었다.

곽무한은 싱긋 마주 웃으며 나름대로 생각한 바를 꺼내놨다.

"대신 부탁이 하나 있습니다. 당분간 이번 일은 가릉채가 독단으로 벌인 것으로 소문내 주십시오."

"그것뿐인가? 정말 그것이면 되겠는가?"

오히려 진묵이 원하던 바다. 가릉채가 홀로 금사상채를 무너뜨렸다는 소문이 돌면 사천 땅에서 자신의 입지는 더 이상 공고해질 수 없을 정도일 것이다. 그렇게 되면 향후에 엄청난 물동량이 자기 쪽으로 몰리게 된다. 그러니 마다할 이유가 전혀 없었다.

"예. 그 소문이면 족합니다."

"좋네! 그렇게 하세! 그깟 소문쯤이야. 하하하! 자, 자! 자네의 배포

덕에 골치 아픈 문제가 쉽게 해결됐으니 기분 좋게 한잔하자구."

진묵은 호쾌하게 웃으며 잔을 건네왔다.

곽무한은 의미심장한 미소를 지으며 잔을 받았다.

곽무한이 진묵에게 많은 부분을 양보한 이유가 있었다.

그 이유는 다름 아닌 웅풍산장 때문이었다.

진묵이야 뭐 별다른 일이 있으랴 싶어 간과했겠지만, 곽무한은 웅풍산장이 금사상채에 기울인 심혈이 어느 정도인지 알고 있었다. 그러니 반드시 그들의 보복이 있을 터.

곽무한에게 있어 웅풍산장은 반드시 응징해야만 할 곳이었다. 그러나 아직은 그들과 정면으로 맞붙을 전력이 되지 못했다. 그러니 당분간 그들의 이목을 피하면서 힘을 길러야 했다.

곽무한의 내심이야 어떻든 진묵은 무척 기분이 좋았다.

곽무한이 이토록 자신의 체면을 세워줄 줄은 몰랐던 것이다.

그래서일까? 진묵은 내친김에 덜컥! 자기 스스로도 믿지 못할 제안을 하고 말았다.

"오늘같이 좋은 날, 이 날을 어찌 무의미하게 그냥 넘길 수 있겠나? 곽 채주, 내 제안 하나 함세. 우리… 의형제를 맺는 게 어떻겠나?"

"의형제라구요?"

곽무한은 깜짝 놀랐다.

아무리 배짱이 맞고 마음이 통하면 나이조차 초월하는 게 이 바닥이라지만, 아직 스무 살도 채 되지 않은 자신에게 의형제를 맺자고 하다니?

진묵은 깜짝 놀라는 곽무한을 보자 의형제지간을 맺고 싶다는 생각이 오히려 불 일듯 일어났다. 그래서 말난 김에 가슴속에 떠오르는 감정의 편린들을 마구 쏟아냈다.

"난 평생을 이 바닥에서 살아왔다네. 하루에도 몇 번씩 귀계와 음모가 난무하는 이곳. 그래서 난 평생토록 타인에게 정을 준 적도, 내색한 적도 없었다네. 그래서 이제껏 결혼조차 하지 않았지. 그러나 이젠 다를 것이네. 자네에게만큼은 내 모든 마음을 주고 싶네."

진묵의 목소리에는 열기가 넘쳤다. 그러니 진심이라는 뜻.

곽무한은 당황했다.

그 옛날 적호채에서 같은 처지의 아이들을 보며 동병상련의 정이 일어 스스로 동생들이라고 여기며 내색없이 돌봐준 적은 있었지만, 실제로 의형제지간을 맺거나 맺을 생각을 해본 적은 전혀 없었기 때문이다.

진묵은 곽무한이 당황하든 말든 계속 이야기를 토해냈다.

"왜? 내게 무슨 딴마음이 있어서 이러는 것 같나? 아니네. 안심하게. 솔직히 말해 자네에게 반했네. 옛 영웅들처럼 생사고락을 함께 나누고 싶네. 그만큼 자네의 배짱과 기개가 마음에 드네. 어떤가? 내게 형이라 불러줄 수 있겠는가?"

"저… 그게… 그게……."

곽무한은 가슴 저 깊은 곳에서 뭉클한 감정이 일어났다. 그러나 난생처음으로 겪는 감정이다 보니 어떻게 대답해야 될지 몰라 허둥댔다.

"이런, 이런. 내가 너무 서둘렀나 보군. 미안하네."

급기야 한숨처럼 새어 나오는 실망의 목소리. 더불어 십 년은 늙어버린 듯한 진묵의 표정.

곽무한은 그 모습이 왠지 안쓰러워 보여 결정을 내렸다.

"좋습니다. 형님이라 부르겠습니다."

그 순간 진묵의 눈에 파도처럼 경련이 일었다.

"정말인가? 그게 정말인가? 와하하하하! 정말 자네가 내 아우가 되어주겠다는 말인가? 으하하하하!"

격동에 찬 얼굴로 한참을 웃어 젖히던 진묵. 갑자기 자리에서 벌떡 일어나더니 곽무한의 어깨를 와락 끌어안았다.

"소형제! 내 이름을 걸고 맹세하겠네. 아니, 내 부모님의 이름을 걸고 맹세하지. 앞으로 자네의 일이 나의 일이 될 것이고, 자네의 기쁨이 곧 나의 기쁨이 될 것이네. 정말일세! 믿어도 좋으이!"

와락 잡아오는 손.

뜨거운 열기가 어려 있었다.

"형님……."

곽무한이 평생 처음으로 불러보는 단어였다.

천애고아이다시피 살아온 세월.

그러나 형님이란 단어를 입 밖으로 내뱉으니 또다시 뭉클한 감정이 들었다. 형님이라는 말에 기이한 힘이라도 있는지, 친혈육이 아닌데 갑작스레 육친의 정이 샘솟는 기분이었다.

곽무한은 뜨거워지려는 눈시울을 애써 식히며 마주 잡은 손에 힘을 가했다.

"형님!"

"아우……."

피를 나누고 하늘에 고하는 등의 형식은 취하지 않기로 했다.

마음이 통하면 그뿐.

사내들답게 가슴으로 내뱉은 말, 그 말 한마디를 증표로 삼기로 했다. 그래서 휘하들에게도 알리지 않기로 했다.

혈두타가 사라진 지금, 새롭게 사천 물길의 패주로 등극한 두 사람.

두 사람은 이렇게 말 한마디와 포옹 한 번으로 공동 운명체가 되었다. 폭풍처럼 몰아친 격동이 가라앉고 난 후, 곽무한은 진묵에게 자신의 계획을 설명했다.

왜 자신이 많은 것을 포기하고 웅풍산장 주변의 수채를 원하는지.

갑작스레 의형제를 맺은 관계로 오해의 소지를 불식시키기 위함이었는데, 진묵은 오히려 펄펄 뛰었다.

"다른 곳도 아닌 웅풍산장일세. 강호세가 중에서도 손꼽히는 곳이란 말일세. 안 되네. 자네의 능력은 알지만, 절대 불가능한 일이네. 우리가 서로 힘을 합쳐도 싸움이 될까 말까 한 곳이라네. 아서게. 말게. 분해도 참을 수밖에 없네. 그들의 보복이 두려워서가 아니라네. 진심으로 자네를 위해서 하는 말일세."

피를 토하듯 만류하는 진묵의 말에 곽무한은 가슴이 찡했다. 그래서 억지 미소를 지으며 그를 안심시켰다.

"염려 마십시오, 형님. 절대 정면으로 승부하진 않을 겁니다. 조금씩, 조금씩 긴 세월을 두고 그들의 주변부터 흔들 생각입니다."

진묵은 그제야 안심하는 표정을 지었다. 그는 가슴을 쓸어 내리며 재차 당부했다.

"그렇다면 안심일세. 그러나 십분 조심하게. 만약 일이 뜻대로 되지 않아 무슨 문제가 생긴다면 곧바로 연락하게. 내, 만사를 제쳐놓고 달려가겠네."

다시 맞잡은 손.

두 사람은 뜨거운 눈으로 서로를 담았다.

협상과 결연(結緣)은 이렇게 끝이 나고, 곽무한은 수하들과 함께 자신의 터전, 칠반산 계곡을 향해 떠나갔다.

가룽채들은 모두 강변으로 나와 점으로 변해가는 곽무한 일행을 환송했다.

그때였다.

부채주 중 한 사람인 냉면호걸 왕기륵이 떠나는 곽무한 일행을 유심히 지켜보다가 진묵에게 다가와 나직이 귀엣말을 건넸다.

"정말 저대로 보내실 겁니까?"

"저대로 보내지 않으면?"

"예?"

왕기륵은 무심히 돌아오는 반문에 당황했다.

분명 자신이 아는 진묵이라면 저들의 뒤를 따라가 몰살시키라는 명을 내릴 것이 틀림없었는데, 갑자기 왜 이런 반문이 돌아오는 것일까?

돌아온 대답은 애매모호했다.

"그는 곧 날아오를 놈이야. 호풍환우(呼風喚雨)가 멀지 않았어."

"예?"

"쯧쯧! 그래서 자네가 영원히 내 위로 올라올 수 없는 것이야. 진짜 수장이 될 사람은 먼저 사람부터 볼 줄 알아야 하거든."

"예? 사람요?"

왕기륵은 선문답 같은 진묵의 말에 그저 고개만 갸웃거렸다.

제54장
귀환

칠반산 계곡.

높다란 담장에 둘러싸인 전각이 달빛을 맞으며 서 있다.

새벽 별이 점점 희미해져 가는 시각.

"아악!"

날카로운 비명 소리가 별빛을 흔들었다.

"부인! 무슨 일입니까?"

경계를 서고 있던 사내들이 놀란 표정으로 뛰어왔다. 그러나 차마 방문을 열어젖히지는 못하고 문밖에서 서성거렸다.

크르르!

굳게 닫힌 방 안에서 낮은 으르릉거림이 들려왔다. 그리고 잠시 후 부스럭거리는 소리와 함께 가냘픈 목소리가 흘러나왔다.

"죄송해요. 아무 일도 아니에요."

"아! 그러십니까? 그럼 저희는 이만……."

부산한 발자국 소리가 사라지고 나자 방 안에서 수줍은 목소리가 새어 나왔다.

"아아… 갈수록 통증이 심해지네. 사내아인가 봐."

그르릉…….

맞장구치듯 조용한 늑대 울음소리가 들려오고 방 안은 다시 정적에 휩싸였다. 한참 뒤,

"아아악!"

다시 비명 소리가 들려왔다.

우르르.

사내들이 또다시 뛰어왔다.

"죄, 죄송해요. 악몽을 꾸었어요."

이번에는 긴 한숨 소리가 흘러나왔다.

발자국들이 다시 사라지고 드르륵! 닫혀 있던 방문이 조용히 열렸다.

크르르…….

이제는 웬만한 황소 이상으로 커진 청랑이 먼저 고개를 내밀었고, 뒤이어 매옥이 조심스런 걸음걸이로 방문을 나섰다.

"아아… 도대체 언제쯤이나 오실까?"

매옥은 동터오는 새벽에 쫓겨 푸르스름하게 변해가는 달을 보며 나직이 한숨을 내쉬었다.

귀환 중이라는 소식을 들은 지도 어언 열흘.

장마 때문에 물길이 험해 늦는다 치더라도 너무 늦었다. 그러다 보니 날마다 조바심에, 심심하면 악몽까지 꾸는 매옥이었다.

보아하니 오늘도 틀린 모양이다.

이미 사천 동부 지역을 장악한 수룡채다.

근동에 이르렀으면 첩지가 와도 벌써 왔으리라.

매옥은 긴 한숨을 내쉬다가 살포시 아미를 찌푸리며 아랫배를 어루만졌다.

"아유, 요 녀석. 정말 쉬지를 않네."

찡그린 표정과는 달리 내뱉는 말에 애정이 듬뿍 담겨져 있었다.

그날 부상 중인 곽무한과 첫날밤을 보낸 지도 벌써 칠 개월이다.

지난 뒤에야 안 사실이었지만, 그날 바로 태기가 들어선 모양이었다.

"아가야, 조금만 더 기다리렴. 조금만 더 기다리면 네가 그토록 보고 싶어하는 아빠 얼굴을 볼 수 있을 거야."

매옥은 부푼 배를 어루만지며 미소를 지었다.

그때였다.

"아니, 아가씨? 이 새벽에 왜 밖에 나와 계세요? 찬바람은 해롭다고 그토록 말씀드렸는데."

유대고였다. 소란 때문에 깬 모양이었다.

"도통 잠도 오질 않고 자꾸 악몽을 꾸는 바람에 나와봤어. 곧 들어갈 테니 너무 걱정하지 마."

매옥은 살포시 미소를 지어 보이고는 다시 달을 쳐다봤다.

"아가씨도 참……. 그런데 이제 그만 복대를 끌러야 하지 않겠어요?"

잠시 혀를 차던 유대고가 진지한 낯빛으로 물어왔다.

매옥은 고개를 살래살래 내저었다.

“아니, 그분이 오시고 난 뒤에 끄를 거야…….”

매옥은 언젠가부터 부푼 배를 감추려고 복대를 했다.

그건 일종의 고집이요, 기대였다.

아직도 서먹하기만 한 관계.

곽무한의 진심을 받는 순간, 그의 사랑을 확인하는 순간 복대를 끌러 그를 기쁘게 해주고 싶었다. 그래서 매옥은 날마다 복대를 했고, 방 안에만 틀어박혀 있었다. 행여나 부정을 타기라도 하면 어쩌나 싶어서였다. 만약 오늘처럼 극심한 악몽, 자신의 배가 갈라지고 아기가 눈송이로 변해 하늘 위로 날아가 버리는 꿈만 아니었더라면 밖으로 나오지도 않았으리라.

“휴우. 고집도 참……. 어쨌거나 기온이 많이 차가워졌어요. 이제 그만 안으로 드시지요.”

유대고가 매옥에게 권할 때였다.

갑자기 청랑이 귀를 쫑긋하더니 휙 하니 담장을 뛰어넘기 시작했다.

컹, 컹, 컹!

평소와는 다르게 활기찬 포효성을 터뜨리며 사라지는 청랑.

잠깐 고개를 갸웃하던 매옥의 표정이 어느 순간 환하게 변했다.

“아아! 드디어 오시나 봐!”

“예? 그게 무슨 소리예요?”

“그분, 그분이 오셨어!”

매옥은 그 말을 한 직후 곧바로 방으로 들어갔다.

“아니, 아가씨? 망루에서 소식도 오지 않았는데 그게 무슨 말씀이세요?”

방에 들어서자마자 화장부터 하는 매옥을 보고 유대고는 어이가 없어 고개를 갸웃거렸다.

바로 그때였다.

뿌우우! 뿌우우!

멀리서 아련한 뿔 나팔 소리가 들려왔다. 그와 동시에 망루에서 급박한 타종 소리가 울려왔다.

"아! 채주께서 돌아오신다!"

아직 동이 트지도 않은 이른 새벽이다. 그러나 수룡채는 빠르게 깨어나 정신없이 움직이기 시작했다.

뿔 나팔 소리가 들리고 얼마쯤 지났을까?

둥, 둥, 둥!

개선의 북소리가 사방에 울려 퍼졌다. 그와 동시에 수룡채들이 바쁜 걸음으로 연무장에 모이기 시작했다.

"채주께서 오신다아아!"

"모두 정렬! 최대한 정돈된 모습으로 채주를 맞이한다!"

사방이 시끌벅적하더니 곧 조용해졌다.

벌써 정렬이 완료된 것이다.

'대단한 사내들이야.'

유대고는 내심 감탄을 보내며 매옥을 돌아봤다.

그간의 수심은 어디다 내던져 버렸는지 엷은 분을 바르고 환한 표정으로 단을 내려서는 매옥의 모습.

'호호호. 마치 구름 위를 걷는 것 같애.'

유대고는 입을 가리며 웃었다. 그러나 애타게 기다리던 정인이다.

그 마음을 충분히 헤아릴 수 있을 것 같았다.

'나도 정인이 생기면 저럴까?'

유대고는 부러운 눈빛으로 매옥을 쳐다보다가 단 아래로 걸음을 옮겼다.

촤촤촤!

수로로 들어서는 소선들.

철컥, 철컥!

가벼운 병장기 소리를 내며 정문으로 들어서는 발자국들.

곽무한은 그들의 중간에 있었다.

"와아아아!"

"귀환을 축하드립니다, 채주!"

사내들은 우렁찬 환호성으로 일제히 허리를 꺾었다.

"모두 기다리게 만들어서 미안하다."

곽무한은 엷은 미소를 지으며 한 손을 들어 답례를 보냈다. 그리고는 누군가를 찾는 듯 고개를 두리번거렸다.

그 모습을 보고 매옥이 달려나가려 할 때였다.

크와앙!

담장 너머에 있던 청랑이 먼저 곽무한의 가슴으로 뛰어들었다.

"와하하! 이 녀석! 그사이 무척 컸구나!"

곽무한은 짐짓 못 버티는 척 청랑을 끌어안고 바닥을 뒹굴었다.

청랑이 혀로 핥자 환한 웃음을 터뜨리는 곽무한.

매옥은 청랑이 부러웠다.

그가 자신을 안고 저렇게 웃어준다면 이 세상 무엇과도 바꿀 수 없는 행복일 것 같았다.

"오라버니……."

매옥은 용기를 내어 앞으로 나섰다.

"아! 매옥, 잘 있었느냐?"

곽무한은 연신 뺨을 핥아대는 청랑을 떼어내며 머쓱한 표정으로 일어났다.

"모두가 보고 있습니다. 체통을 지키시지요."

매옥은 조금 굳은 표정으로 곽무한의 옷에 묻은 흙먼지를 털어주었다. 그러다가 뺨이 따끔거려 고개를 들었다.

"험, 험. 잘 있었느냐? 얼굴이 초췌해 보이는구나."

어색한 표정으로 연신 헛기침을 터뜨리는 곽무한.

매옥은 내심 섭섭한 기분이 들었다. 한낱 미물에게도 보여주는 미소를 어찌 자신에게는 그토록 아끼는가?

"피곤하실 텐데 안으로 드시지요."

"아니, 잠시 처리할 일이 있어. 곧 갈 테니 먼저 들어가 있도록 해."

연이어 가슴에 멍울이 졌다.

"부채주들은 모두 회의실로 모이도록. 따로 이야기한 사람들도 마찬가지."

매정했다. 눈물이 나올 정도였다.

감격의 포옹까지 바란 건 아니었다. 그저 따스한 미소 하나면 족했다. 그러나 그는 또다시 무표정한 얼굴로 수하들과 함께 사라져 버린다.

"아가씨……."

누군가가 곁에서 자신을 부축했다.

자기도 모르게 휘청거렸던 모양이다.

"아! 잠깐 현기증이 돌아서… 고마워, 유대고."

매옥은 떨리는 눈가를 훔치며 등을 돌렸다.

컹, 컹.

청랑이 눈치도 없이 따라왔다.

"피곤해. 좀 떨어져 줄래?"

끼깅!

매옥은 청랑의 옆구리를 한 번 차버리고는 처소로 향했다.

'아가씨······.'

유대고는 유난히도 쓸쓸해 보이는 매옥의 뒷등을 보며 안타까운 표정을 지었다.

"채주, 외람된 말이지만··· 부인께 너무 무심하신 게 아닙니까?"

회의실로 들어가기 직전 이탁이 슬며시 귀엣말을 건네왔다.

"음? 아! 그렇게 보였나? 하, 하, 하. 수하들이 보고 있어서 말이지."

곽무한은 머쓱한 표정으로 얼버무리며 자리를 잡았다. 그리고 수하들이 앉는 모습을 보며 조금 전의 일을 떠올렸다.

힘든 전투를 치르고 난 뒤여서일까?

곽무한은 오늘만큼은 모두가 보는 앞에서 매옥을 한 번 안아주고 싶었다. 그러나 상황이 묘하게 돌아갔다. 난데없이 청랑 녀석이 먼저 뛰어들어 버렸다. 그 바람에 옷이 흙투성이가 되어버렸고, 매옥이 주저하는 표정으로 다가와 옷을 털어준다.

정을 받는데 익숙하지 않은 곽무한이다. 그러니 정을 표현하는 데도 당연히 익숙하지가 않다. 그 때문이었다. 상황이 생각지도 못한 방향으로 흘러가 버리고 말자 매옥을 안아주려 했던 기회를 놓쳐 버리고만 것이다.

'휴우··· 걱정을 많이 했을 텐데······. 괜히 미안하군.'

곽무한은 내심 한숨을 쉬다가 수하들의 눈빛을 느끼고는 곧 상념을 접었다.

"모두 수고 많았다. 돌아오자마자 이렇게 모두를 모이라고 한 것은……."

곽무한의 눈은 어느새 냉정을 회복했다.

곽무한은 그간의 고생을 위로하는 말로 서두를 장식했다. 그리고는 천천히 좌중을 돌아보며 회의를 이끌어 나갔다.

"다들 오는 길에 수인사를 나눴겠지만 공식적으로 서로를 소개하는 시간을 갖도록 하겠다. 먼저 저 끝자리에서부터 자신을 소개하도록!"

"옛! 저부터 소개하도록 하겠습니다. 예전 금사상채의 백타대주를 맡았었습니다. 조환이라 합니다."

곽무한의 회유책에 금사상채를 배신하고도 용케 살아남은 놈이었다. 그는 좌중을 돌아보며 포권을 보내고는 곽무한을 향해 크게 한 번 고개를 숙여 보이며 제자리에 앉았다. 조환 다음으로는 세모꼴 두상을 지닌 자가 일어났다.

"악중광이라 하오. 이전까지는 보도하를 맡고 있었소."

그는 악종들만 모여 있던 곳의 채주답게 눈길이 자못 날카로운 자였는데, 어디서 당했는지 콧잔등이 무너져 내려앉아 있었다.

악중광이 자리에 앉자 이번에는 고슴도치 사내가 일어났다.

"왕패구라고 하오. 우란강의 부채주였소. 내 무기는 쇠구슬이오. 채주를 제외하고, 누구든 내 성질을 건드리려면 뒤통수를 조심해야 할 거요."

그 외에도 서너 명이 더 일어나 각자의 소개를 마쳤다.

"좋아! 모두 손발을 맞춰보며 서로 친하게 지내도록."

소개가 모두 끝나자 곽무한은 모두에게 미소를 지어 보였다. 그리고는 표정을 바꿔 진지한 목소리로 말하기 시작했다.

"우린 많은 이들의 피를 딛고 이 자리에 섰다. 각자 이번 전투를 통해 느끼는 바가 많겠지만, 몇 가지만 이야기하고자 한다."

곽무한의 목소리 따라 모두의 눈빛도 진지해져 갔다.

"다들 겪었겠지만, 수채와 수채 간의 전쟁에 있어서 무엇보다 중요한 것은 상호 유기적인 움직임이다. 바꾸어 말하자면 통일된 명령 체제 하에 조별로 일사불란하게 움직여야 한다는 말이다. 그러자면 우두머리 된 자가 넓은 안목을 지녀야 한다. 그래야만 전황을 냉정히 볼 수 있고, 수하들의 피해를 줄일 수 있는 것이다. 두 번째로는 우두머리 된 자가 수하들과 호흡을 같이할 줄 알아야 한다. 어떻게 하면 수하들의 사기를 북돋우며, 또 어떻게 하면 보다 효과적인 결과를 얻을 수 있느냐를 고민해야 한다. 그러자면 당연히 수하들의 능력을 꿰뚫어 볼 수 있어야 하고. 그렇기 때문에 우두머리 된 자는 항상 수하들과 호흡을 함께해야 한다. 그리고 세 번째로는……."

이어지는 곽무한의 열변을 들으며 이탁은 고개를 갸웃거렸다.

'뭐지? 채주께서 왜 저런 말씀을?'

지금 곽무한이 하는 말은 한 수채의 우두머리가 갖추어야 할 덕목들이 아닌가? 그걸 왜 자신들에게 이야기한단 말인가?

의문은 곧 풀렸다.

"다들 내가 한 말을 가슴 깊이 명심하기 바란다."

긴 열변을 당부로 끝맺은 곽무한. 갑자기 형형한 눈빛으로 바뀌더니 지렁이를 쳐다봤다.

"지렁이!"

“예, 채주!”

깍듯이 숙여지는 고개가 아니더라도 금사상채와의 전쟁 이후 가장 많이 변한 사람이 바로 지렁이였다.

곽무한의 말이라면 뭐라도 들을 듯한 표정.

실제로도 그랬다.

우란강과 보도하와의 전투 때 가장 앞장서서 싸운 이가 바로 그였다. 실로 격세지감을 느끼게 할 정도였다. 그런 지렁이를 보며 곽무한이 청천벽력 같은 말을 던졌다.

“지렁이는 내일부터 오강채 채주가 된다!”

“채, 채주? 그, 그게 무슨……?”

지렁이의 눈이 더 이상 커지지 못할 정도로 부릅떠졌지만 이미 곽무한의 시선은 추단을 향하고 있었다.

“추단! 너는 내일부터 우란강의 채주가 된다!”

“채, 채주?”

“곽패! 너는 내일부터 보도하의 채주가 된다!”

모두 기절초풍했다.

갑자기 부채주들을 금사상채에게 빼앗은 채의 채주로 임명하다니?

“채주님, 그럼 저희는 어찌 되는 겁니까?”

악중광과 왕패구가 떨떠름한 표정으로 물었다.

곽무한의 눈이 피식 웃었다.

“너희는 새로 교육을 받아야 해.”

“그, 그렇습니까…….”

푹 숙여지는 고개.

승부의 세계에서 패자는 말이 없다는 게 진리임을 절감하는 두 사람이었다.

곽무한의 눈이 다시 움직였다.

모두의 눈도 자연스레 곽무한을 따랐다.

이미 채의 이 인자나 마찬가지인 이탁이다. 그에겐 과연 어떤 곳을 맡길까 궁금했던 것이다.

'이곳 칠반채겠지?'

모두의 공통된 생각이었다. 그러나 곽무한의 결정은 달랐다.

"이탁! 넌 적취협으로 가라! 그곳에서 다시는 무너지지 않을 채를 만들어라!"

"아아!"

지렁이와 무견의 얼굴에 격동이 스치고 지나갔다.

적취협의 재건.

피눈물을 흘리며 떠나올 때 다시 돌아가리라 결심했던 다짐.

곽무한은 그걸 잊지 않고 있었던 것이다.

"알겠습니다, 채주!"

이탁은 기쁜 표정으로 고개를 숙였다.

좌중은 의아한 표정을 지었다.

이미 무너져 버린 수채다. 그런데 채의 이 인자에게 그곳을 맡기는 사람이나, 또 기쁜 표정으로 그런 명령을 받아들이는 사람이나 모두 똑같이 이상하게 보였던 것이다. 남들이 그러거나 말거나 곽무한의 시선은 계속 움직였다.

'이제 남은 것은 이곳 칠반채인데… 혹시 내게?'

장직은 가슴이 두근거렸다.

지금 수룡채에는 이곳 칠반채가 총채나 마찬가지였다. 모든 전력이다 모인 곳이니.

그러나 장직의 기대는 여지없이 무너져 버렸다.

"장직! 너는 용문과 무산을 맡아라!"

"무한아?"

장직은 자기도 모르게 버럭 고함을 지르고 말았다.

"이 자식이 감히 채주께!"

"뭐야? 채주님의 본명을 부르다니!"

휘리릭 날아오는 살기들.

장직은 아차 싶어 얼른 말을 바꾸었다.

"아이고, 죄송합니다. 옛날 버릇이 나와서 그만… 죄송합니다. 정말 죄송합니다, 채주."

연신 고개를 숙이는 장직.

곽무한은 씁쓸한 기분이 들었다.

지난 세월 곽무한은 많은 시련을 겪었다.

그때 뼈저리게 느낀 게 바로 정보였다. 그게 가장 큰 힘이었다.

용문과 무산은 정보가 모여드는 곳.

휘하들 중 가장 머리가 좋고 귀계에 능한 장직이기에, 또 언젠가부터 늘 우직한 충성을 바치는 장직이기에 그런 중차대한 임무를 맡겼는데, 마뜩찮게 느끼다니.

"장직, 오해하지 마. 겪어보면 알겠지만 용문과 무산이 이곳 사천에선 가장 중요한 곳이야. 그래서 네게 맡기는 거야."

"알겠… 습니다."

그러나 대답은 영 시원찮았다.

'시간이 지나면 스스로 알게 되겠지.'

곽무한은 잠깐 장직을 쳐다보다가 무견을 돌아봤다.

무견은 자기도 모르게 몸을 움찔 떨었다.

"이곳 칠반채는 무견, 네가 맡아라!"

"채, 채주!"

무견은 격동으로 몸을 부르르 떨었다. 반면 장직은 질투와 분노로 몸을 떨었다.

'저따위 등신 자식에게! 한쪽 눈깔조차 없는 자식에게는 노른자위를 주고, 내게는 찌꺼기만 줘? 두고 보자, 빠드득!'

두 사람의 표정이 어쨌든 곽무한은 일사천리로 구역을 분배해 나갔다.

"편은극! 네가 마지막이다. 대녕채를 맡아라!"

"영광입니다, 채주!"

수룡채의 주역들에 대한 분배, 바꾸어 말하자면 논공행상이 끝났다. 곽무한은 의혹 반, 격동 반인 수하들을 둘러보며 말을 이었다.

"모두 궁금할 것이다. 왜 채의 전력이 통합되지도 않은 상태에서 분리부터 하느냐고? 이유가 있다."

장직을 제외한 모두는 곽무한의 말에 바짝 귀를 기울였다.

"나는 이른 시간 내에 웅풍산장을 칠 계획이다!"

폭탄선언이었다.

"혁! 채주?"

이탁 등의 표정이 백지장으로 변했다. 특히나 악중광과 왕패구의 안색은 보기에 애처로울 정도였다. 수룡채에 합류하자마자 피와 공포의 대명사인 웅풍산장과 맞붙는다니? 그들은 학질 걸린 사람처럼 턱을 덜덜 떨었다.

"왜 그리들 놀라나? 오랜 세월 기다려 왔던 우리의 숙원이 아니었던 가?"

"그, 그, 그건 그렇지만……."

"예전에는 미처 그들의 전력을 몰라서 그런 생각을 가졌었다고? 후후. 상관없어. 변한 건 아무것도 없어. 원하든 원하지 않든, 어차피 우리는 그들과 한판 승부를 벌여야만 될 처지야."

맞는 말이었다.

수룡채에서는 과자안과 담우치의 핏값이 있었고, 웅풍산장에서는 삼음도 서문장과 귀검대 무사들의 핏값이 있었다.

"아! 그렇다고 해서 너무 긴장할 필요까지는 없어. 지금 당장 치겠다는 말은 아니니까."

모두의 안색이 조금 밝아졌다.

"각자에게 한 달의 시간을 주겠다. 그때까지 무슨 수를 써서라도 수하들의 능력을 최고치로 끌어올려. 그리고 난 뒤에 최소한 폭류조 수준에 이른 놈들만 뽑아서 내게로 보내. 그들과 특별 훈련을 거친 후 웅풍산장을 친다."

"한 달… 이라구요?"

곽패가 우물쭈물 물었다. 체계조차 잡히지 않은 어중이떠중이들을 무슨 재주로 한 달 만에 최고의 정예로 만든단 말인가?

그러나 곽무한의 눈빛은 추상같았다.

"왜? 너무 기나?"

"아, 아닙니다. 절대, 절대 길지 않습니다."

곽패는 얼른 자라목으로 곽무한의 시선을 피해 버렸다.

곽무한은 싱긋 곽패에게 미소를 보내다가 갑자기 정색을 하며 다시 말을 이었다.

"그리고 모두 반드시 명심해야 할 것이 하나 있다. 이제부터는 각자 자기 수채 이름으로 움직인다. 수룡채의 이름은 절대 쓰지 않는다는 말이다. 왜 그런지는 알겠지?"

"예!"

"좋아. 모두 웅풍산장의 이목에 걸리지 않게 조심해. 아! 잊어버리고 말 안 한 것이 하나 있군. 주하채와 파하채 문젠데……. 그곳은 당분간 내가 맡는다. 우리 관할 중 거의 중앙에 위치하고 있으니 서로 연락을 주고받기가 편할 것이다. 그러니 앞으로 연락할 일이 있으면 그곳으로 보내. 그리고 각 채주들과 보름에 한 번씩 회합을 갖기로 한다. 장소는 그때마다 연락을 할 것이다."

곽무한은 잠깐 말을 끊고는 새로 합류한 사람들에게 눈길을 돌렸다.

"조환과 악중광, 그리고 왕패구는 당분간 나와 함께 움직이도록."

"조, 존명!"

새로 교육받아야 한다는 말이 뇌리에 남았는지 세 사람은 움찔한 표정을 지었다.

"좋아! 이것으로 회의를 마친다. 이탁! 저녁에 전체 회식을 할 것이니 준비하도록."

"존명!"

곽무한에게 고개를 숙여 보인 이탁은 막 자리에서 일어나려는 채주들을 눈짓으로 만류했다. 그리고는 미소 띤 얼굴로 곽무한을 쳐다봤다.

"채주, 그래도 오늘, 명색이 임명식인데 신임 채주들과 상견례는 나눠야지요."

"음? 상견례는 무슨······."

곽무한이 손을 내저었지만 이탁은 웃음을 터뜨리며 계속 말했다.

"하하하! 안 될 말씀이지요. 휘하에 아홉 개의 수채를 거느리신 총채주신데, 체통이 있지 어찌 그냥 가시려 합니까?"

이탁은 개구진 미소로 모두에게 눈짓을 보냈다. 그러자 포권과 함께 한목소리로 울려 나오는 소리들.

"총채주를 뵈오!"

회의실이 쩌렁쩌렁 울리는 목소리들이었다.

곽무한은 낯선 호칭에 얼굴을 붉히며 마주 포권을 보냈다.

"총채주, 모두에게 덕담이나 한마디해 주시죠."

이탁이 권했다.

곽무한은 다시 머쓱한 표정을 지었다.

"덕담은 무슨··· 그냥··· 모두 최선을 다하기를······."

"크크크. 간단해서 좋군요."

"그러게 말입니다. 하하하!"

화기애애한 분위기 속에 회의가 끝났다.

모두 웃으면서 자리를 떠나는데, 단 한 사람만은 냉막한 표정으로 입을 툭 내밀고 있었다.

'날 이렇게 홀대한단 말이지? 두고 봐!'

장직은 사라져 가는 곽무한을 보면서 품속의 비도를 만지작거렸다.

후덥지근하던 바람이 어느새 가시고 간간이 선선한 바람이 부는 밤.

드넓은 연무장에 웃통을 벗어 젖힌 사내들이 모였다.

군데군데 피어난 화톳불과 화톳불 주변에 세워진 급조한 탁자들.

사내들은 웅성거리며 화톳불 주변에서 서성거렸다.

잠시 후, 곱게 차려 입은 여인들이 안줏거리를 들고 나오자 사내들의 얼굴에 화색이 감돌았다. 급기야 커다란 술동이까지 나오자 사내들은 환호성을 지르며 술잔을 들었다.

"와아아아!"

흥겨운 술자리가 시작되었다.

으레 그렇듯 죽은 자에 대한 추모는 없었다.

산 자끼리의 고성방가가 이어졌다.

잔이 돌고 술이 돌았다.

정이 돌고 취기가 돌았다.

한참 분위기가 무르익을 때쯤 곽무한이 매옥과 함께 연무장에 나왔다. 그러자 순간적으로 장내가 조용해졌다. 그리고 잠깐의 시간이 흐른 후,

"총채주를 뵈오!"

사내들이 일제히 잔을 치켜들며 외쳤다.

"이런, 이런! 누가 벌써?"

곽무한은 어색한 미소로 화답을 하고는 성큼성큼 비집고 들어가 사내들 틈에 섞여 술잔을 들었다.

"총채주! 독구라 합니다. 한잔 올리겠습니다."

"총재주! 저도 한잔 올리겠습니다."

사내들은 너나없이 곽무한에게 잔을 건네왔다.

곽무한은 만면에 미소를 지으며 술을 들이켰다.

그 모습을 보며 조환과 악중광, 왕패구 등이 고개를 갸웃거렸다.

자기들이 있던 곳에서는 상하의 위치가 분명했다. 그래서 술자리도

수뇌부와 말단, 서로 나눠져 있었다. 그러나 이곳은 그렇지 않았다.

명색이 만인지상의 위치인 총채주가 말단 수하들과 어울리며 잔을 나누고 있었다. 물론 자기들 자리도 초라하기 짝이 없는 화톳불 곁 명석자리였고.

"독특한 술자리군."

왕패구가 철구를 만지작거리며 말했다.

"그러게……."

나머지 두 사람이 뾰루퉁 입을 말며 맞장구를 쳤다.

그때 누군가가 다가왔다. 애꾸눈 무견이었다.

"왕형! 한잔합시다."

왕패구의 수염이 꼿꼿이 섰다.

아무리 신임 채주로 임명된 사람이라지만, 너무 어려 보였다. 그래서 자존심이 상한 것이다.

그때 조환이 나섰다.

"채주, 저랑 마시지요."

조환은 이미 무견 등과 싸워본 경험이 있었다. 그래서 무견이 얼마나 지독한 손속을 지닌 자인지 잘 알고 있었던 것이다.

금방 주거니 받거니 잔이 돌았다.

반면 왕패구와 악중광은 꿰다는 보릿자루처럼 둘이서만 홀짝 홀짝 잔을 비워댔다.

그 모습을 이탁이 봤다.

"흠… 아무래도 소외감을 느끼는 모양이군."

그 둘만이 아니었다. 조환과 왕패구 등을 수행해 온 수하들과 금사상채 출신의 몇몇도 마찬가지 모습이었다.

이탁은 그들을 유심히 쳐다보다가 시선을 돌려 건너편을 쳐다봤다.

그곳에는 부어라 마셔라 하는 장면이 벌어지고 있었다.

추단과 지렁이였다.

내로라하는 성격의 소유자들끼리 맞붙은 것이다. 아마도 자존심 싸움을 벌이는 듯 독채로 들이키고 있었다. 그리고 그들 주변으로 많은 사람들이 모여 목청껏 서로를 응원하고 있었다.

"풋. 달라졌어. 정말 많이 달라졌어……."

이탁은 흐뭇했다.

근래 들어 보면 볼수록 멋있어 보이는 지렁이였다.

추단과는 그토록 원수처럼 지내던 사이였는데, 자존심 싸움이든 뭐든 저렇게 술을 나눈다는 것은 어느 정도 마음을 열었다는 말이었다.

"문제는 저기군."

이탁은 잠깐 눈빛을 흐렸다.

시녀들에게 둘러싸여 홀로 술을 들이켜고 있는 매옥을 발견했기 때문이다. 혼자 술을 마시고 있는 그녀의 표정은 유난히 쓸쓸해 보였다.

이탁은 고개를 돌려 곽무한을 찾아봤다.

왁자지껄한 자리.

수많은 수하들에게 둘러싸여 호탕한 웃음을 지으며 마구 술잔을 비우는 곽무한.

매옥과는 묘한 대조를 보이고 있었다.

"으음… 두 분 사이가… 아무래도……."

이탁은 잠깐 어두운 낯빛을 하다가 무엇을 발견했는지 갑자기 웃음을 터뜨렸다.

"풋! 저 녀석 좀 봐."

청랑이었다.

크릉, 쩝, 쩝.

처음으로 술을 마시는 청랑.

그 맛에 반했는지, 아예 술독에 고개를 파묻은 채 마셔대고 있었다.

이탁은 다시 눈길을 돌렸다.

"흠… 저분들도 보통 주량이 아니시네?"

노문사들이었다.

곽무한이 승전하고 돌아왔다는 소식을 듣자마자 달려온 것이었다.

그들은 셋이서 사이좋게 마주 앉아 파안대소를 터뜨리며 연신 술잔을 비워대고 있었다.

"보자아. 잘 어울리는 사람도 있고, 그렇지 않은 사람도 있고…….
예전처럼 분위기를 한 번 띄워봐?"

이탁은 혼잣말을 중얼거리며 연무장 중앙으로 가서 섰다.

"자, 자, 자! 여러분, 모두 주목 좀 해주시오!"

이탁이 내공을 실어 외치자 연무장이 잠시 조용해졌다. 그러나 그도
잠깐, 다시 왁자지껄 소란스러워졌다.

"이런, 이런! 모두 술이 많이 되었군."

이탁은 쓰게 웃으며 허리에 감긴 쇠사슬을 꺼내 들었다. 그리고는
허공으로 몇 바퀴 돌리다가 힘차게 연무장 바닥을 찍었다.

콰콰쾅!

요란한 소리와 함께 흙먼지가 풀썩 날렸다.

"헉? 무슨 소리야?"

"누구야? 무슨 일이야?"

좌중의 시선을 사로잡는데 성공했다.

"모두 주목! 이렇게 좋은 날! 다짜고짜 술만 퍼마시면 무슨 재민가? 술자리엔 자고로 흥이 있어야지! 안 그런가?"

다시 목청껏 외친 소리.

"옳소!"

"그렇지! 멋진 눈요깃거리가 있어야지!"

과거의 경험이 있어서일까? 사내들은 일제히 곽무한을 쳐다봤다.

"이런, 이런… 이게 아닌데……."

이탁은 쓰게 웃으며 재차 고함을 질렀다.

"이봐, 형제들! 눈알이 제대로 박혔으면 저곳을 한 번 보라구! 오매불망 총채주를 기다리시느라 뺨이 홀쭉해지신 부인이 안 보인단 말인가? 벌써 몇날 며칠을 독수공방하셨다네. 오늘 같은 날, 총채주의 힘을 빼게 만든다는 것은 너무 잔인한 일이 아닌가?"

"와하하하! 옳소!"

"좋아, 좋아! 오늘만은 봐드리자구!"

걸쭉한 사내들의 농에 매옥의 얼굴이 확 붉어졌다. 그러나 분위기는 확실히 달아올랐다.

"부채주! 아니, 수석 채주! 그럼 오늘은 뭐로 신명을 낼 참이시오?"

한 놈이 거나한 목소리로 물어왔다.

"뭐긴 뭐야? 다들 들었다시피 오늘 신임 채주들이 선출되지 않았는가? 그들이 실력을 선보여야지! 혹시 노름판에서 총채주께 뒷돈을 대주고 자리를 얻었을지 누가 아는가?"

"와하하! 맞소, 맞소!"

"좋은 생각입니다. 신임 채주들은 어서 나와 재주를 선보이시오!"

왕패구와 악중광은 입맛이 썼다.

무슨 이런 놈들이 다 있나 싶었다.

아무리 술자리기로서니 아래위도 없이 마구잡이로 반 평대를 해대다니? 그러나 눈치를 보아하니 자기들 외에는 모두 익숙한 모양이었다.

총채주란 자도 그렇고, 수석 채주란 자도 싱글벙글 웃어넘기고 있었다.

"니미! 신임 채주는 무슨? 악 채주! 내가 먼저 나가서 저놈들의 코를 납작하게 만들어주겠소!"

고슴도치 수염 왕패구가 벌떡 자리에서 일어나 앞으로 나섰다.

"신임 채주들은 나중에 보고, 우선 모두 눈깔 크게 뜨고 이 몸을 봐라! 내가 바로 사망혈구(死亡血球) 왕패구다!"

왕패구는 고리눈으로 주변을 쓸어보고는 시커먼 철구를 꺼냈다.

"저기 저 담장 보이나?"

왕패구는 십여 장 떨어진 담장을 가리키며 호기롭게 외쳤다.

"보이오!"

"좋아! 내가 이 철구로 저 담장을 무너뜨려 보이지!"

왕패구는 호두알만한 철구를 내비치며 소리쳤다. 그러자 주변이 왁자지껄했다.

"말도 안 돼!"

"글쎄! 자신없으면 나서질 않았겠지. 명색이 우란강 부채주였잖아!"

왕패구는 분분한 목소리들을 귓전으로 흘리며 철구를 손에 쥐었다.

힐끔 곁눈질로 보니 총채주도 거나한 미소로 자신을 보고 있었다.

'니미! 교육은 무슨 교육! 내 본신 실력을 제대로 한 번 보라구!'

왕패구는 이를 악물며 전신의 힘을 끌어올렸다.

"타하—앗!"

길게 끈 호통 소리.

여운이 끝날 즈음에 땅을 박차 오르며 양손을 활짝 펼쳤다.

쐐애애액!

퍼퍼펑!

마치 탄환이 날아가는 듯한 소리가 나더니 요란한 폭음과 함께 담장에 북두칠성 모양의 구멍이 났다. 각 구멍마다 손바닥만한 크기였다.

"와아아! 대단한 공력이다!"

"오오오! 대단한데? 과연 한가락 하는 실력이야!"

환호성이 쏟아졌다. 그러나 왕패구의 기대에는 훨씬 못 미치는 소리였다.

'이것들이 촌것들이라 보는 눈이 없나?

왕패구가 투덜거리고 있을 때 뾰족한 목소리가 튀어나왔다.

"젠장! 참고 보려고 했더니 별 하루살이 같은 게 큰소리치고 있어!"

목소리의 주인공은 장직이었다.

오늘 가뜩이나 기분이 상해 있던 판에 매옥의 독수공방 운운하는 말까지 나오자 미칠 듯한 질투와 분노가 일었다. 그런 판에 별 시답잖아 보이는 녀석이 잘난 척하고 있자, 치미는 울화를 참지 못하고 앞으로 나선 것이었다.

"와아! 와류조 조장님이시다!"

"독비와류(毒匕渦流) 장직님이다!"

장직은 수하들의 환호에 한 손을 치켜 보이고는 가늘게 눈을 모았다.

저 건너편에 술에 취한 모습으로 옆자리 수하와 대화를 나누고 있는 곽무한의 모습이 들어왔다.

"저기 저 나무가 보이나?"

장직은 곽무한이 앉아 있는 방향의 소나무를 가리켰다. 이십 장도 넘는 거리였다.

"보입니다. 아주 잘 보여요!"

"좋아! 내가 이 친구에게 암기술이 뭔지를 제대로 보여주지!"

말이 끝남과 동시에 장직은 허공으로 뛰어올랐다.

"타하압!"

날카로운 기합 소리. 그와 동시에 장직의 손이 환상처럼 교차됐다.

패애애액!

달빛을 반사하며 날아가는 열 자루의 비도.

비도가 날아가는 와중에 연이은 기합 소리가 터져 나왔다.

"타앗!"

쐐애애액!

섬전이었고, 벼락이었다.

비도들이 꼬리를 물며 날아갔다.

퍼퍼퍼퍽!

비도들이 이십 장 너머의 소나무에 세로로 박혔다. 그러나 그냥 박힌 게 아니었다. 뭔가 글자를 만들고 있는 것 같았다.

"타앗!"

세 번째 기합성이었다.

놀랍게도 장직은 아직 단 한 번도 땅을 밟지 않았다. 허공에서 공중제비를 도는 상태였다.

시시시싯!

이번엔 다섯 자루였다.

퍼퍼퍼퍼퍽!

"아!"

"와아아! 저럴 수가?"

모두가 눈을 둥그레 떴다. 왕패구도 마찬가지였다.

〈張直!〉

촘촘히 박힌 비도가 장직의 이름을 만들고 있었다.

그러나 그게 끝이 아니었다.

"앗차!"

허공에서 장직의 당혹스런 음성이 흘러나왔다.

실수한 듯 한 자루가 뒤늦게 날아가고 있었던 것이다. 바로 그 순간, 구경하고 있던 사내들의 눈이 퉁방울처럼 튀어나왔다.

쐐애애액!

섬전처럼 바람을 가르는 비도.

빛살 같은 속도의 비도가 옆 사람과 이야기를 나누고 있는 곽무한의 목을 향하고 있었던 것이다.

"위험해!"

"아앗! 총채주!"

비명 소리는 뒤늦은 감이 있었다.

비도가 이미 곽무한의 목에 닿을 듯 말 듯했기 때문이다. 그러나 바로 그때였다. 모두가 참변을 생각하며 눈을 질끈 감을 무렵,

번쩍!

곽무한의 손이 움직였다.

"와아아!"

몇 사람의 환호성에 사람들은 감았던 눈을 떴다.

뒤늦게 눈을 뜬 사람들은 연무장이 떠나가라 환호성을 질렀다.

마치 금방이라도 피를 머금을 것 같던 비도. 그 비도가 곽무한의 검지와 중지, 두 손가락 사이에 잡혀 있었던 것이다.

"술김에 실수한 모양이네. 조심해."

곽무한은 미소 지으며 비도를 돌려주었다.

아직도 새빨간 피가 흘러내리는 비도.

취중에 급히 잡느라 손을 베인 모양이었다.

장직은 한참 뺨을 떨고 서 있다가 힘없이 자리로 돌아갔다.

그런데 그 모습을 보며 주먹을 부르르 움켜쥐는 사내가 있었다.

'저 자식이 겁도 없이!'

불꽃 튀는 눈으로 장직을 노려보는 사내, 그는 바로 지렁이였다.

지렁이는 장직이 곽무한에 대해 어찌 생각하고 있는지 익히 알고 있었다. 그러니 이번 실수는 실수가 아니라 암습이었다.

지렁이는 도저히 장직을 용서할 수 없었다.

그는 비틀거리는 걸음으로 장직에게 다가가 연무장 뒤편으로 끌고 갔다. 잠시 후 투닥거리는 소리와 함께 처절한 비명이 흘러나왔다. 그러나 그 소리는 추단을 연호하는 환호성 소리에 곧 묻혀 버렸다.

왕패구는 여러 가지로 기가 죽었다.

애초에 자신이 펼친 절기만 해도 평소 열 번 던져 겨우 두세 번 성공하는 절기였다. 그런데 뒤늦게 나타난 녀석은 그런 자신의 경지를 훌쩍 뛰어넘어 버렸다. 거기다가 방금 본 총채주란 자의 무위는 자신의 상상을 초월해 버렸다. 두 번, 세 번 생각해 봐도 골백번 죽었어야 할 상황이었다. 그런데도 차분히 비도를 잡아내다니! 그에게 있어 암습이란 절대 통하지 않을 것 같았다. 그러니 이제 자신은 마음을 고쳐 먹어야 했다. 뇌리에서 채주의 복수 따위는 완전히 지워 버려야 했다. 그렇지 않다면 자신의 암습 역시 실패로 돌아갈 것이고, 그와 더불어 자신의 목숨 역시 이슬처럼 덧없이 사라질 것이기에.

"와아아! 최고다!"

왕패구는 귀가 먹먹한 환호성에 상념을 접고 고개를 들었다.

"헉! 저럴 수가!"

추단이라고 했던가?

얼핏 듣기로 예전 파하채의 채주였다던 자다. 그런데 그의 절기를 보자니 또 기가 질렸다.

획획획획!

기이한 음향을 내며 날아가는 원반 때문이 아니었다.

팅, 팅, 팅!

미세하지만 환호성 사이로 들리는 저 소리 때문이었다.

포물선을 그리며 선회하는 두 개의 원반 사이로 뭔가가 왔다 갔다 하고 있었다. 경험으로 미뤄 육안으로는 거의 식별이 불가능한 암기다. 그런데 저런 가는 암기로 날아가는 원반 사이를 교차하며 왕복 운동을 시키다니? 실로 상상이 안 가는 세기(細氣) 조절이요, 완벽에 가까운 숙련도였다.

"으으으…… 이곳에는 괴물들만 모였단 말인가?"

대답은 그렇다!였다.

왕패구를 질리게 만든 추단이 물러가고 지렁이와 무견이 나왔을 때 그 느낌은 확신으로 다가왔다.

"타하압!"

"으랏차!"

비무였다.

도끼리 맞붙은 비무였다.

그것도 목도가 아닌 진짜 칼을 들고 싸우는 실전 비무였다.

현란했고, 무시무시했다.

아차! 하는 순간이면 팔다리가 날아가는 상황인데도 눈이 어지러울 정도로 빠르게 싸우고 있었다. 결코 눈속임이나 짜고 하는 비무가 아니었다. 실전이었다. 그러나 왕패구에게 있어 그들의 비무보다 더 놀라웠던 것은 목청을 돋우며 응원하고 있는 이곳 사내들이었다.

"뭐 하는 거야? 다리, 다리를 베어버려!"

"아! 아깝다! 목을 날려 버릴 수 있는 절호의 기회였는데!"

왕패구가 보기엔 모두가 인간 같지 않은 놈들이었다.

어떻게 동료의 실전을 보면서 피를 갈구한다는 말인가?

"으으… 질렸다."

왕패구는 완전히 기가 죽고 말았다.

저들의 비무를 보니 왜 교육이 필요하다고 말했는지를 절감할 수 있었다.

옆에 있던 악중광도 마찬가지 심정이었던 모양이다.

"끔찍한 놈들이오. 저 수법 좀 봐! 정말 대단하지 않소?"

그는 조금 전까지만 해도 여기 있던 놈들을 전부 하찮게 여기던 눈빛을 어느새 잃어버리고, 주변에 있는 놈들처럼 열기 어린 눈으로 비무를 보느라 정신이 없어 보였다.

왕패구는 씁쓸한 표정으로 눈을 돌렸다.

'과연 우리가 당할 만했군…….'

돌아가는 비무를 보자니 조금 전 자신이 무시했던 애꾸 녀석이 새로운 모습으로 와 닿았다. 과연 채주가 될 만한 자격을 갖추고 있었다.

"아! 저 초식 좀 봐! 세상에 어떻게 저 상황에서 저런 초식을 생각할 수 있었을까?"

결국에는 왕패구도 비무에 빠져들고 말았다.

제55장
웅풍산장 흔들기

밤이 깊어지자 별들이 환한 빛 무리로 허공을 수놓았다.

화톳불은 하나둘 꺼지고 하얀 연기만이 별을 향해 달음박질을 쳤다.

사내들은 만취한 상태로 이곳저곳에 널브러져 코를 골고 있었다.

늦여름이라지만 새벽 날씨는 차가웠다. 그러나 모두에게 익숙한 정경이었는지, 누구 하나 그들을 신경 쓰는 사람이 없었다.

"꺼억! 이들은 모두 철인이란 말인가? 이렇게 만취한 상태로 땅바닥에서 자면 분명히 내일 아침에 감기 몸살로 고생들을 할 것 같은데?"

왕패구는 자기 한 몸조차 제대로 못 가누면서 널브러져 있는 사내들을 걱정했다.

이탁도 왕패구와 비슷했다.

그 역시 만취 상태로 혀가 꼬부라져 있었다. 그러나 그는 연신 곽무한을 일으키려고 애를 썼다.

"딸꾹! 췌주, 일어나세요. 여기서 주무시면 어떠캅니까? 뷰인께서 기다리고 계시잖습니까? 들어과세요. 어서요."

왕패구는 비틀걸음으로 이탁에게 다가갔다.

"수석 채주, 꺼윽. 제가 도와드리겠소."

"어? 어서 오시게. 우리 총췌주가 말이야. 딸꾹! 워낙 덩치가 있어서 말이야."

두 사람은 곽무한을 일으키려고 애를 썼다.

곽무한은 멀리서 그 두 사람을 보며 혀를 찼다.

"도대체 모두 얼마나 마신 거야? 왜 멀쩡한 소나무를 붙들고 난리지?"

곽무한은 찌푸린 표정으로 두 사람을 바라보다가 비틀걸음으로 침실로 향했다.

아직 캄캄한 새벽.

침실에는 은은한 황촉이 켜져 있었다.

"이 녀석 봐라?"

처음엔 취중에 헛것을 봤나 싶었다.

그러나 아니었다.

고로롱, 고로롱.

청랑이 코를 골며 침상 아래에서 자고 있었다.

곽무한은 기가 막혀 한참을 쳐다보다가 청랑의 꼬리를 잡고 냅다 밖으로 던져 버렸다.

캐캥!

잘 자다가 난데없이 봉변을 당한 청랑.

처량한 울음소리로 항의했지만, 곽무한은 개의치 않고 침상으로 다가갔다.

청랑의 울음소리에 놀라서일까?

매옥이 잠에서 깼다.

"오라버니?"

놀란 얼굴로 이불을 가슴께까지 끌어 올린 매옥의 모습이 무척 고혹스러웠다.

"너무 늦었지? 미안해……."

곽무한은 엷은 미소를 지으며 이불 안으로 들어갔다.

따스한 온기가 전해져 왔다.

"괘, 괜찮아요."

뺨을 붉히며 살짝 옆으로 물러나는 매옥.

곽무한은 팔을 뻗어 매옥의 어깨를 안았다.

"그동안 내가 너무 바빠 무심했구나……."

"흑… 아니에요."

또르르 흘러내리는 이슬방울.

곽무한은 가슴이 싸했다.

"이리 와라. 오늘은 내가 재워주마."

곽무한은 힘주어 매옥을 안으려 했다.

그러나 이상했다.

매옥이 뺨을 붉히며 한사코 옆으로 떨어졌다.

"아니, 왜?"

"술을 조금 마셔서 그런지 속이 좀……."

매옥은 떠듬거리는 목소리로 대답하고는 조심조심 자리에서 일어났다.

"아니, 자다 말고 어디 가는 거야?"

"볼일이 좀……."

다시 확 붉어지는 뺨.

"그래? 얼른 다녀와."

급한 용무 때문이리라 싶어 곽무한은 고개를 끄덕이며 베개에 머리를 실었다.

매옥은 한참이 지나도록 오지 않았다.

거의 만취 상태인 곽무한은 잠시 매옥을 기다리다가 자기도 모르게 곯아떨어지고 말았다.

매옥은 한참이나 지난 후에 나타났다.

매옥의 뺨에는 두 줄기 눈물 자국이 선연했다.

매옥은 침상에 앉아 잠든 곽무한의 얼굴을 한참 들여다봤다.

쌕쌕 들려오는 고른 숨소리.

매옥은 떨리는 손으로 곽무한의 뺨을 어루만졌다. 그리고는 천천히 그의 입술에 입을 맞췄다.

"고마워요, 오라버니. 정말 고마워요……."

사실 매옥은 곽무한이 자신의 침실로 들어오자 소스라치게 놀랐었다. 하도 오랜만에 온 지라 이게 꿈은 아닌가 싶었다. 그래서 놀란 가슴도 진정시켜야 했고, 자다가 일어나 부스스한 상태인 얼굴 화장도 고쳐야 했고, 무엇보다 배에 두른 복대도 끌러야 했기에 옆방으로 간 것이었다.

'이제 됐어. 이제 그가 나를 인정한 거야.'

매옥은 곽무한의 얼굴을 한참 들여다보며 임신 사실을 어떻게 알릴까 고민했다. 그러다가 문득 든 생각.

'그래! 차라리 해산 직전에 알리자! 그러면 그는 기뻐서 춤을 덩실덩실 출 거야!'

매옥이라고 왜 임신 기간 동안 사랑과 관심을 받고 싶지 않았으랴?

그러나 매옥은 이번 기회를 반전의 계기로 삼고 싶었다.

그동안 채의 업무에 바빠 자신에게 서운할 정도로 소홀했던 곽무한.

자신이 해산 직전에 임신 사실을 알린다면 그는 얼마나 놀라고 미안해할까? 아마 그때부터는 미안해서라도 더 이상 자신을 외롭게 내버려 두지 않으리라.

매옥은 그렇게 생각하며 임신 사실을 최대한 숨기기로 했다.

쪼르릉. 쫑쫑!

지저귀는 새소리에 맞춰 아침이 왔다.

"음? 이런! 늦잠을 잤군!"

곽무한은 햇살이 창문을 훤히 비출 때야 잠에서 깼다.

매옥은 벌써 일어났는지 옆에 없었다.

곽무한은 머리맡 협탁에 놓인 꿀물을 보며 잠깐 미소를 지었다.

"녀석, 숙취 정도야 내공으로 풀면 되는데……."

곽무한은 꿀물을 마시고 난 뒤 옷을 갖춰 입고 집무실로 향했다.

낑, 낑.

청랑이 뒤를 졸졸 따라왔다.

"이 녀석이 오늘따라 왜 자꾸 따라와?"

딴 살림이라도 차렸는지 그동안 수채에는 잘 머물지 않던 청랑이었다. 곽무한의 귀환 즈음에 매옥 곁에 머무르다가 오랜만에 곽무한과 상봉한 것이다. 그래서 정을 내는 것일까?

"녀석! 나가 있어! 오늘은 생각할 게 많단 말이야!"

곽무한은 집무실 안까지 따라오려는 청랑을 발로 뻥 차버리고는 자리에 앉았다.

"휴우… 잠자리를 같이하려 해도 이리 운 때가 안 맞아서야……."

곽무한은 금사상채와의 전쟁을 치르면서 많은 것을 느꼈다.

눈앞에서 죽어가는 수하들을 보며 느낀 자괴감과 자신도 언제 죽을지 모른다는 공포.

그런 알 수 없는 감정들이 쌓이자 사무치도록 외롭다는 느낌이 들었다. 마치 절해고도에 혼자 서 있는 느낌이었다.

그때 느꼈다.

사람은 왜 더불어 살아야 하는지, 그리고 정이 왜 중요한지.

그래서일까? 곽무한은 매옥이 그리웠다.

오랜 세월 정을 나눈 사이이기도 했고, 자신이 너무 소홀했었다는 반성이기도 했다. 그래서 오자마자 매옥을 따스히 안아주고 싶었던 것이다. 그런데 그냥 곯아떨어져 버리다니? 헛웃음이 다 나왔다.

곽무한은 한동안 이 생각 저 생각에 골몰했다. 그러다 보니 머리가 찡해왔다.

'이런! 숙취를 해소한다는 걸 까먹고 있었군!'

곽무한은 곧 가부좌를 틀고 운기에 들었다.

바로 그때,

찡!

다시 머리가 쪼개질 듯 아파왔다.

'아! 혈음고!'

곽무한의 안색이 순간적으로 어두웠다.

정말 지겨운 놈들이었다.

잊을 만하면 꼭 나타나 이렇게 괴롭히다니.

그러나 예전에 비해 현저히 약해진 통증이 다행이라면 다행일까?

그러나 곽무한은 알지 못했다.

운기가 끝나자마자 시퍼렇게 변해 버린 자신의 미간을.

"휴우… 언제쯤 이놈에게 벗어날 수 있을까?"

혈음고가 있는 한 무공의 경지에 다다르기란 요원한 일이었다.

'젠장… 곧 웅풍산장과 싸워야 할 처지인데…….'

천형을 안고 싸운다는 게 부담스러웠다.

곽무한은 원망스럽다는 듯 혈음고가 도사리고 있을 가슴 부위를 쾅쾅 쳤다. 그러다가 갑자기 눈살을 찌푸렸다. 주먹으로 가슴을 치자 뭔가가 가슴을 쿡쿡 찔러온 것이었다.

"아! 팔찌!"

급박한 전쟁 때문에 한동안 잊고 있었다.

곽무한은 품속을 뒤져 팔찌를 꺼냈다.

망막을 찔러오는 문양.

'채설아…….'

그녀를 떠올리자 가슴이 미어져 왔다.

곽무한은 긴 한숨으로 그녀의 영상을 털어버리며 팔찌를 눌렀다.

챙!

가벼운 쇳소리와 함께 손 안으로 굴러 떨어지는 양피지와 단약.

"이게 뭘까?"

곽무한은 청아한 향기를 발하는 단약을 이리저리 굴려보았다.

컹, 컹, 컹!

밖에서 청랑이 요란하게 짖어댔다.

"저놈이?"

곽무한은 피식 웃으며 문 쪽을 바라보다가 시선을 돌려 양피지를 쳐
다봤다.

"이게 다시 내 손에 들어올 줄이야……."

곽무한은 가볍게 미소를 지으며 양피지를 펼쳐 보았다.

고색창연한 양피지에 빼곡히 들어찬 글씨.

"대단한 서체군!"

곽무한은 내심 감탄하며 한 줄 한 줄 읽어나가기 시작했다. 그러다
가 어느 순간, 벼락을 맞은 듯 사지를 부들부들 떨기 시작했다.

〈모년 모월에 드디어 마교 최후의 전사라는 암왕과 파천마군. 염라대제
등과 싸우게 되었도다…(중략)… 그들의 무공은 너무나 사악하고 패도적이
어서… 내가 남긴 초식을 운용하는 심법은 아래와 같으니…(중략)… 사람
은 본시 하늘과 땅을 이루는 기운을 받아서 태어난 바… 본좌의 내공심법
인 뇌정신공(雷精神功)은 이러한 원리에서 만들어진 것으로…(하략)〉

뇌전이 머리 속을 관통하는 것 같았다.

천지가 빙빙 돌고 글씨가 온 천지에 가득찬 것 같았다.

〈하늘과 땅에 충만한 양(陽)을 지키고 키워 나가면 태극이 드러나는 까
닭을 알 수 있고, 삶과 죽음의 근본을 알 수 있고, 건과 곤, 음과 양의 이
치를 알 수 있다. 건과 곤의 바탕을 법으로 삼고, 감과 이의 쓰임을 본받으
며 음과 양의 자루를 붙잡아서, 삶과 죽음의 관문을 건너간다. 이렇게 하

여 뇌정신공이 십이성의 경지에 이르게 되면 생로병사와 하늘과 땅의 이치를 깨달아, 모든 것이 한 덩어리로 중(中)에 있음을 알게 되어 인간의 한계를 벗어나게 되느니라!〉

눈앞에 보이던 세상이 부서지고 신천지가 나타났다.

그토록 머리 속을 아프게 하던 붉은 선들이 일목요연하게 정리되어 눈앞에서 웃고 있었다.

"이게… 이게… 이게……."

곽무한은 튀어나올 듯한 눈으로 양피지만 쳐다보고 있었다. 시간이 어떻게 흘러가는지, 여기가 어딘지도 잊어버린 채 석상처럼 굳어 있었다.

한참 후,

"휴우! 정말 엄청난 비급이군! 이것도 모르고 예전에 이걸 휴지 조각 취급했었다니……."

곽무한은 긴 탄성을 내뱉으며 정신을 차렸다.

우연히 결심한 바가 있어 글을 배우게 되었고, 그로 인해 설아가 준 희대의 비급을 읽을 수 있었으니 곽무한의 소회는 실로 남달랐다.

"좌우간 됐어! 이거면 그동안 벽에 막힌 듯했던 무공의 경지를 또 한 번 뛰어넘을 수 있겠어. 한동안 혈음고도 다스릴 수 있겠고! 그러나 너무 어려워. 그게 문제로군."

곽무한은 양피지를 접으며 중얼거렸다.

"비급은 시간이 날 때마다 연구를 해야겠어. 그런데 이놈은 어쩐다? 보아하니 몸에 좋은 단약 같은데?"

곽무한은 한동안 단환을 만지작거리다가 역시 팔찌 안으로 밀어 넣고 말았다.

“나중에 꼭 필요할 때 사용하자.”

당장 복용했으면 그토록 자신을 괴롭혔던 혈음고를 단번에 없애 버릴 수 있었지만, 단환의 정확한 용처를 모르는지라 나중으로 미루고 말았다.

“어쨌거나 이제 빛이 보이는 것 같군. 뇌정도법이랬지? 심법 문제가 해결됐으니 숙달될 때까지 차근차근 연마해 나가자!”

곽무한은 가슴속에 새로운 희망이 샘솟는 걸 느꼈다. 그와 동시에 설아에 대한 고마움으로 가슴이 뜨거워졌다.

‘버리려고 했었는데… 이제는 잊으려고 했는데…….’

곽무한은 한동안 품속을 매만지며 창 틈으로 비치는 아침 햇살을 바라보았다.

*　　　　*　　　　*

시간은 빠르게 흘렀다.

자연은 계절의 흐름을 알려주려는 듯 가을을 재촉하는 서늘한 바람을 계속 실어 날랐다.

곽무한은 날마다 뇌정심법에 매달렸다.

덥수룩한 수염과 어깨까지 뒤덮은 머리카락.

또다시 침식을 잊고 수련에 골몰하는 곽무한이었다.

그런 곽무한을 보며 또다시 발을 동동 구르는 사람이 있었다.

“아… 어찌 저리도 무심하실까?”

곽무한이 귀환한 다음날부터 매옥의 소매에는 다시 눈물이 마를 날이 없었다.

반복되는 무심의 세월.

매옥은 원망 어린 눈빛으로 곽무한을 쳐다봤다. 그러나 먼발치에서 바라만 볼 뿐 내색하거나 방해하지는 않았다.

'곧 오리라. 함께 웃고 떠드는 그날이 반드시 오리라.'

매옥은 불러오다 못해 이제는 산통까지 느껴지는 배를 쓰다듬으며 내일의 희망을 꿈꿨다.

기맥은 더욱 넓어진 느낌이었다.

활원광대하게 느껴지는 기의 통로.

생각을 떠올리자마자 진기는 단숨에 하단전과 상단전을 관통했다.

그 바람에 진기를 극성으로 운용하면 전신에서 기의 소용돌이가 일어날 정도였다.

그러나 아쉬웠다.

잡힐 듯 잡힐 듯하면서도 종내 형체를 드러내지 않는 깨달음.

이 고비만 넘기면 도강을 자유자재로 사용할 수 있을 것 같은데 가물가물하기만 했다.

우우우웅!

도끝에 맺혀 외로이 떨고 있는 강기.

집중과 수발이 문제였다.

억지로 뿌리면 방만하게 퍼져 나가기만 할 뿐, 한 점에 집중되지 않았다. 게다가 연속으로 뿌리려고 하면 금방 위력이 급감하고 말았다.

아직 정화(精華)를 얻지 못했다는 말.

곽무한은 고뇌 어린 표정으로 다시 한 번 심법을 더듬었다. 그러나 역시 가물가물할 뿐 구체적인 실마리가 떠오르지 않았다.

"휴우… 미치겠군."

곽무한은 긴 한숨을 터뜨리며 머리카락을 와락 쥐어뜯었다.

무의 경지를 한 단계 뛰어오른다는 것은 이토록 힘들고 어려운 관문을 거쳐야 했다. 그 때문에 곽무한의 얼굴에는 수심이 가실 날이 없었다. 그러나 그나마 다행이라면, 그동안 노력한 만큼의 성취는 있었다는 사실이다.

벽라대제가 심령으로 곽무한의 뇌리에 심어놓은 뇌정도법.

일초에 삼백육십 개의 궤적으로 사방을 단숨에 베어버리는 참마뢰.

강기(罡氣)로 이루어진 빛덩어리가 방원 십 장여를 벼락 치듯 쓸어버리는 단천뢰.

그리고 마지막으로 도강을 넘어 강기를 집약한 도환(刀環)의 초식으로 이기어검의 경지까지 넘보는 가공할 위력의 수라혈뢰!

이 세 가지 도법 중 곽무한은 참마뢰를 거의 구성까지 소화해 낼 수 있었다. 곽무한이 도를 펼치면 삼백이십 개의 궤적이 사방을 휩쓸어버렸다. 그러나 그보다 중요한 사실은, 이제 칠성의 경지까지는 아무리 도법을 펼쳐도 진기의 역류가 없다는 사실이었다.

뭘 모르는 사람은 '에게? 겨우 그 정도?'라고 말할지 모르지만, 만약 벽라대제가 이 사실을 알았다면 그야말로 기절초풍, 또 한 번 관 속으로 실려 들어갈 일이었다.

그도 그럴 것이 뇌정심법이 어떤 것인가?

백 년에 한 번 날까 말까 한다는 절세의 재질을 갖춘 벽라대제가 죽기 직전에 깨달은 심득이 아닌가?

그런 심득을 직접적인 가르침도 없이 한 달 만에 그 정도의 성취를 이루다니? 실로 고금에 드문 일이었다.

물론 그 이전에도 나름대로 참마뢰를 연구, 삼성의 성취를 보았다지만 그건 그야말로 진기의 손실을 담보로 한 임시방편에 지나지 않는 것이었다. 그러니 수련에 몰두한 기간에 비한다면 지금의 성취는 실로 놀라울 정도였다.

그러나 곽무한은 그 정도로 만족할 순 없었다.

"휴우… 시간은 하루하루 지나가는데, 도대체 언제쯤 만족할 만한 경지에 다다를 수 있을까?"

진득한 한숨을 내쉬며 바라본 허공. 그곳에는 핏기 어린 눈으로 자신을 바라보는 과자안과 담우치가 있었다.

"으드득! 다시!"

곽무한은 도를 쥔 손에 다시 힘을 가했다.

"타하압!"

기합성이 터지고, 도의 폭풍이 또다시 대숲을 흔들었다.

곽무한이 이렇게 침식을 잊어가며 수련에 골몰하는 동안, 시간은 빠르게 흘러 어느새 수하들과 약속한 한 달이 되었다.

두두두두두!

망루의 신호에 이어 은은히 들려오는 말발굽 소리.

곽무한은 그 소리에 정신을 차렸다.

"아! 벌써 한 달이 지나 버렸구나……."

탄식성이 절로 새어 나왔다. 그러나 곽무한은 아쉬운 마음을 뒤로한 채 회의실로 향했다.

막 연무장을 지나는데 우렁우렁한 고함 소리가 귀를 찡하게 울려왔다.

"총채주를 뵈오!"

구릿빛 근육에 날선 눈동자의 사내들.

보아하니 각 채주들이 끌고 온 정예들인 모양이었다.

"음. 원로에 고생들이 많았네."

곽무한은 가볍게 손을 들어주고는 회의실로 향했다.

사내들은 곽무한의 모습이 완전히 사라질 때까지 허리를 숙인 상태로 미동조차 않았다. 모두 단단히 교육받은 모양이었다.

회의가 시작되었다.

곽무한의 요청에 따라 노문사들도 참여했다.

안건은 당연히 웅풍산장을 치는 것이었다.

곽무한은 먼저 웅풍산장의 동태에 대해 물었다.

"무슨 일인지는 몰라도 아직은 조용합니다. 그러나 몇 군데에서 들어온 소식을 취합해 보자면 이곳저곳에서 그들의 흔적이 보입니다. 아마도 근일 내에 가릉채를 공격할 모양입니다."

정보망을 맡은 지 이제 한 달. 장직이 추측을 곁들여 말했다.

"음? 그래? 예상보다 많이 굼뜬 반응인데? 그들답지 않아."

곽무한은 고개를 갸웃거렸다.

그러나 곽무한으로서는 지금 사천에서 무림맹이 결성되어 한창 비무대회가 진행 중이고, 그 바람에 웅풍산장이 전력을 움직이지 못하고 있다는 사실을 알지 못했다.

좌우간, 아직 웅풍산장이 움직이지 않고 있다니 곽무한은 그나마 다행이란 생각이 들었다. 의형제를 맺은 진묵에게 당분간은 미안한 심정을 가지지 않아도 되니.

곽무한은 곧 상념을 접고 노문사들에게 자문을 요청했다.

"우리보다 몇 배 강한 적을 치려고 합니다. 고견을 부탁합니다."

"지피지기면 백전백승이라, 나보다 강한 적을 치려면 먼저 적을 알아야 하지."

장(張)이라는 노문사가 먼저 말을 꺼냈다.

"적을 알고 나면 그들을 흔들어야 하지. 그들을 자극시켜 힘이 어느 정도인지 시험해 보고, 그들의 장점과 단점을 파악해 약점을 흔들고 주변을 흔들어 사지를 하나둘 끊어 힘을 약화시켜야 하지."

이(李)라는 노문사가 말을 받았다.

"궁극적으로는 이쪽 작전에 말려들게 해야 해. 아군은 집중하고, 적은 분산시켜 싸우는 방식으로. 사지가 끊긴 적들에게는 그것이 가장 효과적인 방법이야."

제갈(諸葛)이라는 노문사가 말을 맺었다.

늘 그렇듯 원론적인 이야기들이었다.

그러나 곽무한은 빙그레 미소를 지었다.

자신이 생각하고 있던 바를 한 번 더 정리하는 계기가 된 것이었다.

"감사합니다, 사부님들."

곽무한은 노문사들에게 치사를 보내고는 지렁이와 추단, 곽패에게 표국을 만들라고 지시했다.

"난데없이 웬 표국이오?"

추단이 물었다.

대답은 노문사들이 대신했다.

"헐헐. 좋은 생각이네. 표국은 의심받지 않고 대륙을 떠돌아다닐 수 있는 곳. 정보를 모으는 데 최적이지."

"그럴듯한 상단도 하나 만들지요. 예전부터 저희 채가 상단으로도 소문나 있지 않습니까? 귀주 땅에 분점을 내는 형식으로 해 조금만 입 소문을 내면 될 듯한데요?"

노문사들의 말을 곰곰이 듣고 있던 이탁의 제안이었다.

"좋은 생각이야. 그러면 수하들의 신분을 상단 소속으로 위장해 마음껏 귀주 땅을 돌아다니라고 해도 되겠군."

곽무한은 무릎을 치며 이탁에게 엄지를 치켜 보였다.

"그럼 거기서 한발 더 나가보게. 이왕이면 상단을 이용해 그들의 자금력을 흔들어보는 방법으로."

노문사들이 말했다.

"아! 그야말로 도랑 치고 가재 잡는 방법이로군요."

회의는 일사천리로 진행됐다.

다양한 의견들이 나왔고, 그에 대한 토론과 분석이 이어졌다.

한참 열띤 토론이 벌어지고 난 후, 곽무한이 자리에서 일어났다.

"얼마 안 있으면 곧 중추절이야. 그전에 놈들의 혼을 빼놓는다. 그리고 전격적인 공격은 강물이 얼기 전이다! 모두 이 점을 명심하고 진행에 차질이 없도록!"

곽무한의 선언이 끝나자 모두의 안색이 딱딱하게 굳어갔다.

회의가 끝나고 채주들은 각자의 수채로 돌아갔다.

곽무한은 각 수채에서 뽑혀온 수하들을 데리고 칠반산 꼭대기에 올랐다.

칠반산은 미창산과 대파산으로 이어진 산이다.

칠반산 정상에 오르니 굽이굽이 이어진 높고 가파른 능선이 보였다.

"모두 잘 봐라! 저기 눈에 가물가물한 대파산 정상이 바로 훈련의 끝

지점이다. 우린 그곳을 오가며 힘을 기른다!"

"으으……."

수하들의 안색이 삽시간에 질려갔다.

그러나 곽무한은 사정을 봐주지 않았다.

"지금부터 시작이다! 저곳까지 선착순! 낙오자는 용서치 않는다!"

캬오오!

곽무한의 말에 청랑이 추임새를 넣었다.

마치 낙오하면 그 자리에서 뜯어먹어 버릴 것이라는 듯이.

"자! 뛰어!"

"으아아!"

곽무한의 호령이 떨어지자 수하들은 앓는 소리를 내며 능선을 따라 뛰기 시작했다. 그리고 그 뒤를 청랑이 컹컹거리며 따라갔다.

"기다려라, 웅풍산장!"

곽무한은 까만 점으로 사라지는 수하들을 보며 홀로 중얼거렸다.

훈련은 급박하게 돌아갔다.

날마다 능선을 오르내리는 주파(走破) 훈련에다가 늪지와 수초 지대에서 벌어지는 실전 훈련, 천야만야한 단애에서 벌어지는 외줄 격투와 암벽 타기, 수중에서 벌어지는 단체전과 진형을 이루며 싸우는 선단 전투까지.

웅풍산장과의 실전에 투입될 예정인 특공조 이백여 명은 모두 입에서 단내가 나고 녹초가 될 정도로 훈련에 내몰렸다. 그러나 이미 고르고 고른 독종들이라 그런지 낙오하는 사람은 거의 없었다. 모두 죽기 살기로 훈련에 임했으며, 시간이 지날수록 그들의 눈빛은 유리알처럼 번들거렸다.

지옥 훈련을 시작한 지도 어언 보름.

곽무한은 어느 야심한 밤에 그들 모두를 불러 모았다.

형형한 눈빛으로 한 사람씩 돌아보던 곽무한은 갑자기 도를 꺼내 들더니 도세를 펼치기 시작했다.

"파도는 거침없이 파랑을 일으킨다. 파랑세(波浪勢)! 파랑은 열 겹, 스무 겹으로 몰아친다, 첩첩세(疊疊勢)……."

쩌렁쩌렁한 기합 소리와 함께 펼쳐지는 가공무비한 도세.

특공조들은 곽무한의 도세에 달빛이 조각조각 베어지는 것을 느끼며 모두 눈을 부릅떴다.

"모두 잘 보았느냐? 보름을 주겠다. 죽기 살기로 익혀라!"

곽무한은 그 말을 남기고 떠나갔다.

"맙소사! 저걸 어찌 보름 만에?"

그러나 사람의 능력은 무한했다.

특히 악중광과 왕패구처럼 인정사정없이 족치는 사람이 있다면.

"이야압!"

"타앗!"

카칵! 카카칵!

훈련장에 칼바람이 불었다.

낮과 밤이 따로 없었고, 평지와 습지가 따로 없었다.

모두 사지가 부러지고 콧등이 내려앉아도 악착같이 훈련을 소화해냈다.

곽무한은 매일 훈련장에 나와 땀투성이, 피투성이가 된 사내들의 자세를 봐주었다. 물론 무지막지한 구타와 폭언을 동반하며.

곽무한이 이렇게까지 수하들을 다그치는 이유는 시시각각 날아드는 웅풍산장의 행보 때문이었다.

우선 수하들이 탐지해 온 웅풍산장의 전력은 상상 이상이었다.

〈웅풍산장에 대한 보고.

其一, 총 상주 인원 천 명 상회.

其二, 현 장주는 섭심귀혼(攝心歸魂) 육도강(陸到剛).

其三, 태상호법인 귀곡검 악무달 이하 십대 무인이 있다고 전해짐. 알려지기로는 모두가 검막 이상을 시전할 수 있는 초극강의 무인으로 알려짐.

其四, 주요 무력 집단으로는 가주 직속의 협풍단(俠風團), 최정예 고수급이 소속된 귀검대, 정예급의 무사들로 이루어진 호풍대가 있다고 전해짐. 각 집단의 인원은 조사 불가.〉

몇 달 전, 자신을 초주검 상태로 만든 열 명의 무인.

그들이 귀검대 전력의 일부라고 했다. 그들만 해도 감당이 불감당일 정도인데, 그들 말고도 초극강의 십대 무인과 또 다른 무력 집단이 있다니? 이건 상상을 초월하는 전력이었다. 과연 강호 유명 세가는 다르다는 것을 절감할 수 있었다.

그런데 그런 무시무시한 전력이 움직이기 시작했다는 정보가 들어왔다.

〈其五, 웅풍산장의 후계자로 보이는 자가 오래전 일단의 무인들과 함께 장을 떠났다고 함. 중경에서부터 그들의 종적이 사라졌다는데, 추측키로는

가릉채로 향한 것이 아닐까 함.〉

　사실 이 정보는 오보였다.

　웅풍산장의 후계자인 육운룡이 무림맹 비무대회에 참석하기 위해 떠난 것을 장직이 오판한 것이었다.

　그러나 장직과 마찬가지로 그런 사실을 알 수 없었던 곽무한은 무척 당황했다.

　아무리 웅풍산장의 이목을 피하기 위해 소문을 내달라고 했다지만, 웅풍산장의 후계자가 직접 거동하는 정도의 전력이라면 가릉채의 기반이 송두리째 흔들릴 일이었다. 그래서는 안 되었다. 굳이 의형제지간임을 따지지 않더라도 도리가 아니었다.

　곽무한이 수하들에게 폭풍멸절도법을 전수한 이유는 바로 그 때문이었다.

　곽무한은 최단시일 내에 웅풍산장을 급습할 생각이었다. 물론 전면공세는 아니고 놈들의 이목만 돌릴 정도로.

　그러나 그 전략이 성공하려면 수하들의 무위가 일정 수준은 넘어야 했다. 그래야 놈들의 혼란을 유발할 수 있으니.

　그리고 또 하나, 곽무한이 급습을 결심하게 된 계기가 있었다.

〈其六, 웅풍산장의 주요 재정 수입은 한약재와 목재, 차엽(茶葉)류에서 나오는 것으로 알려짐. 그러나 떠도는 소문에 의하면 철광과 탄광 운영에서도 막대한 수입을 올리고 있다고 함.〉

　이 정보는 실로 가뭄 끝에 단비 같은 소식이었다.

그들의 주 수입원이 한약재와 목재 등이라면, 그 산지가 어딘지 알아내 화공(火攻)을 이용해 타격을 줄 수 있었다.

그리고 광산이라니? 기막힌 호재였다.

당시 광산 채굴권은 국가가 철저히 통제하던 시절이었다.

"됐어! 드디어 놈들을 흔들 수 있는 소재를 발견했어!"

곽무한은 쾌재를 불렀다.

"관(官)을 이용하자!"

물론 누대의 명성을 누리는 가문인지라 당연히 관과 결탁하고 있을 것이다. 그러나 털어서 먼지 안 나는 사람은 없는 법이다. 자신과 줄이 닿는 관리들을 통해 들쑤셔 보면 분명 구린 구석을 발견할 수 있을 것이다. 물론 놈들의 연줄로 인해 곧 유야무야되고 말겠지만, 황실의 허락을 얻어 운영하는 것이 아닌 이상에는 당분간 광산 운영을 멈추고, 세간의 의혹이 가라앉을 때까지 숨죽이고 있을 수밖에 없을 것이다. 그렇게 되면 분명 놈들의 재정에 문제가 생길 것이고.

곽무한은 특공조들의 훈련을 독려하는 와중에 비상 회의를 소집했다.

"모든 인력을 총 가동해! 놈들의 약초 재배지와 벌목장을 알아내란 말이야! 시간 싸움이야! 놈들이 벌써 움직이기 시작했어. 그러니 최선을 다해서 파헤쳐 봐!"

"알겠습니다, 총채주!"

"그리고 또 하나!"

"말씀하시지요."

"우리와 줄이 닿는 관리에게 사람을 보내! 놈들이 운영하는 광산에 대해 적법성 여부를 따지라고 해! 중앙에 투서도 날리고, 운남성에도 압력을 가하라고 해!"

"알겠습니다, 총채주!"

일은 급박하게 돌아갔다.

매일같이 첩지과 전령이 오가는 숨 가쁜 나날이었다.

곽무한은 분초를 쪼개 첩지를 받아 보고, 수하들의 훈련을 감독하며 개인 수련에 몰두했다. 그러다 보니 매옥은커녕 매옥의 코빼기조차 들여다볼 시간이 없었다.

예전에 있던 칠반채와 비교해 유난히 초라한 주하채.

시중드는 여인도 많지 않았다.

매옥은 낯선 환경에 불안해했다.

그런 상황에서 유일한 의지처인 곽무한이 얼굴조차 내밀지 않으니, 가뜩이나 산달이 임박한 매옥으로서는 날마다 초조한 심경이 되어 바싹 말라갔다.

"아가씨! 이러다가 큰일 나겠어요. 이제 그만 총채주께 알리시는 게……."

"됐어요, 유대고. 돌아가는 정황을 보니 제 문제로 마음을 쓸 상황이 아니에요. 이렇게 채가 바쁘게 돌아가는 것은 처음이잖아요."

"그건 그렇지만… 산달이 채 한 달도 남지 않았는데……."

유대고는 안쓰런 눈빛으로 매옥을 위로했다.

매옥은 심중의 서러움을 달래려는지 다시 수를 놓는 데 집중했다.

"그게 뭐예요, 아가씨?"

유대고는 매옥의 마음을 풀어주려고 화제를 돌렸다.

"배냇저고리예요."

환한 미소로 내민 매옥의 손에는 어른 손바닥 크기만한 옷이 쥐어져 있었다.

"아유, 앙증맞아라! 꼭 인형 옷 같아요."

"호호호. 그렇죠?"

"그런데 사내아이 옷이네요? 혹시 여아면 어떡하지요?"

유대고의 말에 매옥의 눈매가 바짝 치켜졌다.

"유대고!"

"어머! 죄, 죄송합니다. 이년의 주둥이가 그만 헛소리를……."

유대고는 당황한 표정으로 허둥거리다가 얼른 문밖으로 달아났다.

유대고가 나가고 나자 얼어붙었던 안색을 편 매옥, 부푼 배를 어루 만지며 미소를 지었다.

"분명 그분을 꼭 닮은 아들일 거야. 발길질을 보면 알아. 후훗, 귀여운 아가야, 이제 곧 엄마랑 만나게 되겠구나. 아가야, 귀여운 아가야. 엄마를 보면 활짝 미소를 지어주렴. 그렇게 할 수 있지, 응?"

매옥은 한참 동안 배를 쓰다듬으며 행복 어린 미소를 지었다.

드디어 기대하던 첩지가 날아들었다.

웅풍산장의 약초 재배지와 벌목장, 그리고 차 밭을 찾았다는 첩지였다.

"됐어! 드디어 찾았어!"

총동원령을 내린 지 일주일 만이었다. 그리고 표국과 상단 분점을 연 지 한 달 만에 올린 쾌거였다.

"하하하! 지렁이의 고생이 이만저만이 아니군."

곽무한은 첩지의 맨 하단에 적힌 삐뚤빼뚤한 지렁이의 이름을 보고 파안대소를 지었다. 그도 예전의 자신을 따라 하는지, 천자문부터 공부하고 있다는 소문을 들었기 때문이다.

"이제부터 시작이다. 지렁이에게 명령을 보내! 건조하고 바람 많은 날을 택해 놈들의 재배지를 몽땅 태워 버리라고!"

곽무한은 수하에게 첩지를 쥐어 보내고는 다음 소식을 기다렸다.

얼마 지나지 않아 다음 소식도 들어왔다.

"중경의 동지(同知:정오품의 관직) 대인이 움직였답니다. 그래서 운남성에서 형부조마(刑部照磨:법률 담당)와 호부낭중(戶部郞中:추징 담당), 그리고 추관(推官:체포 담당) 대인 등이 나섰답니다."

"그래? 좋았어! 이제부터 한번 당해보라지!"

곽무한은 흐뭇한 미소를 지으며 특공조들의 훈련장으로 향했다.

"마지막 훈련이다! 지금부터 조를 나눠 침투 훈련에 들어간다!"

기습의 묘는 적들이 혼란에 빠져 있을 때 치는 것.

곽무한은 특공조를 준비시켰다.

드디어 웅풍산장 흔들기 작전이 시작된 것이다.

＊　　　　＊　　　　＊

천신이 도끼로 내려찍은 듯한 절벽.

중간 중간에 수많은 종유 동굴이 뚫려 있고, 거센 폭포수가 굉음을 토해내는 절벽 앞쪽에 전체가 계단식으로 꾸며진 거대한 차 밭이 보인다. 그리고 차 밭으로 뒤덮인 산 정상에는 황금빛 채색을 한 고풍스런 건물이 하늘을 향해 우뚝 치솟아 있다.

거대한 황금빛 편액이 솟을대문을 빛내고 있는 곳. 이곳이 바로 귀주의 명문, 웅풍산장이었다.

드넓게 펼쳐진 연무장 뒤쪽으로 즐비하게 늘어선 고루거각.

그중 삼 층으로 꾸며진 가장 화려한 전각에 벽록색 무복을 걸친 한 사내가 창백한 안색으로 뛰어들었다.

"장주님! 장주님! 크, 큰일 났습니다!"

당금 웅풍산장의 장주, 섭심귀혼(攝心歸魂) 육도강은 단잠을 깨우는 목소리에 놀라 자리에서 일어났다.

"무슨 일이냐?"

"불이, 불이 났습니다! 보랑산(補郎山)과 주장산(主張山)에서 불이 났습니다!"

"뭐, 뭣이라? 보랑산과 주장산에 불이?"

육도강은 어찌나 놀랐던지 침상에서 우당탕 굴러 떨어졌다.

아닌 밤중에 홍두깨가 따로 없었다.

보랑산과 주장산에 불이 나다니?

그곳은 벌목장과 약초 밭이 있는, 장의 보고(寶庫)나 마찬가지인 곳이었다.

"이런 변이 있나? 이런 난리가 있나아아!"

육도광은 의관도 갖추지 못하고 밖으로 뛰쳐나갔다.

수하 한 놈이 백지장 같은 안색으로 덜덜 떨고 있었다.

"어떻게, 어떻게 그런 일이! 귀화자(鬼火子) 무돔과 곡두표(哭頭豹) 상대진은 도대체 뭐 하고 있었다더냐? 아니, 아니. 그게 아니지! 피해는 어느 정도라더냐? 불길이 얼마나 번졌느냐고?"

벌건 안색으로 길길이 날뛰는 육도광. 그러나 그는 곧 숨이 넘어가는 기분을 느껴야만 했다.

"그것이… 그것이… 삽시간에 번져… 몽땅… 몽땅……."

"맙소사! 몽땅이라고? 몽땅이라고?"

육도광은 자신도 모르게 스르르 바닥으로 주저앉고 말았다.

"저어… 무돔 어르신의 전언에 따르자면 아무래도 의도적인 방화 같다고… 상대진 어르신도 마찬가지 전언을……."

"뭣이라? 의도적 방화?"

망연자실해 앉아 있던 육도광의 몸이 튕기듯 일어났다.

"악무달을 불러라! 호풍대를 소집해!"

잠시 후, 웅풍산장의 연무장은 시끌벅적한 발자국 소리로 가득했다.

저마다 벽록색 무복에 잔뜩 휘어진 도를 빗겨 찬 사내들. 웅풍산장의 정예라는 호풍대 무사들이 모인 것이다. 그리고 반 각 정도의 시간이 흐른 후, 숯 검댕이 일자 눈썹에 뻐드렁니를 지닌 장년인이 치렁치렁한 회색 머리카락을 휘날리며 연무장에 도착했다. 그가 바로 웅풍산장의 태상호법이자, 십대 무인 중 수좌에 올라 있는 귀곡검 악무달이었다.

"부르셨습니까, 장주!"

실로 멋들어진 포권이었다.

그러나 육도광은 악무달의 포권을 감상할 시간이 없었다.

"태상호법! 긴급 명령이네! 지금 당장 호풍대와 함께 보랑산으로 출발하게! 귀화자 무돔에게 일의 자초지종을 들어보고 그놈과 곡두표 상대진, 두 놈의 허리를 분질러 버리게! 그리고 화재의 원흉을 잡아오게! 보름을 주겠네!"

이제껏 전혀 들어보지 못한 다급한 말투였다. 악무달은 지체없이 고개를 숙였다.

"알겠습니다. 모두 출발!"

귀곡검 악무달은 판단력이 무척 빨랐다.

그는 보랑산에 도착하자마자 발화 지점이 여러 곳으로 추정되는 화재 현장과 사시나무 떨듯 떨고 있는 무돔을 보자마자 일이 어떻게 되었는지 알아차렸다.

"어떤 놈의 짓이냐? 언제 일어난 일이냐?"

"어, 어떤 놈인지는 알 수 없습니다. 오늘 새벽, 삽시간에 사방에서 불길이 치솟았습니다. 수하들을 총동원해 봤지만, 미처 손을 쓸 수 없을 지경이었습니다. 놈들이 기름까지 사용한 모양입니다."

"뭣이라? 기름까지 사용해?"

악무달의 눈썹이 꿈틀거렸다.

"장쾌! 귀주 땅을 몽땅 뒤져라! 들기름이든 동백기름이든, 기름을 팔고 있거나 사간 자에 대해 탐문을 벌여라!"

"존명!"

한 놈이 십여 명의 수하를 이끌고 바람처럼 사라졌다.

"왕두! 이 근방을 샅샅이 뒤져라! 어젯밤 전후로 다섯 명 이상이 묵은 숙소를 찾아내라! 그리고 그들의 인상착의를 파악해!"

"존명!"

"이잠! 모삼! 이곳을 중심으로 오십 리에 걸쳐 주요 도로를 통제하라! 수로도 마찬가지! 필요하다면 장의 이름을 대고 관을 이용해도 좋다! 다섯 명 이상이 무리를 지어 움직인다면 무조건 잡아들여라! 여하한 소란이 벌어져도 좋다! 뒤 책임은 내가 진다!"

빨랐다. 악무달의 일 처리는 정말 빨랐다. 그리고 그의 손은 일 처리보다 백배는 더 빨랐다.

"그리고 무돔!"

"예, 옛?"

슈각!

"크악! 크으으… 호법 어른……?"

언제 손을 썼는지 귀화자 무돔의 손목이 뎅겅 잘라져 바닥에서 펄떡거리고 있었다.

"경계에 태만한 죄이다! 공을 세워 과를 상쇄하라!"

악무달은 냉정한 눈빛으로 무돔을 쳐다보고는 수하들과 함께 자리를 떴다.

"주장산으로 간다!"

다 타버린 보랑산 약초 밭에는 서릿발 같은 악무달의 목소리만 메아리로 남았다.

"이런, 빌어먹을!"

이필과 장가덕은 급격히 표정을 굳혔다.

눈앞에 벽록색 무복을 입은 자들이 검문을 벌이고 있었기 때문이다.

"제기랄. 관병도 아닌 주제에……."

내심 코웃음을 쳤지만 가슴이 먹먹하기만 했다.

힐끔 뒤돌아보니 수하들의 안색도 새파랗게 질려 있었다.

"모두 인상을 펴! 우린 수룡 상단의 상인이야! 그 점을 명심하라구!"

수하들을 다독인 이필이 먼저 앞으로 나섰다.

"여어! 무슨 일이오? 왜 다짜고짜 길을 막는 것이오?"

무인들의 눈이 휘릭 돌아왔다.

섬뜩한 눈빛들이었다.

"아, 저, 저는 그냥… 관병들도 아니고… 무사님들이 검문을 벌이기에……."

일부러 더 앓는 소리를 냈다.

"어디서 오는 누구냐?"

질문과 함께 슬며시 자신들의 일행을 둘러싼다.

"수, 수룡 상단 소속의 상인입니다. 비단을 구입해 분점으로 가는 길입니다요."

이필은 대답과 함께 신패를 내밀었다. 그러나 이상했다. 놈들의 눈빛이 번뜩였다.

"일곱 명이라… 모두 같은 소속이냐?"

"예… 그렇습니다만……?"

"곱게 따라갈 테냐, 아니면 맞고 기어갈 테냐?"

뜨악한 소리였다.

이필은 자기도 모르게 자기 옷매무새와 수하들의 옷매무새를 살펴봤다. 아무런 이상이 없었다. 그런데 왜?

"우리는 웅풍산장의 무인이다. 장에 일이 생겼다. 그래서 범인을 찾고 있는 중이다. 너희에게 혐의가 없다면 아무 일 없이 돌아갈 수 있을 것이다. 어쩔 테냐?"

이필은 빠르게 머리를 굴렸다.

이미 쌍부채 시절부터 약삭빠르기로 이름난 그가 아닌가?

'넘겨짚는 것이다! 소경 문고리 잡기 식으로 마구잡이로 잡아들이고 보는 거야!'

이필은 움찔한 표정으로 무기를 꺼내 들려는 수하들을 눈짓으로 말렸다.

"알겠소이다. 그런 일이라면 시간상 손해를 보는 일이 있더라도 협조를 해야지요. 언제 웅풍산장과 우리 상단이 거래를 틀지 모르는 일이니."

이필은 사람 좋은 웃음을 지으며 한마디 덧붙였다.

"아! 혹시나 해서 미리 말씀드립니다요. 아직 저희 상단은 이곳에 분점을 차린 지 얼마 되지 않아 따로 보표를 고용하지 않았습니다. 그래서 각자가 무기를 지니며, 혹시 모를 위험에 대비하고 있습지요."

이필은 넉살 좋게 일부러 무기까지 꺼내 그들에게 넘겼다.

"좋아! 확인해 보면 알겠지."

무인들의 눈빛이 누그러졌다.

'휴우… 다른 곳도 별일없어야 할 텐데…….'

이필은 씨근벌떡거리는 표정의 장가덕을 보며 한숨을 내쉬었다.

그나마 온순한 편인 장가덕이 저 정도 표정인데, 채에서 날고 긴다는 지렁이의 직속 부대, 전류조들은 어떻게 나올지 안 봐도 눈에 선했다.

이필의 우려는 정확했다.

주장산 인근 묘양현(苗揚縣).

"잡아라!"

"놈들을 놓치지 마! 그리고 본대에 신호를 보내!"

요란한 함성 소리와 함께 십여 명의 무인이 떠돌이 행상으로 보이는 무리를 뒤쫓고 있었다.

슈우웃, 퍼펑!

신호탄이 오르고 무인들의 걸음걸이가 빨라졌다. 그리고 곧 양쪽의 거리가 좁혀졌다.

"이놈들!"

쐐애액!

카카캉!

"크윽! 내게 맡기고 모두 몸을 피해!"

한 사내가 피범벅이 된 상태로 뒤를 보며 외쳤다.

"복동이! 안 돼!"

멀리서 애절한 목소리가 호응해 왔지만, 그의 목소리는 동료들에 이끌려 점점 멀어져 갔다.

복동이라 불린 사내는 핏발 선 눈으로 무인들을 맞았다.

"크흐흐. 이 허여멀건 웅풍산장 놈들! 동료들을 쫓으려면 내 시체를 밟고 넘어가라!"

웅풍산장 무인들은 기가 막혔다.

고작 낫 한 자루로 정예 무사들인 자신들을 막아보겠다고?

"에라이, 하룻강아지 같은 놈!"

한 놈이 코웃음을 치며 그에게 달려들었다. 그 순간,

슈가각!

"커헉!"

코웃음 치며 달려들던 놈의 발목이 피에 젖어버렸다.

복동이라 불린 놈이 바닥을 뒹굴며 낫을 휘두른 것이다.

"크아! 이런 빌어먹을 놈!"

그는 비명을 지르며 펄쩍펄쩍 뛰다가 사내의 가슴을 향해 도를 휘둘렀다. 그러나 사내는 만만치 않았다.

"끄르륵! 죽어도… 혼자 죽진 않아! 그게 끄륵…… 우리 전류조의 방식……."

그는 숨을 멈추면서까지 낫을 휘둘렀다.

한 손으로 자기 가슴을 가르고 있는 도를 움켜쥔 채.

"크으으… 이런 개 같은 경우가……."

무인은 피가 뚝뚝 흘러내리는 자신의 아랫도리를 내려다보다가 그만 절명하고 말았다.

"저런 지독한 놈이!"

무인들의 눈빛에 경탄이 어렸다.

숨이 넘어가는 와중에도 상대와 동귀어진을 하다니?

"모두 조심해! 보통 악질들이 아니야!"

그 바람에 그들의 추적은 조금 늦춰졌다. 그렇다고 해서 결과가 바뀐 것은 아니었지만, 나중에 들려온 소문으로는 고작 여덟 명을 잡는데도 그들의 피해가 극심했다고 전해졌다.

좌우간, 이런 광경은 보랑산과 주장산 방원 오십 장 부근에 사는 사람들이라면 몇 번 목격할 수 있는 일이었다.

*　　　*　　　*

"뭣이라고? 모두 자진을 해?"

악무달은 수하의 보고를 받고 자리에서 벌떡 일어났다.

실로 어이가 없는 일이었다.

피투성이로 잡혀온 놈들은 정통 무인도 아니었고, 사파 무인도 아닌 것 같았다. 대개가 삼류를 겨우 벗어난 파락호 수준이었다. 그래서 굳이 혈도를 점하지 않고 포승줄로 묶어뒀는데, 만 하루가 지나기도 전에 모두 자진해 버리다니?

"도대체 어디 놈들이란 말인가? 삼류떠돌이들에게 이런 충성심이라니? 듣도 보도 못한 일이 아닌가?"

악무달이 망연자실해할 무렵,

"호법 어른, 호법 어른! 큰일 났습니다."

수하 한 놈이 창백한 안색으로 달려왔다.

"무슨 일이냐?"

"장에서 급전이 왔습니다. 만사를 젖혀놓고 어서 귀환하란 소식입니다. 관에서, 관에서 들이닥쳤답니다. 고관들까지 나섰답니다!"

"뭣이라? 관에서?"

있을 수 없는 일이었다.

귀주에서 웅풍산장의 인맥이 그 얼마던가? 그런데 관이라니? 그것도 고관들이라니?

"이런! 뒷일을 부탁한다! 앞으로 놈들을 잡으면 무조건 혈도부터 점해! 그러고 난 후 지급으로 소식을 전하도록!"

악무달은 그 말을 남기고 바람처럼 산장으로 달려갔다.

도착해 보니 산장에서는 난리가 났다.

갑주를 입은 관병들이 산장 주변을 빽빽이 에워싸고 있었다.

"도대체 어찌 이런 일이!"

악무달은 날을 듯 산장 안으로 들어섰다.

"참의(參議:종사품 관직)께서, 참의께서 좌시하지 않을 것이오!"

장주의 노한 목소리가 집무실 밖까지 들려왔다. 그리고 집무실 밖까지 관병들이 창검을 들고 서 있었다.

"누구냐? 이곳은 출입 금지다!"

집무실로 들어가려 하자 관병들이 창검을 교차시키며 막아섰다.

"이놈들! 내가 누군줄 알고 감히!"

악무달은 눈을 부릅뜨며 관병들을 밀쳐 버리고 집무실 안으로 들어섰다.

"오! 태상호법! 드디어 오셨구려!"

육도광의 얼굴이 순식간에 환해졌다.

관리들은 뭐야? 하는 표정으로 악무달을 쳐다봤다.

"모두 여긴 뭣 하러 오셨소?"

악무달은 관리들을 보자마자 큰소리를 쳤다.

"이자가? 네놈은 뭣 하는 놈이기에 감히……."

관리들의 말은 끝까지 이어지지 못했다.

"제 형님이 바로 운남포정사의 좌참의(左參議)이시오. 악 자, 무 자, 용 자 이름을 쓰시는 분이 바로 제 형님이시오."

"헉! 그, 그런……."

관리들의 표정은 순식간에 하얗게 변해 버렸다.

"휴우… 자네 덕에 무사히 지나갔네. 중앙 관계(官界)에 있는 가문의 연줄을 이용하려 했다면 시간이 무척 걸렸을 텐데……. 그건 그렇고, 도대체 어떤 빌어먹을 놈들이 감히 우릴 건드렸단 말인가?"

악무달에게 치사를 보낸 육도광은 탁자를 주먹으로 내려치며 분통을 터뜨렸다.

"아무래도 일회성으로 그칠 것 같지가 않습니다. 제가 나가서 놈들을 잡아본 결과……."

악무달은 자신이 겪은 일을 고했다.

"뭐라? 삼류파락호들이 그런 독기를?"

육도광의 눈이 휘둥그레졌다.

"예! 아무래도 뒷배가 있는 모양입니다. 본가를 노리고 조직적으로 움직이는 게 틀림없습니다."

"으으. 하필이면 이럴 때……. 중추절이 코앞으로 다가와 돈 들어갈 곳이 한두 군데가 아닌데. 제기랄! 미치고 환장할 노릇이군."

한참 턱 끝을 매만지며 제자리를 빙빙 돌던 육도광. 갑자기 악무달의 얼굴을 쳐다보며 물었다.

"이보게, 태상호법! 무리가 가더라도 광산을 계속 운영하세!"

"장주님?!"

"어쩔 수 없네. 자네도 알다시피 이번 화재로 인해 자금줄이 묶인 상황이 아닌가? 더구나 가장 큰 수입원이었던 금사상채도 가릉채 놈들에게 무너져 버린 상황이고… 비록 관에서 자제를 하라고 했다지만 여력이 없네! 자네도 알다시피 중앙에 어디 한두 푼 들어가야 말이지."

"그건 그렇지만… 만약 관에서 알면 이번처럼 쉽게 넘어가지 않을 텐데요?"

악무달의 말 그대로였다.

투서가 들어오고 고관들이 왔다 간 상황이다.

이런 상황에서 광산을 운영하다가 들키기라도 하는 날에는 그야말로 일파만파. 악무달의 형이 나서더라도 수습이 불가능한 상황으로 번지고 만다.

"그러니까 자네에게 부탁을 하는 것일세. 미리 자네 형에게 부탁해 광산 부근의 출입을 엄히 통제하고, 또 장의 정예들을 집중 배치해 주변을 철통같이 보호하면 되지 않겠나? 그러면 누가 알겠어? 응?"

"으음… 장주님 말씀처럼 어쩔 수 없는 상황이군요."

거듭된 장주의 간청에 악무달은 한숨을 내쉬며 고개를 끄덕일 수밖에 없었다.

며칠 후.

쿵, 쩍, 쿵, 쩍!

웅풍산장이 운영하는 광산에 곡괭이 소리와 삽질 소리가 요란했다.

"부디 아무 일도 없어야 할 텐데……."

악무달은 직접 탄광에 나와 현장을 감독했다.

그렇게 웅풍산장이 위험한 도박을 감행하고 있을 때였다.

"와아아! 공격!"

별조차 가물거리는 깊은 새벽.

요란한 함성 소리와 함께 한 무리의 괴한들이 광산에 들이닥쳤다.

"헉! 뭐야?"

악무달은 벌떡 일어나 창문을 열어젖혔다.

"불이야! 놈들이 불을 질렀다!"

"으아아! 괴한들이 공격하고 있어!"

사방에 화광이 충천하고, 정체불명의 인물들이 마구잡이로 인부들을 습격하고 있었다.

"이놈들!"

악무달은 단숨에 숙소에서 뛰어내려 장내에 도착했다.

"와아아!"

카카캉!

"크아악!"

쨍한 병장기 소리와 함께 사방에 비명 소리가 난무했다.

"이놈들! 손을 멈춰라!"

악무달은 장내에 도착하자마자 내공을 실어 사자후를 질렀다.

그러나 복면인들은 콧방귀조차 뀌지 않고 계속 인부들과 호풍대들을 공격해 나갔다.

"이, 이것들이?"

악무달은 분기탱천해 검을 뽑아 들었다.

어느 놈부터 족칠까 사위를 둘러보던 악무달. 갑자기 어느 한곳을 보고는 얼어붙은 듯 굳어버리고 말았다.

그의 시선이 향한 곳은 바로 광산 입구였다.

그쪽으로 한 무리의 복면인들이 몰려가 뭔가에 불을 붙이고 있었다.

악무달은 소름이 오싹 돋는 기분이었다.

"안 돼애애!"

악무달이 기겁성을 터뜨리며 광산 입구로 몸을 날리려 할 때였다.

꽈꽈광!

엄청난 폭음 소리가 고막을 쩡 울려왔다.

"으아아아! 이놈들!"

악무달은 괴성을 터뜨리며 광산 입구로 달려갔다.

와르르르!

엄청난 흙먼지와 함께 무너져 내리는 입구.

악무달의 억장도 함께 무너져 내리는 기분이었다.

"어훙! 목을 내놔라, 이놈들!"

극성의 망량신법(魍魎身法)으로 단숨에 날아오른 악무달, 선두에 선 칠 척 체구의 사내를 향해 검을 뿌렸다.

패애애액!

심중의 분노가 고스란히 실린 검세!

서릿발 같은 검기가 쭉 뻗어 나갔다.

악무달은 결과도 보지 않고 다음 목표를 쳐다봤다.

그런데,

카카캉!

가슴이 철렁했다.

손아귀에 강한 반탄력이 되돌아왔다.

"헉!"

악무달은 어찌나 놀랐던지 본능적으로 몸을 뒤집어 뒤로 물러났다.

"너는, 너는 누구냐?"

상대를 향한 목소리가 자기도 모르게 떨려 나왔다.

전신을 훤히 노출하고 있는 적을 향해 뿌린 십성의 검기였다. 그런데 오히려 되퉝기고 말다니?

강호를 종횡한 지 수십 년 동안 이런 일은 처음이었다.

"그러는 당신은 누구요?"

담담한 어조로 되묻는 복면인.

낮고 거친 목소리였다. 그러나 단언할 수 있었다. 절대 서른은 넘지 않은 놈이라는 것을.

"나는 귀곡검 악무달이라고 한다! 웅풍산장의 태상호법으로 있다!"

악무달은 검을 고쳐 쥐며 놈을 노려봤다.

"악무달이라……."

놈은 낮은 목소리로 잠깐 되뇌었다. 그러더니,

번쩍!

망막으로 뭔가가 날아들었다.

"헉?"

악무달은 어찌나 놀랐는지 심장이 목구멍으로 튀어나오는 것 같았다.

그는 필사적으로 허리를 늪혀 날아드는 뭔가를 피해냈다.

츠츠촛!

아슬아슬하게 스쳐 가는 빛.

되돌아가는 붉은 선.

그때 볼 수 있었다.

칼이었다, 그것도 일반적인 칼보다 도신이 훨씬 긴.

"이, 이, 이 비겁한 놈!"

악무달은 치미는 분노를 주체할 수 없었다.

대화 중에 도를 날려오다니!

상궤를 벗어난 일이었다.

"몸놀림이 무척 빠르시군."

놈의 입에서 다시 담담한 목소리가 흘러나왔다.

마치 놀림을 당한 기분이었다.

"이놈!"

급기야 악무달의 전신이 태풍을 만난 듯 떨렸다. 그와 동시에 그의 검극에서 환한 빛 무리가 맺혔다.

"검사(劍絲)!"

놈의 입에서 경탄성이 흘러나왔다.

"이 치사하고 비겁한 놈! 목을 내놓아라!"

끼아아아아!

악무달의 검, 귀신의 울음소리를 낸다 하여 귀곡검이라 불리는 그의 검이 하얀 빛 줄기를 토해냈다.

"타하압!"

복면인의 입에서 기합성이 흘러나왔다. 그와 동시에 그의 도극에서도 하얀 빛 무리가 맺히더니 악무달의 검을 향해 섬전처럼 날아갔다.

"헉! 도, 도강?"

악무달은 어찌나 놀랐던지 감히 맞부딪칠 생각을 못하고 검을 비껴 그었다.

슈아아악!

실낱 차이로 서로의 병기가 스쳐 지나갔다.

언제 맞붙고, 언제 떨어졌을까?

두 사람은 처음과 마찬가지 위치에 서 있었다.

그러나 두 사람이 부딪친 건 분명해 보였다.

팔랑!

복면인에게선 몇 올의 머리카락이 떨어졌고, 악무달에게선 소매 깃이 떨어져 나갔다.

"으으으… 이럴 수가!"

악무달의 이마에서 식은땀이 흘렀다.

엄밀히 따지면 자신의 손해였다.

그는 긴 머리카락을 지녔고, 자신은 폭 좁은 소매를 입었다. 그러니 분명 자신의 손해!

이럴 수는 없었다.

다른 놈도 아닌, 야음을 틈타 기습해 온 놈에게 귀주 삼대 무인의 하나로 꼽히는 자신이 밀리다니!

지금 악무달의 귀에는 아무 소리도 들리지 않았다. 눈에는 아무것도 보이지 않았다.

오직 눈앞의 복면인.

그의 기파만 오감을 자극해 올 뿐이었다.

"과연 웅풍산장……."

복면인의 입에서 다시 중얼거림이 흘러나왔다. 그리고는 번쩍! 그의 신형이 허공으로 솟구쳤다.

악무달은 잔뜩 긴장해 검을 가볍게 움켜쥐었다. 놈이 어느 방향, 어떤 각도로 공격해 오더라도 곧바로 대응할 수 있도록.

그러나 그는 곧 망연자실한 표정을 지을 수밖에 없었다.

놈은 허공에서 묘하게 몸을 뒤집더니 저 멀리 달아나고 있었다.

"모두 철수!"

뒤늦게 메아리로 되돌아온 음성만이 자신의 귀를 자극하고 있었다.

악무달은 긴장이 풀려 휘청거렸다.

"저런 놈이… 세상에 저런 놈이!"

주변을 둘러본 악무달은 눈가를 파르르 떨었다.

참경이었다.

언제 어떻게 당했는지, 사방에 수십 명의 시체가 나동그라져 있었다.

시체의 대부분은 자기 휘하의 무사들이었다. 일반 인부들은 상처는 입었을망정 죽은 사람은 거의 없었다.

악무달은 수하들의 시체와 허무하게 무너져 내린 광산 입구를 보며 분통을 터뜨렸다.

"도대체 외곽을 경계하고 있던 호풍대 놈들은 무엇을 했기에?"

그러나 악무달은 또 한 번 경악하고 말았다.

비상 소집령을 내린 결과, 자기 앞에 모인 놈은 채 열 명도 되지 않았다.

"무려 팔십 명을 데리고 왔거늘……."

악무달은 한동안 망연자실한 표정으로 서 있을 수밖에 없었다.

웅풍산장은 이제 초비상이 걸렸다.

장의 자금줄이 완전 동이 난 상황에다가, 이번 소란으로 인해 총 백 명이 넘는 정예 무사들을 잃어버렸기 때문이다. 더구나 놈들의 공격으로 인해 북새통처럼 들이닥친 관병들.

"찾아라! 수단 방법을 가리지 않고 찾아라! 도대체 어떤 놈들인지! 어떤 집단이 그랬는지 반드시 찾아내라!"

무자비한 수색이 시작됐다.

한 번 움직이면 귀주뿐만 아니라 운남의 도깨비들까지 덜덜 떤다는 웅풍산장, 그 대문이 활짝 열리고 유리알 같은 눈동자의 섬뜩한 무사들이 귀주 일대를 온통 헤집고 다닌 것이다.

"으아악!"

"크아악!"

가차없었다.

그들의 질문에 머뭇거리기라도 하면 무조건 피가 튀고 살이 튀었다.

"기억을 떠올려라! 일곱 놈이 묵었다고 들었다. 기억을 떠올리지 못하면 여기가 네 무덤이 될 것이다!"

"이 지역을 지나는 수로는 세 곳뿐이다. 그중 무리가 움직일 수 있는 선착장은 이곳뿐이다! 말하라! 요 며칠 사이에 누가 배를 이용했는지?"

"최소한 열 말 이상의 기름이다! 누가 사갔는지, 행색은 어땠는지, 어느 지방 사투리를 썼는지 기억해 내라!"

벽록색 무인들이 움직이자 귀주 땅이 벌벌 떨었다.

황토밭 푸석한 오지 마을부터 시작해 종유 동굴 무성한 계곡까지, 그들의 발길은 귀주 곳곳을 헤집고 다녔다.

"상단? 수룡 상단이라고?"

"표국? 전류 표국이라고?"

"떠돌이 행상? 사천 쪽 말투라고?"

급기야 몇 개의 작은 정보가 모이기 시작했다.

그때부터 웅풍산장의 정보망이 움직이기 시작했다. 아니, 웅풍산장의 정보망만 움직인 것이 아니었다. 그들은 개방부터 시작해서 하오문을 거쳐 홍루, 청루에 이르기까지 정보를 부탁했다. 그것도 막대한 자금을 풀어.

그리고 사건이 벌어진 지 보름 뒤.

웅풍산장은 모인 정보들로 하나의 이름을 추측해 낼 수 있었다.

그 이름은 다름 아닌 수룡채였다.

자잘한 정보를 모으고 분석해 결과를 만들어가는 것, 그게 바로 명문 정파의 힘이었다.

"찾아라! 곽무한! 그놈을 찾아라!"

곧 육도광은 웅풍산장 전체에 죽음의 명령을 내렸다.

웅풍산장의 대문이 다시 열리고, 장의 존망이 걸린 일이 아니라면 절대 바깥출입을 않는다는 십대 무인까지 나섰다.

　십대 무인과 귀검대, 호풍대를 포함, 모두 삼백 명에 이르는 웅풍산
장의 무사들.
　그들은 살기등등한 모습으로 사천 땅으로 향했다.

제56장
낭패

낭패

귀주와 사천 접경 지역, 연하(沿河).

어두컴컴한 객잔 구석에 몇 명의 사내가 모여 있다.

빛이 거의 들어오지 않는 구석 자리에는 칠 척 장신의 사내가 앉았다.

끼익!

객잔 문이 열리고, 왜소한 인영 하나가 주렴을 젖히고 들어오더니 구석 자리의 사내에게 뭔가를 주고는 바람같이 사라졌다.

"흠! 그들이 드디어 장을 나섰다고?"

첩지를 펼쳐 드는 사내. 곽무한은 회심의 미소를 지었다.

"모두 준비해!"

곽무한의 명이 떨어지자 사내들은 저마다 밖으로 나갔다.

"후후후. 발등에 불을 떨어뜨려 줬으니 이제는 사지를 절단할 차례!"

곽무한은 천천히 객잔을 나섰다.

"무운을 빕니다, 총채주!"

객잔 주인이 나와 허리를 꺾으며 배웅했다.

특공조는 네 개 조로 나뉘었다.

그들은 곽무한의 명에 따라 사천으로 접어드는 길 요소요소에 은신했다.

예로부터 귀주 땅은 길이 험하기로 유명했다.

지금은 그나마 나아졌지만, 명 태조 때만 해도 사방이 울창한 수림과 산맥으로 가로막혀 다른 지방과 교통이 불가능했다.

그때 귀주 땅의 여걸인 사향 부인(奢香夫人)이 나서 명 태조와 협상, 두 갈래의 길을 내면서부터 겨우 다른 지방과의 내왕이 가능할 정도였다.

그런 지역이다 보니 사천으로 들어서는 길은 많지 않았다.

그중 가장 빠른 길이 오강을 타고 연하의 물굽이를 지나, 중경과 풍도 중간에 있는 장강 변의 마을, 부릉현(涪陵縣)에 닿는 것이다.

웅풍산장이 택할 수 있는 길도 마찬가지였다.

곽무한을 잡기 위해서는 사천 동부를 뒤져야 하니, 선택은 뻔했던 것이다.

촤아아!

이십여 척의 배가 물길 따라 흘렀다.

웅풍산장의 무인들은 저마다 사위를 살피며 긴장 상태를 유지했다.

상대가 최근 들어 욱일승천하고 있는 수적패의 우두머리임을 감안

했기 때문이다.

그러나 그들의 경계는 아무런 소용이 없었다. 그들이 경계하는 상대는 수중에서 움직이고 있었으니.

사가각!

소리없이 배 밑창이 오려져 나갔다.

콰직!

배의 방향을 제어하는 키도 멀쩡할 리 없었다.

"뭐야? 갑자기 속도가 왜 이리 떨어져?"

그때까지만 해도 웅풍산장의 무인들은 상황을 제대로 파악하지 못하고 애꿎은 노꾼들만 닦달했다. 그러나,

"이게 뭐야? 선실에 물이 새 들어오잖아?"

누군가의 목소리가 들리고부터는 모두가 경각심을 가졌다.

그러나 그들의 경각심은 그리 큰 효과가 없었다.

촤아악!

갑자기 수면 위로 뭔가가 솟구쳐 오르나 싶더니,

"으아악!"

풍덩!

처절한 비명 소리와 함께 한 사람의 목이 떨어져 나갔다.

"적이다! 모두 사방을 철저히 경계해!"

그러나 그들은 과연 정통 무인이었다.

당황하기보다는 칼날 같은 눈빛으로 사방을 경계하기 시작했다.

그러나 그들로서도 예상치 못한 일이 벌어졌다.

시이잇!

날카로운 소리.

물속에서 갑자기 은사가 튀어나왔다.

"커컥!"

은사에 걸린 자가 본능적으로 도를 휘둘렀지만 이미 늦고 말았다.

"끄아악!"

풍덩!

벌써 두 명의 희생자가 발생했다.

"그때 그놈이다!"

악무달은 눈을 부릅떴다.

순식간에 스치고 지나간 곽무한의 모습을 발견한 것이다.

악무달은 상황을 냉정히 파악했다.

"모두 갑판에서 떨어져 중앙으로 모여! 그리고 만약에 대비해 판자 조각을 몸에 지녀!"

정확한 판단이었다.

모두 갑판에서 물러나자 놈의 공격이 그쳤다.

그러나 악무달이 명을 내린 지 얼마 지나지 않아,

끼기긱! 콰자자작!

배가 급격히 요동치나 싶더니 배 밑창에서부터 거센 물살이 쏟아져 들어왔다.

"모두 당황하지 마! 놈들의 공격에 대비해!"

악무달은 인상을 구기며 호령을 내렸다.

그러나 정신없이 침몰하는 배 위에서 냉정을 유지하기란 쉽지 않았다. 더구나 갑자기 물 위로 새카만 머리통들이 튀어나오며 작살을 날려오는 상황에서는.

쐐애액!

퓨퓨퓻!

"이런, 놈들의 공격이 시작됐다아아!"

누군가의 외침 소리가 아니더라도, 침몰하는 배마다 수적들이 암기를 날려오고 있었다.

"크으으… 이런 약아빠진 놈들!"

차라리 갑판으로 뛰어올라 와 정면으로 붙어주면 좋으련만, 놈들은 물속에서 작살이나 쇠뇌 따위만 쏘아대고 있었다. 더구나 시간이 흐르면서 배가 점점 물속으로 가라앉고 있었다.

"제기랄! 제기랄!"

웅풍산장의 무인들은 모두 당혹스런 표정을 지었다.

판자 조각을 발밑에 달았다지만, 움직임이 여간 부자연스럽지 않았다.

쐐애액!

물소리와 함께 날아오는 쇠뇌.

"이익! 이놈들!"

재빨리 검을 들어 쳐냈다손 치더라도,

기우뚱! 첨벙!

"어푸, 어푸!"

균형을 잃어 금방 물속으로 빠져들고 만다.

그러면 어느새 발밑에서 섬뜩한 살기를 발하는 아미자!

그러나 웅풍산장의 무인들은 모두 보통 이상의 실력자들.

"이야압!"

츄츄춧!

"헛?"

그들은 물속에 빠져서도 열심히 싸웠다.

그러나 놈들은 치사하고 야비했다.

"크아아! 뭐 저딴 개자식들이 다 있어?"

웅풍산장의 무인들이 모두 분통을 터뜨릴 만했다.

퍽, 퍼퍽!

상황이 여의치 않다 싶자, 놈들이 물속에다가 마구 먹물 주머니를 터뜨리고 있었으니.

"으으으……."

한 치 앞도 보이지 않는 어둠.

상대는 물고기와 노닥거릴 수준의 놈들.

반면 자신들은 수련으로 다진 유연성과 내가진기로 겨우 몸을 가눌 수준.

상황은 점점 악화되어 갔다.

그러나 상황이 악화되어 갔다고 해서 금방 몰살당할 지경에 빠지거나 한 것은 아니었다. 그들에게는 초극강의 고수, 십대 무인이 있었다.

"야합!"

촤촤촤촤촤!

"크헉!"

"으아악!"

과연 십대 무인은 남달랐다.

그들은 판자 조각을 밟고 다니며 뭔가 이상하다 느껴지는 곳마다 검을 뿌리고 다녔다. 그러면 금방 피를 흘리며 솟아오르는 시체들.

사상자는 양쪽 모두 급속히 늘어갔다.

“으음… 과연 만만치 않구나.”

곽무한은 물속을 헤집는 와중에도 십대 무인들을 주목했다.

그들 중 우연찮게 한 놈을 베어버릴 수 있었지만, 의외로 시간이 많이 걸렸다.

곽무한은 잠시 손을 멈추고 전황을 둘러봤다.

물속이라 자신들이 조금 유리해 보였지만, 예상보다 피해가 극심했다.

“됐다! 이만 돌아간다!”

어차피 오늘의 기습 목적은 놈들에게 공포감을 심어주는 것. 더하여 가능하다면 그들의 숫자를 조금이라도 줄이는 것. 이 정도면 소기의 목적은 충분히 달성한 셈이었다.

“크아아! 뭐 저딴 자식들이 다 있어?!”

악무달은 분통을 터뜨리며 물 위에서 방방 뛰었다.

이제 겨우 먹물이 가라앉아 자신을 비롯한 십대 무인과 귀검대가 놈들을 몰아치려는 순간인데, 줄행랑을 쳐버리다니?

게다가 놈들은 용의주도하기까지 했다.

정신없이 달아나는 와중인데도 동료의 시체부터 시작해 잃어버린 병장기까지 깡그리 챙겨간 것이다. 그것도 추적을 방지하기 위해 먹물과 연막탄까지 터뜨리면서.

“크으! 미치고 환장할 노릇이군!”

악무달은 긴 한숨을 내쉬었다.

산장을 떠나올 때까지만 해도 기세등등했던 자신들이다. 그런데 채 사천 땅을 밟기도 전에 모두 물에 빠진 생쥐 꼴이 되고 말았다.

“제기랄! 할 수 없다. 모두 판자 조각을 잡고 강변으로 이동한다!”

강변에 도착해 인원 점검을 해보니 무려 칠십 명이 당했다. 그중엔 십대 무인 한 사람과 귀검대 무사 네 명도 포함되어 있었다.

실로 엄청난 손해였다. 내로라하는 정예들이 하찮은 수적들을 맞아 이런 참패를 당하다니?

"빠드득! 이놈들, 어디 두고 보자! 사천 땅에 닿기만 하면 네놈들을 모두 파 묻어 버리고 말 테니……."

그러나 그 결심을 이행하기는 정말 쉽지 않았다.

사천 땅에 도착한 악무달이 산장에서 제공한 정보를 토대로 놈들의 은신처를 급습하기만 하면 항상 빈집이거나, 아니면 아무것도 모르는 촌사람들만이 멍한 눈빛으로 자신들을 쳐다보고 있는 것이었다.

"크아아! 뭐야? 도대체 이놈들이 다 어디로 갔어?"

예전 귀검대가 급습했다는 칠반채를 찾아가 봐도 상황은 마찬가지였다. 수채는 텅텅 비어 있었고, 주변 마을에는 피폐한 몰골의 어부들이나 아낙네들이 모여 그물만 만지작거리고 있었다. 그게 아니면 이리저리 오가며 생선 궤짝을 나르는 인부들뿐이고.

"여기 있던 놈들 다 어디로 갔어? 바른 대로 말해!"

할 수 없이 어부들의 목에 칼을 겨누며 물어봤지만 하나같이 도리질이었다.

"다 떠났는걸요? 벌써 한 달도 넘었어요!"

"거짓말 마라! 그럴 리가 없다!"

"정말이에요. 무슨 급한 일이 있는지 야밤에 모두 달아나고 말았어요. 옆집 수길이 엄마가 봤대요."

힘없는 아낙네들까지 거들자 악무달 일행은 검을 내릴 수박에 없었다.

"다들 어디로 달아난 거냐? 약만 올려놓고 다 어디로 도망친 거냔 말이다! 으아아아아!"

악무달은 원통하고 분해 하늘을 쳐다보며 고래고래 고함을 질렀다.

그러나 아무리 고함을 질러봐도 돌아오는 건 메아리뿐.

"휴우… 할 수 없다. 다른 곳을 둘러보자."

결국 악무달 일행은 어깨를 축 늘어뜨리며 칠반채를 떠났다.

"후후후, 바보들. 저게 무슨 고수 눈깔이야, 해태 눈깔이지!"

그들이 떠나고 나자 어부들이 그물을 내던지고 병장기를 집어 들었다. 아낙네들 역시 그물을 내던지고 총총걸음으로 수채로 향했다.

"방향을 보아하니 주하채 쪽이다. 총채주께 신호를 보내!"

전서구가 날고, 사내들은 악무달 일행의 뒤를 따랐다.

이미 물길에 질린 악무달 일행은 육로를 택했다.

가도 가도 끝없는 습지.

주하채는 유난히 습지와 초지가 많은 지역이었다.

"제기랄! 말이라도 끌고 올 걸……."

누군가의 투덜거림이 아니더라도 모두 행색이 말이 아니었다.

무릎까지 차 오르는 질척한 습지.

청석판 깔린 연무장과 수림이 우거진 산장에서만 생활하던 웅풍산장의 무인들에게 있어 이런 길은 무척 고역이었다. 웬만하면 경공을 펼쳐 단숨에 지나갔으면 좋으련만, 끝없이 이어진 습지를 보자니 무한대의 내공을 지니지 않은 이상 힘들어 보였다. 그래서 모두 피로와 짜증이 범벅된 얼굴로 앞만 보고 걸었다.

바로 그때였다.

"엇? 뭐야?"

앞서가던 무인 중 하나가 발에 뭐가 걸렸는지 껑충 앞으로 건너뛰었다. 그리고 막 착지하는 순간, 그의 몸이 습지 아래로 푹 꺼져 버렸다. 뒤이어 흘러나오는 비명 소리.

"끄아아악!"

"헉! 함정이다!"

무인들은 순식간에 원진을 만들며 사방을 경계했다.

휘우웅.

그러나 불어오는 바람만 있을 뿐, 그 어디에도 적은 보이지 않았다.

"모두 조심해서 전진하도록!"

결국 모두 신경을 바짝 곤두세우며 앞으로 전진할 수밖에 없었다. 그러나 놈들의 함정이 어찌나 교묘했던지 그 이후에도 몇몇 희생자가 발생하는 것만큼은 어쩔 수 없었다. 그러던 어느 순간, 갑자기 악무달 일행의 표정이 환해졌다.

"와! 초지(草地)다!"

드디어 지긋지긋하던 습지가 끝나고 저 앞쪽에 드넓은 초지가 펼쳐진 것이다. 눈앞에는 냇물도 흐르고 있었다.

"이야호!"

모두 환호성을 지르며 냇물로 뛰어들었다.

흙투성이가 된 얼굴을 씻고 하늘로 물을 뿌리기도 하면서 모처럼의 여유를 만끽했다.

그런데 바로 그때, 갑자기 눈앞의 초지들이 허공으로 날아오르더니 시커먼 머리통들이 벌떡벌떡 일어나는 게 아닌가? 그와 동시에,

쐐애액!

패패팩!

순식간에 쇠뇌가 쏟아졌다.

"으아악!"

"크아악!"

지독한 계략이었다.

실컷 신경을 곤두세우게 만들어놓고 방심하는 순간을 노려 급습을 하다니!

"이놈들!"

악에 받친 십대 무인들이 땅을 박차고 나갔다.

"놈들이 온다! 모두 후퇴!"

놈들은 이번에도 약삭빠르게 달아났다.

그러나 십대 무인들의 경공이 웬만하랴.

금세 놈들의 뒤로 접근했다.

바로 그 순간,

"엎드려!"

놈들이 갑자기 자세를 낮추기 시작했다.

"뭐지?"

십대 무인들은 미처 달려가는 속도를 늦추지 못했다.

"크아악!"

맨 선두에서 달리던 놈이 처절한 비명을 지르며 쓰러졌다.

은사였다.

흥분해서 달리느라 은사가 가로로 매어져 있는 것을 미처 발견하지 못한 것이다 .

"이, 이, 이 빌어먹을 놈들!"

악무달은 온몸의 구멍이란 구멍에서 몽땅 연기가 치솟는 것 같았다.

"으아아아압!"

악무달은 분노의 기합성으로 저 앞에 도망가고 있는 놈들의 뒤를 따라가 한꺼번에 베어버렸다.

"으아악!"

"끄으으……."

피가 튀고 비명 소리가 흘렀다.

그러나 악무달은 화가 풀리질 않았다.

시뻘건 얼굴로 죽은 시체에다가 마구 칼질을 해댔다.

바로 그때였다.

"으으으! 호법 어른, 호법 어른!"

누군가가 호들갑스럽게 어깨를 잡아왔다.

"뭐야?"

분노 어린 목소리로 거칠게 몸을 돌리니 한 놈이 말조차 제대로 잇지 못하고 자신의 등 뒤를 가리키며 턱만 덜덜 떨고 있었다.

"도대체 뭐가 있기에… 헉!"

이때만큼은 악무달도 기절초풍하는 줄 알았다.

화르르르!

저 너머 지평선에서부터 활활 타오르는 불길.

하늘까지 뒤덮을 듯한 시뻘건 화마가 바람을 타고 빠른 속도로 다가오고 있었던 것이다.

"피해! 모두 전력으로 뛰어!"

악무달의 입에서 자기도 모르게 절규성이 튀어나오고 말았다.

아직도 이글거리는 열기.

엄청난 화마였다.

웅풍산장의 무인들은 새카맣게 변해 버린 초지를 보며 모두 넋을 잃고 있었다.

"크으으. 악랄한 놈들……."

악무달은 치를 떨었다.

삽시간에 닥친 화마로 인해 또다시 수십 명의 수하를 잃고 말았다.

그들은 모두 초지 곳곳에 파인 함정에 빠져 미처 불길을 피하지 못하고 눈앞에서 통구이로 변하고 만 것이다.

"으아아! 이놈! 어디 있느냐? 내 앞에 나와서 정정당당하게 붙어보자! 으아아아!"

악무달은 하늘을 보며 고래고래 고함을 질렀다.

바로 그때였다.

마치 하늘이 자신의 소원을 들기라도 한 것처럼 초원을 뒤덮으며 나타나는 적들.

두두두두두!

악무달은 눈을 번쩍 떴다.

"놈들이다!"

그의 외침을 듣자마자 수하들이 벌떡 일어났다.

모두의 눈에 원독이 서렸다.

그동안 당한 치욕을 만회할 수 있는 절호의 기회라 여겨서였다.

모두 눈에 불을 켜고 놈들을 맞이하려는 순간,

"타하압!"

저 멀리서 쩌렁쩌렁한 기합성과 함께 한 놈이 먼저 날아왔다.

쾌애애애애액!

대기의 요동과 함께 날아드는 끔찍한 불덩어리.

악무달은 심장이 쿵 내려앉는 느낌이었다.

저런 기세라니?

악무달은 너무 놀라 자기도 모르게 옆을 돌아봤다.

모두가 같은 마음이었을까?

옆에 있던 십대 무인들도 마찬가지 눈빛으로 자신을 보고 있었다.

이심전심, 마음이 통했다.

"이노옴!"

악무달은 평생 처음으로 자존심을 버리고 수하들과 합공으로 곽무한을 맞았다.

카카카카카캉!

놈과 부딪치는 순간, 엄청난 반탄력이 내부를 진탕해 왔다.

"흐으……."

이 끈적끈적한 느낌.

악무달은 가슴이 섬뜩했다.

자기가 피를 흘리다니?

생경한 느낌이었다.

이제껏 자신과 마주한 상대가 피를 흘리는 건 봤어도 자신의 피를 본 것은 처음이었다.

악무달은 떨리는 가슴으로 전면을 쳐다봤다.

놈이 다시 도를 세우고 있었다.

놈 역시 입가에 피를 흘리고 있었지만, 저 타오르는 눈빛이라니?

가슴이 쿵쿵 떨려왔다.

‘이게 내 마지막인가?’

악무달은 긴장한 표정으로 검을 부서져라 움켜쥐었다.

휘우웅!

후끈한 바람이 불어왔다.

그러나 악무달은 아무것도 보지도, 느끼지도 못했다.

그저 심혼을 흔들어오는 저 눈빛, 곽무한의 눈빛밖에 들어오지 않았다.

그때였다.

놈의 눈빛이 순간적으로 움직였다.

악무달은 흠칫했다.

‘드디어 오는가?’

등에 식은땀이 났다.

자신이 알고 있던 초식이 한꺼번에 떠올랐다.

‘뭐지? 뭐로 놈과 맞서야 하지?’

그렇게 악무달이 찰나간에 필사적으로 머리를 굴릴 때였다.

놈이 갑자기 등을 돌려 버렸다.

그와 동시에,

“모두 퇴각한다!”

두두두두두!

놈은 아련한 말발굽 소리만 남긴 채 떠나가 버렸다.

곽무한 등이 까만 점으로 사라지고 나자 악무달은 자기도 모르게 털썩 바닥에 주저앉고 말았다.

“으으으……”

이제는 물에 젖은 생쥐 꼴에 이어 타다만 고슴도치 신세. 거기다가 온몸에 힘이 쫙 빠져 기진맥진한 몰골.

악무달은 힘없이 주변을 돌아봤다.

장의 십대 무인이라던 놈들도 모두 자신과 마찬가지 신세였다.

휘하 무인들도 마찬가지였다.

모두 피를 뒤집어쓴 채 망연자실한 표정들이었다.

악무달은 모두를 돌아보며 지친 표정으로 말했다.

"이래서는 안 되겠다. 우린 지금 놈에게 농락만 당하고 있어."

수하들은 새까맣게 그슬린 얼굴로 멍청히 고개를 끄덕거렸다.

"이 상태로는 도저히 장으로 돌아갈 수 없어. 그렇다고 또다시 사천 땅을 헤집을 수도 없고……. 그러니 차라리 공자께서 가 계시는 무림 맹으로 가자! 어차피 무림맹의 기치가 수적 토벌이니, 공자님께 말씀드려 놈들을 치자고 제안하자."

수하들은 멍청한 눈빛으로 고개를 끄덕여 왔다.

악무달은 그렇게 수하들을 이끌고 사천 무림맹으로 향했다.

사천 무림맹으로 간 악무달은 비참한 기분이 들었다.

특히나 회의석상에서 타 문파들이 수룡채를 하찮게 여길 때 뭐라 말할 수 없을 정도의 치욕을 느꼈다.

그러나 아니었다.

자신이 겪어본 결과, 악귀보다 더 잔인하고 교활한 놈들이었다.

그래서였다.

"흐음. 수적패라고?"

악무달은 각파의 수좌들이 심드렁한 어투로 반문할 때부터 이건 아니다 싶었다. 이들에게 경각심을 심어줘야겠다고 생각했다.

그래서 나섰다.

"신중을 기해야 하오. 절대 만만하게 봐서는 안 되는 놈들이오."

그러나 그때 본 조소 어린 표정들이라니……

악무달은 울컥한 기분이 들었다.

"내 이름을 걸고 단언하오. 수룡채 채주 곽무한, 그놈을 내버려 두면 반년 안에 사천의 물길을 장악할 놈이오."

그러나 되돌아온 건 점창파 장로의 정곡을 찌르는 말.

"듣기로는 귀 파에서 수적들을 지원한다는 소문이 돌더이다. 귀 파에서 나서는 이유가 그 수적들의 복수 때문이라면 우린 사양하겠소이다."

악무달은 가슴이 뜨끔했다. 그리고 얼굴이 붉어졌다.

세인들이 왜 구대문파, 구대문파 하는지 그제야 절실히 알 수 있었다. 그래서였다. 악무달은 꿀 먹은 벙어리처럼 더 이상 아무 말도 할 수 없었다. 차라리 뒷배를 봐주던 수적들 때문이라는 오명을 쓰는 게 낫지, 자기들이 당했다는 소리는 죽어도 할 수 없었기 때문이다.

다행히 악무달의 울화는 사천당가가 나섬으로 해결됐다.

말 한마디에도 은원을 따지는 사천당가.

그들이 나서겠다고 선언하는 순간, 악무달은 벌떡 일어나 환호성을 부르짖고 싶은 심정이었다.

좌우간, 웅풍산장이 수룡채를 치자고 제안하게 된 배경에는 이런 긴 사연이 있었다.

*   *   *

두두두두두!

초원을 가로지르는 말발굽 소리.

한 필의 말이 선두에 선 가운데 백여 필의 말이 그 뒤를 따르고 있었다.

선두에서 말을 달리고 있는 사람은 바로 곽무한.

곽무한은 무슨 급한 사정이 있는지, 달리는 말에 연신 채찍질을 가하며 초조한 표정이었다.

"이럇! 빨리, 더 빨리!"

두두두두두!

말은 날을 듯이 초원을 달렸다.

"기다려, 매옥! 내가 갈 때까지 조금만 참아."

곽무한은 말을 달리는 와중에도 계속 혼잣말을 되뇌었다.

지금 곽무한이 좀체 안 하던 채찍질까지 해가며 속도를 올리는 이유는 얼마 전에 받아 든 급보 때문이었다.

하늘을 시뻘겋게 물들이며 광풍처럼 나아가는 불길.

곽무한은 불길을 보며 전의를 다지는 중이었다.

"모두 준비!"

기다리고 기다리던 정면 승부. 그것도 시시껄렁한 잡배가 아니라 강호 초거대 문파 중의 하나인 웅풍산장의 정예들.

수하들의 눈에 강한 결의가 어렸다.

그들은 말고삐를 움켜쥐며 금방이라도 뛰쳐나갈 듯한 자세를 갖추고 있었다.

급보가 날아든 때는 바로 그때였다.

"총채주님! 급봅니다! 채에서 보내온 급봅니다!"
급박한 말발굽 소리와 함께 저 뒤쪽에서 다급한 목소리가 들려왔다.

〈아가씨께서 산통 중이십니다. 곧 해산하실 예정입니다. 그러나 산모의
상태가 위독합니다. 급히 귀환을 부탁드립니다.〉

매옥의 시중을 드는 유대고의 전갈이었다.
"아! 하필이면 이런 중차대한 시국에……!"
곽무한은 가슴 한 켠이 와르르 무너지는 심정이었다.
자신이 손만 치켜들면 소위 웅풍산장의 정예라는 자들과 자웅을 겨
뤄볼 수 있는 상황이었다. 그런데 이 무슨 청천벽력 같은 소리란 말인
가?
곽무한은 한참을 망설였다.
수하들의 눈이 일제히 자신의 입술만 향하고 있었다.
곽무한은 찰나간에 오만 가지 생각이 스쳐 가는 것을 느꼈다. 그중
가장 크게 떠오른 생각은 근래 들어 눈에 띄게 초췌해 보이던 매옥의
얼굴이었다.
곽무한은 입술을 짓씹었다.
명색이 수장이었다. 개인적인 일은 뒤로 미룰 수밖에 없었다.
"모두 공격!"
곽무한은 매옥의 얼굴을 뒤로하고 공격 명령을 내리고야 말았다.
"이야호!"
"휘이익! 이놈들! 기다려라! 내가 간다!"
특공조들은 모두 신이 났다.

휘파람을 불며 말 허리를 박찼다.

두두두두두!

지축을 울리는 말발굽 소리가 초원을 울렸다.

눈앞으로 혼비백산해하는 웅풍산장 놈들이 보였다.

"타하압!"

곽무한은 가장 먼저 말 등을 박차 신형을 뽑아 올렸다.

쾌애애애액!

전신공력을 끌어올리자 혈뢰도가 시뻘건 불덩어리를 내뿜었다.

그 기세에 놀랐음일까?

"이노옴!"

놈들이 한꺼번에 날아왔다.

살을 찢을 듯 쇄도하는 무시무시한 기파들.

곽무한은 이를 악물고 정면으로 맞섰다.

카카카카캉!

귀를 찢는 폭음과 함께 서로의 신형이 교차되었다.

"크으음……."

자신도 모르게 신음성이 흘러나왔다.

곽무한은 입에서 피를 줄줄 흘리면서도 정면을 쳐다봤다.

놈들 역시 자신과 마찬가지로 충격을 받은 모습이었다.

"으으으! 수적 주제에… 고작 수적 주제에 이런 무위라니?"

다시 자세를 잡는 놈들의 눈에 경악이 서렸다.

"으음… 과연 고수들!"

폭풍멸절도법을 극성으로 펼쳤지만 단 한 명도 죽이지 못했다.

이제껏 자신이 부딪친 적들 중 최고수들이었다.

곽무한은 내심 신음을 흘리며 도를 세웠다.

"좋아! 다시 한 번!"

놈들 역시 만만찮았다.

어느새 신형을 추스르며 기파를 뿜어왔다.

우우우웅!

대기가 진동하는 가운데 온몸의 신경 세포가 곤두섰다.

휘우웅!

매캐한 화근내가 바람에 실려왔다.

곽무한은 호흡을 가늠하며 진기를 돌렸다. 그리고 놈들을 향해 막 도세를 폭발시키려는 찰나,

"으아아악!"

"크아아악!"

의외의 비명 소리가 뇌리를 울려왔다.

"음?"

갑자기 정신이 퍼뜩 들었다.

곽무한은 자기도 모르게 수하들을 둘러봤다.

과연이었다.

비명 소리의 대부분은 수하들에게서 나오고 있었다.

당황한 상태의 놈들을 급습했음에도 피해가 속출하고 있었다.

"으으음……."

곽무한은 빠르게 생각을 굴렸다.

자신은 지금 난생처음 맞이하는 절정고수들과 대치한 상태.

수하들은 모두 자신 이상의 적들과 맞선 상태다.

자신과 수하들이 전력을 기울인다 해도 승산은 반반.

순간적으로 갈등이 일었다.

자신들은 이미 그간의 기습과 암습을 통해 충분히 목적을 달성했다.

굳이 이 자리에서 모험할 필요가 없었다. 만약 지금이 웅풍산장의 본진을 상대로 하는 것이라면 전력을 다해 생사를 걸어볼 만했지만, 이들은 그들 중 일부에 불과하다.

그런 저런 생각을 떠올리자 갑자기 산고로 죽어가는 매옥의 얼굴이 떠올랐다. 그와 더불어 첩지의 내용이 눈앞에서 빙빙 돌았다.

'산모의 상태가 위독합니다. 급히 귀환을……'

결국 곽무한은 다시 한 번 입술을 짓씹었다.

"모두 퇴각한다!"

스쳐 본 수하들의 표정에 진득한 아쉬움이 엿보였다.

'후우……'

곽무한은 왠지 수하들에게 미안한 기분이 들었다.

수하들은 이미 생사를 걸고 있었는데 수장인 자신만이 앞뒤를 잰 것 같았다. 그러나 이미 내린 명령. 이게 그나마 최선이라 자위하며 곽무한은 말 허리에 힘을 가했다.

두두두두두!

전장이 멀어지고 낯익은 길이 눈에 들어왔다.

그때부터는 이상하게 마음이 조급해 왔다. 결혼하고 난 뒤 단 한 번도 웃음을 주지 못한 매옥이었다. 그런 자신을 떠올리자 더 더욱 초조해졌다.

'설마… 최악의 상황이 벌어진 건 아니겠지, 매옥?'

수채가 가까워질수록 불길한 생각이 떠올라 견딜 수가 없었다.

"이랴! 빨리, 더 빨리!"

곽무한이 달리는 말에 채찍질을 더하는 이유였다.

*　　　　*　　　　*

"아아아아아악!"

곽무한이 수채로 돌아오자마자 가장 먼저 들은 소리는 찢어질 듯한 비명 소리였다.

"총채주! 이제 오십니까?"

채로 돌아와 있던 무견이 안절부절못하는 표정으로 곽무한을 맞았다.

"무슨 일인가? 갑자기 산통이라니? 산모가 위독하다니?"

곽무한은 말에서 내리자마자 그것부터 물었다.

"그것이… 그것이……."

이상하게도 무견은 우물쭈물한 표정으로 말을 흐렸다.

그때 함박웃음의 유대고가 나타났다.

"어머나! 총채주님, 벌써 오셨어요?"

급보에 어울리지 않는 표정이었다.

"도대체 어찌 된 일인가?"

곽무한은 얼떨떨한 표정으로 다시 물었다. 그러자 유대고가 배시시한 웃음으로 대답했다.

"총채주님, 쇤네를 용서해 주시와요. 산모께서 위독하다는 말은 거짓이었어요. 그래도 아가씨께서 해산하시는데 부군께서 곁에 계셔야 한다고 생각했기에……."

"아……."

곽무한은 그만 바닥에 주저앉고 싶었다.

얼마나 벼르고 별렀던 웅풍산장과의 전투인가?

그것도 놈들의 주력과 승패를 결정하려던 순간이 아닌가?

만약 매옥이 위독하다는 전언만 아니었으면 자신의 결정은 분명 달라졌을 수도 있었다. 그런 생각을 하자 곽무한은 스스로에게 화가 나 미칠 것만 같았다.

"쇤네는… 쇤네는……."

유대고는 삽시간에 변한 곽무한의 표정을 보고 파리하게 질려 버렸다.

곽무한은 한동안 넋 나간 표정으로 서 있었다. 그러다가 깊은 한숨을 내쉬었다.

'무한아, 무한아, 곽무한아! 어차피 네 스스로 내린 결정이 아니더냐? 그리고 오늘이 웅풍산장과의 싸움의 끝이 아닌바. 후회할 일도 원망할 일도 아니다. 오히려 이제껏 아내가 아이를 가졌다는 사실조차 몰랐던 네 스스로를 탓하라.'

한참 동안 회한 어린 표정으로 하늘을 쳐다보던 곽무한은 문득 고개를 돌려 오들오들 떨고 있는 유대고를 쳐다봤다.

"산통은 언제부터 시작됐나? 그리고 해산은 언제쯤이겠느냐? 산모의 상태는 어떠냐?"

두서없는 물음이었다.

그러나 유대고는 다 알아들은 듯한 표정을 지었다.

"산통은 만 하루를 넘었어요. 산파에게 들으니 해산이 임박했다는군요. 산모의 상태는 아주 정상이에요."

"휴우… 다행이구나."

잠시 안도와 탄식이 뒤섞인 한숨을 내쉬던 곽무한은 일단 수하들을 해산시켰다. 그리고는 선걸음으로 매옥의 방에 들어가려다가 몸을 돌려 우물가로 갔다.

좌아악! 좌아악!

선 자리에서 몇 동이의 물을 뒤집어씀으로 피 냄새를 지운 곽무한은 옷을 갈아입고 산고에 몸부림치고 있는 매옥을 찾았다.

방 안은 약 냄새와 땀 냄새로 가득했다. 그러나 왠지 모르게 따스한 느낌이었다. 새 생명의 탄생을 맞이하는 곳이어서 그런 기분이 든지도 몰랐다.

"아으으으음! 오, 라버니, 오, 오셨어요? 하으으음."

땀투성이가 된 매옥은 흐린 눈빛임에도 반가운 표정을 지었다.

곽무한은 말없이 매옥을 쳐다보다가 땀범벅인 이마를 닦아주었다.

"오라… 버니……."

매옥의 눈에 물기가 어렸다.

"내가 너무 무심했지? 미안해……."

곽무한은 무명줄을 쥔 매옥의 손을 꼭 한 번 쥐어주었다. 그리고는 매옥의 이마에 입을 맞춰주며 떠듬떠듬 말했다.

"해산의 고통… 난 잘 모르지만… 힘내! 넌 잘 이겨낼 수 있을 거야."

"흑……."

곽무한은 눈물을 쏟는 매옥을 한참 동안 바라보다가 산파에게 등을 떠밀려 밖으로 나왔다.

어느새 노을이 다가오고 있었다.

곽무한은 하늘을 쳐다보며 긴 숨을 들이켰다.

"후우우웁, 후우우우……."

실감이 나지 않았다.

한참 싸움에 골몰하고 있던 판에 난데없는 아기라니?

애 아버지가 된다니?

자신도 모르게 헛웃음이 나왔다. 그리고 알 수 없는 느낌으로 양 어깨가 무거워지는 기분이었다.

"아아아아아악!"

곽무한이 알 수 없는 감정으로 혼란스러워하는 와중에도 매옥의 비명 소리는 계속 되었다.

곽무한은 서성이다 못해 매옥의 처소 바로 옆에 있는 난간에 털썩 기대고 섰다.

'어머니도 절 낳으실 때 저렇게 고통스러우셨나요?

곽무한은 매옥의 비명 소리를 들으며 엄마를 떠올렸다.

어찌 생각하면 뜬금없는 생각이었다.

아내는 산통에 고통스러워하는데, 정작 남편 된 자신은 엄마의 얼굴을 떠올리다니?

그러나 어릴 때 헤어진 뒤 생사조차 모르는 엄마다. 그런 사정을 감안하면 매옥이 겪는 해산의 고통을 들으며 새삼스레 모정을 떠올리는 곽무한의 심사를 헤아릴 수 있으리라.

제57장
탄생

탄생

갑자기 주변이 소란스러워졌다.

매옥의 비명 소리가 급박히 짧아지며 시중드는 여인들이 부산스레 왔다 갔다 했다.

그중 한 여인이 난간에 기대어 있는 곽무한을 보며 한마디를 던지고 갔다.

"곧 아기님이 나오실 거예요."

곽무한은 갑자기 가슴이 쿵쿵 뛰었다.

갑작스레 애간장이 바짝바짝 타 들어가는 느낌이었다.

억겁 같은 시간이 흘렀다.

점점 밤이 드리워지고 별들이 떠오르기 시작했다.

그중 한 별이 유난히도 영롱한 빛을 발했다.

바로 그때였다.

"응애! 응애! 응애!"

귀를 뚫고 들어오는 이 소리!

분명 아기의 울음소리였다.

'아기? 내 아기?'

곽무한은 그 소리를 듣자 갑자기 가슴속에서 뜨거운 뭔가가 치밀어 오르는 기분을 느꼈다.

'아기… 내 아기……'

콧날이 시큰해지고 눈시울이 뜨거워졌다.

심장이 급박하게 뛰었고, 온몸에 전율이 일었다.

'아버지라… 내가 아버지가 된단 말인가?'

숨이 막힐 것 같았다. 가슴속이 울컥울컥거렸다. 동시에 허파가 미친 듯이 간질거리며 웃음이 터져 나올 것 같았다.

"응애! 응, 응, 응애애! 응애!"

또 한 번 요란한 울음소리가 들려왔다.

그때 영원히 닫혀 있을 것 같은 방문이 벌컥 열렸다. 그와 동시에 천둥 같은 목소리가 들려왔다.

"총채주! 경하드립니다. 아들이에요! 아들이란 말입니다!"

꽈꽝!

곽무한은 머리 속이 폭발하는 것 같았다.

곽무한의 눈에선 자기도 모르게 눈물이 줄줄 흘러내렸다.

"내가… 내가 아버지가 됐단 말인가? 내가?"

바로 그 순간, 우레와 같은 합창소리가 터져 나왔다.

"득남을 경하드립니다, 총채주!"

언제 이 많은 사람들이 와 있었을까?

이탁을 비롯해 무견과 편은극, 그리고 특공조들과 수많은 수하들이 허리를 숙이며 축하를 보내고 있었다. 그와 동시에,

슈우욱! 퍼펑! 퍼퍼펑!

누가 미리 준비했는지 하늘 위로 폭죽이 마구 터져 올랐다.

"채주! 여기……."

만면에 미소를 머금은 이탁이 활과 화살을 가져왔다.

"어, 어쩌라구?"

"하하하! 완전 넋이 나가셨군요! 사내아이가 태어났으니 사방에 이름을 떨치라는 의미로 화살을 쏘셔야죠!"

"어? 그, 그런가?"

곽무한은 주책없이 흐르는 눈물을 닦으며 활을 건네받았다.

피유웃! 피유웃!

사방으로 화살이 날았다.

여인네들은 깔깔거리며 나와 담장마다 금줄을 두르고 고추를 매달았다.

"이제 도련님이 태어났으니 수룡채의 앞날에는 환한 광영만이 있을 것입니다."

사내들은 축사를 하며 싱글벙글 웃음을 머금었다. 그리고 누가 먼저 소리를 질렀는지, 쩌렁쩌렁한 목소리들이 칠반산을 뒤흔들었다.

"수룡채 만세! 총채주님 만세! 아기씨 만세!"

"고맙네. 다들 정말 고맙네!"

곽무한은 울다가 웃다가 하며 수하들에게 연신 감사를 표했다.

이게 아버지가 되는 심정일까?

지금 이 순간, 곽무한은 마치 천하를 얻은 듯한 기분이 들었다.

"총채주! 안으로 드시지요! 아기씨께 아빠의 얼굴을 보여주셔야죠! 호호호. 보시고 놀라지는 마셔요. 아주 멋들어지게 생긴 옥동자님이시 랍니다."

유대고는 바보처럼 웃고만 있는 곽무한의 등을 떼밀다시피하며 방 안으로 밀어 넣었다.

"술! 술을 준비해! 오늘 같은 날 술이 빠져서야 쓰나?"

곽무한은 고래고래 고함 지르는 이탁의 목소리를 뒤로하며 방 안으 로 들어섰다.

방 안으로 들어서자마자 피로에 지친 매옥의 얼굴과 하얀 강보에 싸 인 아기의 모습이 들어왔다.

"매옥……."

곽무한은 자기도 모르게 눈물이 글썽하여 매옥을 쳐다봤다.

매옥은 흐린 미소를 지으며 강보에 싸인 아기를 내밀었다.

"보세요. 당신의 아들이에요."

곽무한은 떨리는 손으로 강보를 안아 들었다.

"응애! 응애!"

아기는 숨이 넘어갈 듯 울어 젖히고 있었다.

"갓 태어난 아기들은 목이 아주 연약하답니다. 그러니 목을 잘 받치 시고 꼭 한 번 안아주세요."

엉거주춤한 자세로 강보를 안고 있는 곽무한의 모습이 안 되어보였 는지 산파가 웃으며 조언을 해줬다.

곽무한은 만감이 교차하는 눈빛으로 아기를 안아 들었다.

그러자 그토록 울어 젖히던 아기가 눈물방울을 단 채 방긋 미소를 지었다. 그러나 곽무한은 가슴이 덜컥했다.

“하, 할머니! 이게, 이게 어찌 된 일입니까? 아기가, 아기가 눈을 안
떠요!”

“네? 푸호호호호.”

주변에 있던 여인들이 배를 잡고 웃었다.

매옥도 마찬가지였다.

“큭, 큭큭큭큭! 아이고, 배야! 아유, 오라버니! 태어나자마자 눈을 뜨
면 그게 아기예요? 괴물이지!”

“그, 그런가?”

곽무한은 머쓱한 표정으로 뺨을 붉히다가 주저주저하며 다시 한마
디 내뱉었다.

“그런데… 그런데… 애기 얼굴이 너무 빨개요…….”

여인들이 또다시 배를 잡고 웃었다.

“갓 태어나면 원래 그래요. 며칠만 지나면 금방 곱디고운 피부를 드
러낼 거예요.”

곽무한은 그제야 안심했다.

조심조심 아기를 가슴에 안아본 곽무한. 천천히 아기를 눈앞으로 들
었다. 그리고는 찬찬히 아기의 얼굴을 쳐다보았다.

작고 앙증맞은 인형 같았다.

눈은 아직 감고 있으니 어떤지를 잘 모르겠고, 오뚝 솟은 콧날과 예
쁘장한 입술, 그리고 고사리같이 작고 보드라운 손가락이 미칠 듯 귀여
웠다. 정말 눈에 넣어도 하나도 아프지 않을 귀여운 모습이었다.

“이놈! 네가 정말 내 아들이란 말이냐? 네가 바로 곽무한의 아들이
란 말이더냐? 하하하, 하하하하, 허허허헝!”

곽무한은 복받치는 감격을 주체치 못해 한참을 웃다가 종내에는 눈

물을 흘리고 말았다.

주변에 있던 여인들은 그 모습을 보고 처음엔 웃다가 나중엔 숙연한 표정이 되고 말았다.

매옥 역시 마찬가지였다.

"오라버니……."

매옥은 곽무한의 심정을 알 것 같았다.

평생 혈혈단신이다시피 살아온 세월이다. 그런 곽무한에게 있어 혈육이란 의미는 실로 상상을 초월하는 감동일 수밖에 없었다.

매옥은 아기를 꼭 끌어안은 채 눈물만 줄줄 흘리고 있는 곽무한을 보며 함께 눈물을 흘렸다.

*　　　*　　　*

아기가 태어나자 요란한 축하연이 벌어졌다.

곽무한은 그날 코가 비뚤어지게 마셨고, 급기야는 만취해 생전 처음으로 수하들 앞에서 기절하고 말았다.

그 모습을 보며 수하들은 폭소를 터뜨렸고, 축하연은 밤이 새도록 이어졌다.

시간이 흘러 아기가 태어난 지 삼칠일이 지났다.

그때부터 곽무한은 하루가 어떻게 가는지도 모르고 아기 옆에만 붙어 있었다.

신기했다.

가슴이 북받치고 알 수 없는 감정이 봇물처럼 터져 나왔다.

쌔근쌔근 잠든 모습이 어쩌면 저렇게 귀여울 수 있을까?

빽빽 울어 젖히는 저 모습이 어쩌면 저렇게 앙증맞을 수 있을까?

오동통한 뺨은 왜 이리도 부드럽고, 고사리같이 작고 귀여운 손가락은 또 왜 이리 간질간질하기만 할까?

마치 천상에 있던 별 하나가 자신에게 행복의 빛 무리를 안겨주려 세상으로 내려온 것 같았다.

"아유! 오늘도 하루 종일 들여다보기만 하실 거예요? 도대체 일은 언제 하시구요?"

오죽했으면 매옥이 질투 아닌 질투를 할 정도로 빠져들었다.

"신기해! 정말 신기해! 어찌 이리도 귀엽고 예쁜 녀석이 있을까?"

곽무한은 매옥이 애기 기저귀를 갈 때도 자리를 뜨지 않았다.

그저 헤~ 벌린 웃음으로 아기만 눈에 넣을 듯 바라봤다.

"총채주 나으리! 이제 그만 집무를 보시지요!"

급기야 매옥이 딱딱 끊어지는 말투로 채근하고서야 마지못한 듯 자리에서 일어나는 곽무한. 그게 최근 일상이었다.

그러나 얼마 지나지 않아 곽무한에게 심각한 고민이 생겼다.

그 고민이란 다름 아닌 아기의 이름을 짓는 것.

곽무한의 고민은 노문사들에게도 고스란히 전달됐다.

늘그막에 얻은 제자의 아들.

노문사들에게도 친손자나 다름없는 귀염둥이였다. 그러니 노문사들도 허연 머리카락을 쥐어뜯으며 날마다 이름 짓기에 골몰했다.

"귀한 아들이네. 올곧고 바르게 자라라는 뜻에서 곽대정(郭大正)은 어떤가?"

"아냐. 아이의 앞날이 순탄한 게 제일이지. 곽대평(郭大平)은 어떤가?"

"아니, 아니야! 무엇보다 복이 많아야지. 곽만복(郭萬福)은 어떤가?"

노문사들은 날마다 서로 투닥거리며 싸웠다. 그러나 그 어떤 이름도 곽무한의 마음에 들지 않았다. 그렇다고 해서 곽무한 스스로에게 딱히 떠오르는 이름이 있었느냐 하면 그것도 아니었다. 그러니 곽무한은 노문사들의 눈총을 받으면서도 차일피일 아기 이름 짓는 것을 미루기만 했다.

좌우간, 아기가 태어남으로 해서 수룡채에는 오래간만에 훈풍이 불었다.

*　　　　　*　　　　　*

"크으으! 결국 그놈의 아이까지 낳다니! 아이를 낳고 말다니!"

장직은 날마다 통음을 했다.

그만큼 장직의 가슴에는 시린 삭풍이 불었다.

불 일듯한 사랑이었다. 애끓는 짝사랑이었다.

비록 하초가 잘려 나간 불구의 신세라고는 하지만, 장직은 그런 것은 생각지도 않았다. 그저 이제는 매옥을 완전히 빼앗겨 버렸다는 상실감에 젖어 날마다 술을 마시며 시간을 보냈다.

그러길 얼마나 했을까?

본 채에서 연락이 왔다.

〈아기씨의 백일에 맞춰 전체 연회가 있을 예정임.〉

장직은 첩지를 받자마자 와락 구겨 버렸다.

"크흐흐! 그래! 잘난 아들놈이란 말이지? 귀한 아들놈이 태어났으니 흥청망청 연회를 벌이겠다는 말이지? 으아아아아!"

술병이 벽에 부딪쳐 산산이 박살났다. 그 바람에 방 안에 술 냄새가 가득했다.

"크흐흐흐. 좋은 냄새야! 향긋한 냄새야!"

갑자기 잘려져 나간 하초가 펄펄 끓었다.

장직은 킬킬대며 서랍 깊숙이 감춘 아편을 찾았다.

공간이 왜곡되며 천지가 빙빙 도는 가운데 매옥이 나신으로 친친 감겨왔다. 장직은 입을 헤벌리며 미친 듯이 매옥의 몸을 탐닉해 갔다.

"헉, 헉, 헉!"

지독한 욕정이었다. 지독한 갈증이었다.

"매옥! 매옥! 크흐흐흐흑!"

급기야 장직은 온몸에 힘이 쭉 빠져 침상에 드러누웠다.

그때 또다시 풍겨오는 술 냄새.

'냄새? 술 냄새?'

힐끔 고개를 돌리니 산산이 부서진 술병이 들어왔다.

'깨진 술병. 깨진 술병… 저 술병이 곽무한이라면…….'

바로 그 순간, 뭔가가 번뜩 떠올랐다.

"깨진 술병! 그래, 바로 그거야! 바로 그거라구! 크하하하하!"

장직은 자리에서 벌떡 일어났다.

약 기운이 미처 해소되지 않아 머리 속이 빙빙 돌았다.

장직은 비틀걸음으로 나가 심복을 불렀다. 그리고 그에게 은밀히 귀엣말을 건넸다.

"헉! 그런 위험한 물건을 어떻게……?"

심복 녀석이 사색이 되어 물었다.

"그러니 네게 부탁하는 것이 아니냐! 은밀히, 아주 은밀히 구해봐. 뒷골목 녀석들을 통하면 구할 수 있을 게야. 돈은 얼마든지 들어도 좋다고 전해!"

"아, 알겠습니다. 최선을 다해 노력해 보겠습니다."

욱일승천의 수룡채였다. 그러니 용문과 무산에서 장직을 무시할 사람은 아무도 없었다.

곧 용문과 무산의 뒷골목 사내들이 은밀히 움직이기 시작했다.

＊　　　＊　　　＊

삼안뢰 당장직은 유난히도 긴 손가락을 지녔다.

당가의 첩지들은 모두 그의 손가락을 거쳐 갔다.

사락, 사라락.

오늘도 수많은 첩지들이 그의 손가락을 거치고 있었다. 그러던 어느 순간, 당장직의 손가락이 움직임을 멈췄다.

"음? 이럴 수가!"

당장직의 눈이 한순간에 굳어졌다. 그와 동시에 그의 손가락이 뒤쪽 서가를 향했다.

〈사천 인근 지역 정보 총람.〉

첩지 묶음을 든 손가락이 다시 바쁘게 움직였다. 그러다가 어느 순간 움직임을 멈췄다. 늦여름 즈음의 첩지들이었다.

"으으음……."

깊은 침음성을 흘리며 턱을 괴던 당장직.

벌떡 몸을 일으키더니 이제는 사천 접경 지역의 첩지 묶음을 모두 뽑아 들기 시작했다. 그리고는 휙 고개를 돌려 수하들을 불렀다.

"거기 몇 사람, 이리 와봐!"

당장직은 달려온 사내들에게 첩지 묶음을 던지며 말했다.

"이 첩지들을 모두 정리해서 내게 들고 와!"

"조, 존명!"

수하들이 사라지고 나자 당장직은 예의 그 첩지를 다시 읽어나갔다.

〈우란강과 보도하에 의외의 인물이 수뇌부로 들어섬. 소문과는 달리 가릉채의 인물이 아닌 것으로 사료됨.〉

첩지 하단에는 당가의 정보망이 파악한 수뇌부의 이름이 적혀 있었다.

우란강 채주, 추단.

보도하 채주, 이탁.

분명히 들어본 이름들이었다.

가물가물한 기억이었지만 틀림없었다.

'분명해! 곽무한, 그놈이 사천 동부 지역에서 설칠 때 거둔 놈들이 틀림없어!'

당장직은 수하들의 보고가 올라올 때까지 한참을 기다렸다.

그리고 마침내 올라온 보고.

<其一, 오강채의 채주가 바뀌었음. 대녕채와 칠반채의 채주 역시 마찬가지. 모두 정체불명의 인물인데다가 등극 시기도 비슷함.

其二, 금사상채가 무너진 이후, 주요 인물 일부가 사라짐. 그러나 나머지는 가릉채의 통제 하에 그대로 있음.

其三, 용문과 무산에 수룡채로 짐작되는 정보 거점이 발견됨.

其四, 최근 연하 지역에서 격전이 벌어진 흔적 있음. 당시 웅풍산장 무인들의 이동 경로였음.

其五, 주하 지역 초지에서 대형 화재. 역시 웅풍산장 무인들의 이동 경로 중 한 곳이었음.

其六, 최근 들어 수룡채의 흔적 묘연함.>

당장직은 튕기듯 자리에서 일어나 급히 가주 집무실로 향했다.

호위 무사들이 막아섰지만 당장직은 그들을 밀쳐 버리고 안으로 들어섰다.

"허허. 자네가 이리 급히 뛰어드는 것은 처음 보네. 도대체 무슨 일이기에 이리도 급한가?"

가주, 추혼나백 당장욱이 눈썹을 오르락내리락하며 자신을 쳐다본다.

통지도 없이 들어와 불쾌하다는 표정.

그러나 당장직은 그런 표정에 연연할 때가 아니라는 듯 급히 맞은편에 자리를 잡았다.

"가주! 긴급 보고입니다!"

"긴급 보고?"

"곽무한, 그놈과 관계된 일입니다!"

당장욱의 눈썹이 급격히 위로 올라갔다.

"무슨… 말인가? 그놈이 무슨 사고라도 저질렀나?"

"그게 아니라… 먼저 이걸 좀 보십시오!"

당장직은 수하들이 만든 보고서를 내밀었다.

"흠……. 바뀌고, 바뀌고, 바뀌고… 음? 종적이 묘연해?"

당장욱의 눈이 휘릭 돌아왔다.

"도대체 관리를 어떻게 했기에? 내가 누차 이야기하지 않았던가? 가문의 일이 바빠 당분간 놈을 치죄할 수 없으니 감시에 만전을 기울이라고……."

당장욱이 버럭 노성을 지르는 순간, 당장직은 얼른 그의 말을 끊었다.

"지금 그게 문제가 아닙니다. 첩지를 다시 한 번 자세히 보십시오."

"흠… 봤네."

"느껴지시는 것 없습니까?"

"있네! 가문의 눈이 놈을 놓쳤다는 것!"

당장욱의 대답에 당장직은 답답한 표정을 지었다.

"가주! 그게 아니라… 얼마 전 아버님으로부터 들은 말씀을 기억하십니까?"

"얼마 전? 아! 무림맹에서 수룡채를 친다는 그 말? 기억하고 있네! 그래서 내가 이렇게 화를 내는 게 아닌가?"

그러나 당장직은 고개를 설레설레 흔들며 심각한 표정이 되었다.

"가문에서는 놈의 일거수일투족을 놓치지 않았습니다. 문제는 놈이 상상 이상으로 커버렸고, 갑자기 사라져 버렸다는 사실입니다. 이 첩지들은 바로 그걸 이야기하고 있는 것입니다!"

당장욱의 표정이 돌변했다.

"상상 이상으로 커지고, 갑자기 사라져?"

당장직은 첩지를 가리키며 차근차근 설명해 나갔다.

"그렇습니다. 최근에 금사상채가 무너졌습니다. 세간의 소문으로는 가룡채가 한 일이라고들 하지요. 그러나 아닙니다. 첩지를 보십시오! 금사상채 휘하에 있던 수채의 채주들이 싹 다 바뀌었습니다. 모두 가룡채의 인물들이 아니라 곽무한, 그놈의 수하들로요!"

"뭣이라?"

그제야 사태의 심각성을 알아차린 당장욱, 굳은 안색으로 다시 첩지를 읽어 내려갔다.

"그리고 보십시오. 놈이 웅풍산장까지 건드린 모양입니다. 그것도 그들을 농락하다시피하며!"

"웅풍산장을 농락하다시피해?"

"기억을 되살려 보십시오! 그날 수룡채를 치기로 한 것은 웅풍산장의 제안 때문이라고 하지 않았습니까? 그로 미루어 웅풍산장이 놈에게 망신을 당한 모양입니다. 틀림없습니다!"

"말도 안 돼! 웅풍산장이 어떤 곳인가? 귀주 제일의 문파야! 무려 이백 년의 역사를 간직한 명문 중의 명문이라고!"

당장욱은 말도 안 된다는 듯 소리쳤다. 그러나 당장직은 고개를 설레설레 흔들며 심각한 표정으로 말했다.

"아닙니다. 분명합니다. 놈은 이미 웅풍산장을 상대로 싸움을 걸 정도로 커졌습니다. 더 늦기 전에 맹의 출전 인원을 늘리라고 해야겠습니다. 그리고 만약의 사태에 대비해 본가에서도 정예들을 파견해야 합니다.”

당장욱은 망연자실한 표정을 지었다.

도저히 믿기지 않는 일이었다.

불과 얼마 전까지만 해도 고작 이삼십 명의 수하를 거느리고 있던, 그야말로 삼류파락호에 불과하던 놈이었다. 그래서 놈에 대한 처리를 당분간 미루고, 가문의 정보망과 인맥을 강화하는데 온 신경을 기울였는데, 난데없이 상상을 초월하는 거물이 되어 나타나다니?

“정확한가? 그 분석이 정말로 확실한가 말이네!”

“틀림없습니다. 틀릴 확률은 채 일 푼도 되지 않습니다.”

“맙소사……”

당장욱은 털썩 자리에 주저앉고 말았다.

“혈우단을……”

당장직이 물었다.

당장욱은 눈빛을 굳히며 대답했다.

“동원하게! 만사는 불여튼튼이 제일! 여차하면 시험 삼아 독강시를 동원해도 좋네!”

당장욱의 말에 당장직은 피식 미소를 지었다.

“독강시까지야 필요하겠습니까? 일단 이 정보를 무림맹에 넘기겠습니다. 그래야 그들도 전력을 동원할 테니까요.”

“알겠네. 다만 한 가지! 그럴 리야 없겠지만… 만약 우리가 직접 움직여야 하는 경우가 생긴다면 형님과 한 약속만큼은 지켜줘!”

“알겠습니다. 죽이지는 말고 기억만 지우란 말씀이지요? 명심하겠습니다.”

“좋아! 일단은 놈의 행방이 묘연하다니 그의 종적을 찾는데 최선을 다하게!"

"여부가 있겠습니까? 짚이는 곳이 몇 군데 있습니다."

당장직은 미소를 지으며 돌아섰다.

그날 이후 당가에서는 수많은 전서구가 날았다.

*　　　*　　　*

"뭣이라구요? 그들이 그렇게 강한 놈들이라구요?"

청성 장문인이 희끗한 수염을 매만지며 물었다.

남궁무백은 고개를 끄덕였다.

"그렇다는군요. 그래서 혈우단주께서도 직접 오신답니다."

"흐음……."

눈을 감은 채 아무런 말이 없는 청성 장문인.

남궁무백은 미미하게 눈살을 찌푸렸다.

그의 속내를 짐작한 까닭이었다.

고만고만한 수적패라면 전면에 나서지 않고 팔짱을 끼고 있으면 되었지만, 예상을 초월하는 세력이라면 어쩔 수 없이 문하 제자들을 파견해야 하기 때문이다.

남궁무백은 조용히 청성 장문인의 결정을 기다렸다.

바로 그때 아미파가 나섰다.

"휴우… 그렇다면 저희 쪽에서 이대 제자 두어 명과 삼대 제자들을 파견하지요."

아미파의 계율원주인 경혜 사태였다.

그녀는 친선 비무대회를 주관한 여세를 몰아 수적 소탕에서도 앞장을 서, 아미파의 이름을 세우려는 생각이었다.

아미파가 나서자 남궁무백은 회심의 미소를 지었다.

아니나 다를까?

은연중에 아미파와 주도권 다툼을 벌이고 있는 점창파도 나섰다.

"아미파가 그렇게 나오신다면 저희 파에서도 같은 배분의 제자들을 내보내겠습니다."

점창파까지 나서자 일은 일사천리로 진행됐다.

"그럼 각 파에서 중견급의 고수를 파견하는 걸로 하면 되겠군요."

"그럽시다."

그런데 예상치 못한 의외의 목소리가 나왔다.

"저희는 후방에서 지원하겠습니다."

웅풍산장이었다.

각파 수장들은 모두 의아한 표정을 지었다.

남궁세가에서 수룡채를 치자고 했을 때 가장 먼저 쌍수를 들어 환영한 곳이 아니던가? 그새 마음이 변하기라도 했다는 말인가?

그러나 사천당가로부터 자초지종을 들은 남궁무백은 그 심사를 짐작했다.

'머저리들! 겨우 수적 따위에게 창피당했다고 몸을 사리기는……'

그때였다. 청성 장문인이 물었다.

"그런데 선봉은 누가……?"

모두의 눈이 자연스레 남궁무백에게로 향했다.

'떠그랄……. 자기 제자들의 목숨은 그리도 아깝다는 말이지?'

남궁무백은 내심 욕을 퍼부으면서도 어쩔 수 없이 고개를 끄덕이고 말았다. 웅풍산장의 부추김이 있었든 없었든, 수룡채에 대한 소탕을 가장 먼저 제안한 사람은 바로 자신들이었기 때문이다.

남궁무백은 몇 번 헛기침을 한 뒤에 천천히 입을 열었다.

"저희가 선봉에 서는 건 아무런 문제가 되지 않습니다. 그러나 문제는 놈들의 소굴을 알아내는 것입니다. 사천당가에서 정보망을 가동한다고 했으나, 각 파에서도 협조를 해주셨으면 합니다."

"그 부분에 있어서는 저희 가문을 따를 곳이 없지요. 적극 동참하겠습니다."

종리세가가 끼어들었다.

"저희도 신경을 쓰도록 하겠소이다."

당연히 구대문파에서도 고개를 끄덕였다.

좌우간 이렇게 저렇게 역할 분담이 끝나고 나자 남궁무백은 조카인 남궁하진을 찾아갔다.

"곧 출전이 있을 예정이다!"

비무대회 이후 의기소침해 있는 조카다. 그런 조카에게 힘을 주기 위해 일부러 방문한 것이다. 과연 출전 이야기가 떨어지자마자 남궁하진의 눈이 번쩍 뜨였다.

"정말입니까? 정말 출전이 있다는 말입니까?"

"그렇다. 놈들의 소굴을 찾는 대로 곧바로 출정한다. 우리가 선봉에 서기로 했다. 그러니 너는 휘하의 무인들을 잘 다스려 놓거라. 듣자 하니 놈들이 만만찮은 전력을 갖추고 있다더구나. 웅풍산장이 망신을 당했어."

"웅풍산장이 망신을 당해요? 하하하! 정말 기가 막힌 일이군요."

남궁하진은 배를 잡고 웃었다.

그런 남궁하진을 보며 남궁무백은 엄한 목소리로 경고했다.

"비웃을 상황이 아니다! 다른 사람도 아닌 귀주 삼대 무인 중 하나인 악무달이 당했어! 그러니 나중에 그들과 부딪칠 때 십분 주의를 기울이도록 해라!"

"귀곡검 대협께서 당하셨다구요? 믿을 수가 없군요……."

"믿어라! 당가에서 보낸 정보이니."

"으음……."

남궁무백이 나가고 나자 남궁하진은 홀로 생각에 잠겼다.

"수적 주제에 무슨 재주로 귀곡검 대협을 곤란에 빠뜨렸을까? 혹시 수공 종류가 아닐까? 만약 우리가 공격해 들어간다면 놈들의 소굴을 치는 것일 테니 그리 염려하지 않아도 되지 않을까?"

그러나 중얼거림과는 달리 남궁하진은 곧장 검을 갖고 밖으로 나섰다.

벌써 소문을 들었는지 연무장에는 각 파의 제자들이 나와 몸을 풀고 있었다.

"남궁 추! 뇌전대에게 모두 동편 연무장으로 모이라고 해!"

남궁하진은 만약을 대비해 훈련의 강도를 높이기로 했다.

"타하압!"

"으랏차!"

연무장에는 곧 뇌전대들의 기합성이 요란하게 울려 퍼졌다. 그렇게 연무장에서 기합성이 울리는 동안 사천무림맹에서는 수많은 전서구가 날아오르기 시작했다.

그날 이후부터 곽무한의 종적을 찾기 위해 사천당가뿐만 아니라 사천무림맹의 정보망이 총 가동되었다.

제58장
백일 선물

수룡채의 거처 중 하나인 칠반채.

낮 동안 텅텅 비다시피한 그곳에 밤이 되자 많은 사람들이 모이기 시작했다.

"휴우! 정말 못할 짓이군요. 아기가 감기가 걸릴까 봐 걱정이에요."

매옥은 두툼한 강보를 침상에 내려놓으며 입을 삐죽였다.

"미안해. 그러나 매사에 조심하는 게 좋으니 어쩌겠어."

곽무한은 미소를 지으며 매옥을 다독였다.

내심으로야 그날 출산 때문에 웅풍산장의 정예들을 몰살시키지 못한 때문이라고 말하고 싶었지만, 차마 그 말을 어찌하랴?

그 바람에 작금의 상황이 벌어진 것이다.

혹시 있을지 모르는 웅풍산장의 추적을 피하기 위해 어떤 날은 광원의 비밀 장원에서 머물고, 또 어떤 날은 노문사들의 집에서 며칠 머물고.

아기가 병마의 침습을 가장 받기 쉽다는 삼칠일이 지나고부터는 계속된 일상이었으니 그런 저런 사정을 모르는 매옥으로서는 충분히 불만을 터뜨릴 이유가 되었다.

그나마 오늘부터 열흘 동안은 칠반채에서 머물 예정이라 매옥의 표정이 조금 풀렸다.

그 이유는 칠반채의 구조가 매옥과 아기가 지내기에 가장 편리한 구조라는 매옥의 주장 때문이기도 했지만, 며칠 후로 다가온 아기의 백일 잔치 때문이기도 했다.

사실 곽무한 딴에는 극구 이곳을 피하고 싶었다.

워낙 노출된 곳이어서였다.

그러나 매옥의 앙앙거림을 본 수하들이 강하게 권하는 바람에 어쩔 수 없이 이곳으로 오고 만 것이다.

아기는 한참 잠투정을 부리다가 쌔근쌔근 잠들었다.

겨우 아기에게서 해방된 매옥은 갑자기 무슨 생각이 들었는지 함빡 웃음을 지으며 돌아섰다.

"오라버니, 우리 아기의 백일 때 과연 어떤 선물이 들어올까요? 전 무척 기대가 되요."

곽무한은 싱긋 미소를 지으며 대답했다.

"글쎄. 별로 기대 않는 게 좋을걸? 내가 모두에게 빈손으로 오라고 했거든. 생선 꾸러미 하나라도 사 들고 오면 반 죽여놓는다고 했어."

그러자 매옥이 발끈했다.

"어머? 그런 법이 어딨어요? 다른 사람도 아닌, 우리 아기의 백일이라구요! 그것도 자그마치 사천 물길의 패주인 곽무한 대협, 그분의 단 하나뿐인 아들의 백일이라구요!"

매옥의 눈에서 쌍심지가 켜지자 곽무한은 씁쓸히 웃으며 어깨를 으쓱거렸다.

"됐어! 그들이 선물을 준비해 오려면 수하들을 족쳐야 할 테고, 그러면 또 그 수하들은 애꿎은 상인들이나 어민들을 족쳐야 할 테고… 그러니 그냥 다 함께 모여 아기의 백일을 축하하며 술잔을 나누는 자리로 생각하자구."

"흥! 오라버니나 그렇게 생각하세요. 전 누가 선물을 안 가져오나 유심히 지켜볼 거예요."

입을 삐죽이는 매옥.

곽무한은 살짝 인상을 찌푸리며 들릴락 말락 한 한숨을 내쉬다가 빙글 몸을 돌렸다.

아기가 뒤척이는 소리를 들은 까닭이다.

"아이구, 우리 만복이, 대평이, 대정이. 무슨 좋은 꿈이라도 꾸고 있니?"

곽무한의 얼굴에는 금방 웃음기가 돌았다.

반면 매옥의 얼굴에는 다시 쌍심지가 돋았다.

"제발 그 촌스러운 이름 좀 부르지 말아요. 그리고 만복이면 만복이, 대평이면 대평이, 대정이면 대정이지 한꺼번에 부르는 법이 어딨어요?"

"하하하. 그게 말이야… 아직 적당한 이름을 결정하지 못해서……."

"아유, 내가 오라버니 때문에 미친다니까요. 그냥 제 말대로 햇살 같은 아기, 곽현으로 하면 될 것을……."

매옥은 잠시 타박을 주다가 금방 배시시 미소를 베어 물며 곽무한의 등을 껴안았다.

"오라버니, 그나저나 정말 행복하지 않아요? 어찌 저런 예쁜 아기가 우리에게 왔대요?"

"하하! 그러게 말이야."

곽무한은 등을 돌려 매옥을 마주 안으며 미소를 지어주었다.

두 사람의 다정한 포옹에 심술이 났을까?

아기가 깨어 빽빽 울음을 터뜨렸다.

그 바람에 두 사람은 화들짝 놀라 앞 다퉈 아기에게 달려갔다.

곽무한과 매옥의 어르는 소리와 아기의 울음소리.

시끄러운 가운데 평화로운 밤이 지나갔다.

＊　　　　＊　　　　＊

장직은 날마다 불면의 밤을 보냈다.

"으으! 모레면 출발해야 하는데 도대체 왜 이리 구하기 힘든 거야?"

장직이 아기의 백일 선물로 준비한 것은 수용폐력분(水鎔廢力粉)이란 독이었다. 말 그대로 근력을 점점 약화시켜 급기야는 뼈만 앙상히 남은 모습으로 말라 죽게 만드는 독이었다. 더구나 물에 쉽게 녹기 때문에 하독(下毒)하기도 쉽고, 흔적도 발견하기 힘든 독이었다. 그런 만큼 그런 독이 있다는 사실을 아는 사람은 무척 드물었고, 또 그만큼 구하기도 힘든 독이었다. 예전 적호채 시절, 철면노호가 술자리에서 중얼거리는 것을 어깨 너머로 들은 장직이 무릎을 치며 떠올린 독이었다.

"모두 다 죽일 것이다. 물로도, 타액으로도 전염되는 독이니 너희 세 연놈 모두 표시나지 않게 죽일 것이다."

장직의 눈은 서서히 광기에 휩싸여 갔다.

바로 그때였다.

"채주님! 찾았습니다. 드디어 원하시던 물건을 찾았습니다!"

그 소리에 장직의 눈이 번쩍 뜨였다.

"뭐라고? 어디? 그 물건이 어디에 있느냐?"

"선착장입니다. 오늘 밤 자시(子時:23~01시)에 선착장 부근에서 물건을 넘겨받기로 했습니다."

"정말이냐? 그 말이 정말이냐? 크하하하하!"

장직은 미친 듯이 광소를 터뜨렸다.

자시(子時) 초(初).

캄캄한 어둠에 휩싸인 선착장.

인적조차 없는 그곳에 한 사내가 나타났다.

그가 나타나자 저 멀리서 불빛이 깜빡였다.

"여기요!"

장직이 보니 어둠 속에 세 사람이 서 있었다.

"물건은?"

"여기 있소!"

장직은 다짜고짜 물건부터 확인하려 했다.

그러나 사내들은 손을 휙 뒤로 돌렸다.

"어허, 이거 왜 이러시나?"

장직은 그제야 자신의 실수를 알아차렸다.

"아! 마음이 급해서 그만 실수를 했소이다. 얼마면 되겠소?"

말과 함께 장직은 허리춤을 툭툭 쳐보였다.

"돈도 돈이지만… 워낙 위험한 물건이요. 정확한 용처를 말해 주지 않는다면 넘겨드릴 수 없소!"

달빛이 느물거리는 사내의 민대머리를 비췄다.

"후후후. 이거 왜들 이러시나? 당연히 말할 수 없는 곳에 쓰기에 은밀히 구입하려는 것이 아닌가?"

장직은 장난치지 말라는 듯 소맷단을 슬쩍 들추어 보였다.

소맷단 속에는 달빛에 반짝이는 비도가 보였다.

"흠… 좋소. 그렇다면 명호라도 밝히시오. 그렇지 않으면 그냥 가겠소. 이 물건을 함부로 돌렸다는 소문이 돌면 언제 어디서 시체가 되어 버려질지 모르는 상황이니."

민대머리 사내의 말에 장직은 바닥에 침을 퉤 뱉으며 입을 열었다.

"젠장 할. 진짜 빡빡하게들 구네. 내 명호는 독비와류(毒匕渦流) 장직이라네."

"독비와류 장직?"

"역시 맞군!"

갑자기 민대머리 사내 뒤쪽에 있던 두 놈이 앞으로 나아왔다.

"뭐야? 자세가 불량한데?"

장직은 알 수 없는 위기감을 느끼며 비도를 곧추세웠다. 그러나 순간, 머리가 핑 돌면서 온몸에 힘이 빠져 버렸다.

"컥! 독? 거래를 하려는 사람에게 독을 쓰다니……."

자기도 모르게 바닥으로 쓰러진 장직, 안간힘으로 목소리를 쥐어짜냈다. 그러나 돌아온 대답은 가슴 철렁한 내용이었다.

"후후후. 거래 같은 소리 좋아하네. 네놈이 수룡채의 장직이란 말이지? 지옥으로 들어온 걸 환영하네, 친구!"

장직은 그제야 발견할 수 있었다.

사내들의 손에 녹색 장갑이 끼어져 있다는 것을.

"크으… 당가! 사천당가가 왜?"

장식은 그 말을 끝으로 의식을 완전히 잃고 말았다.

사방이 온통 칠흑 같은 방이었다.

칠흑 같은 방에도 사람은 있었다.

그러나 그는 손과 발에 족쇄를 찬 채 연체동물처럼 흐느적거리고 있었다.

삐이꺽! 철컹!

문이 열렸다.

"헉!"

그 소리를 듣자마자 흐느적거리던 인영이 후다닥! 움직였다.

그는 필사적으로 구석으로 기어가 벽 쪽으로 고개를 처박고 덜덜 떨었다.

저벅, 저벅.

발자국이 움직였다.

쓰르르, 키이이…….

묘한 소리가 발자국과 함께 들려왔다.

와락!

깡마른 손이 고개를 파묻고 있는 사람의 머리카락을 움켜쥐었다.

"으아아! 살려, 살려주십시오! 제발, 제발…….

하얗게 까뒤집은 눈동자로 입에 거품을 흘리며 애원하는 사람, 그는 장직이었다.

"흐흐흐. 이미 늦었다."

깡마른 손이 손바닥을 펼쳤다.

쓰르르, 키이이…….

징그러운 털을 지닌 뭔가가 묘한 소리를 내며 입을 벌렸다. 그것은 노란 몸체에 길고 날카로운 다리, 그리고 빨간 눈알을 가진 거미였다.

거미는 깡마른 손을 타고 장직의 머리 위로 기어 내려갔다.

"으아아! 으아아!"

장직은 필사적으로 고개를 흔들다가 와락! 사내의 다리를 부여잡았다.

"크흐흐흑. 제발! 제발! 뭐든지 말하겠습니다. 제가 아는 건 하나도 남김없이 모두 말씀드리겠습니다. 제발, 제발 살려주십시오!"

"정말… 이냐?"

"맹세합니다. 정말입니다!"

장직은 눈물 콧물을 흘리며 바닥에 머리를 찧었다.

사내는 천천히 거미를 회수했다.

장직의 목소리가 급박히 흘러나왔다.

"사흘 됩니다. 그날 다 모입니다."

깡마른 손은 거미를 만지작거리며 조용히 서 있었다.

"놈은 강기를 구사할 정도의 무위까지 지녔습니다."

깡마른 손이 잠깐 멈추었다.

거미의 눈알이 다시 붉어졌다.

장직의 목소리가 다급해졌다.

"크흑흑. 정말, 정말입니다. 믿지 않으시겠지만 정말이란 말입니다. 게다가 놈은 전설의 신병까지 가지고 있습니다. 그야말로 괴물 같은 놈이란 말입니다. 그러나 방법, 방법이 있습니다."

깡마른 손이 다시 거미의 머리를 쓰다듬었다.

"그날이 마침 음력 보름. 밤이 되면 놈의 기력이 약해집니다. 살려
만 주신다면 제가… 제가 비밀 경계망을 알려 드리겠습니다. 그리고
문도 열어놓겠습니다. 제발……."

장직의 목소리엔 울음기가 묻어났다.

잠시 후,

철커덩!

문이 닫히고 방에서는 꺽꺽대는 울음소리만 들려왔다.

하얀 백지 위.

손이 빠르게 움직였다.

〈급보! 위치 확인. 기습 일자 확정.〉

먹물은 빠르게 글자를 만들어갔다.

파드득!

새장이 열리고 전서구가 날았다.

한꺼번에 날아가는 수백 마리의 전서구.

"무척 중요한 일이 생긴 모양이군."

풍각 입구에서 번을 서고 있던 무인이 혼잣말로 중얼거렸다.

밖은 무척 소란스러웠다.

철컥이는 병장기 소리와 이리저리 뛰어다니는 발자국 소리.

당군혜는 고개를 갸웃거렸다.

"좀체 있지 않던 일인데……."

오늘따라 이상하게 악몽을 꿨다.

그 바람에 깨었는데, 도저히 잠이 오질 않았다.

죽은 남편이 피를 흘리며 나타나는 꿈이었다. 무한이가 울며 자기를 뿌리치고 남편에게 뛰어가는 꿈이었다.

그래서 가슴이 두근거려 종내 잠을 이루지 못하고 창밖을 내다보는 중이었다. 그런데 이 야심한 밤에 저런 소란스런 움직임이라니?

얼마 전 가문에 엄청난 피해를 안긴 철면마후 소동 이후 처음 있는 일이었다.

"또 무슨 일이기에?"

당군혜는 장포를 걸치고 밖으로 나섰다.

"대소저! 이 야심한 밤에 왜……?"

호위 무사들이 굳은 표정으로 앞을 막아섰다.

"이상하게 잠이 오질 않는구나. 조사당에 가서 마음이나 다스리려 한다."

호위 무사들이 고개를 숙이며 물러났다.

겨울이라 밤바람이 무척 차가웠다.

그러나 당군혜는 홀린 듯 사당을 찾았다.

사당 문 앞에 이른 당군혜는 움칫! 걸음을 멈췄다.

열린 문틈으로 부친을 발견한 것이다.

'무슨 고민이 있으시기에…….'

공력이 극에 이른 부친이었다.

아무리 발자국 소리를 죽였다 하더라도 능히 자신이 나타난 것을 알

아차려야 정상이었다. 그런데도 부친은 알아차리지 못한 듯 사당 앞에
엎드려 있었다. 자세히 보니 어깨를 들썩이는 게, 뭔가 심중에 슬픔이
있어 흐느끼고 있는 모양이었다.

당군혜는 잠시 지켜보다가 조심스레 뒤로 물러났다.

바로 그때였다.

"아아! 이 죄를 어찌하오리까? 아무리 가문의 수치라 하나 죄없는
아이를… 앞으로 혜아를 어찌 봐야 할지……. 나중에 그 아이가 이 일
을 안다면 어찌해야 할지……."

부친의 흐느끼는 목소리.

그 말을 듣는 순간, 당군혜는 그 자리에서 얼어버렸다.

천지가 빙빙 돌고 귀가 웅웅거렸다.

가문의 수치. 죄없는 아이.

분명 자기 아들 이야기였다.

가슴 깊이 묻어두었어도 종내 떠올라 늘 눈물 젖게 만드는 아이였
다. 한달음에 달려가 뺨을 부비며 엉엉 울고 싶은 아이였다.

자신의 모든 것, 아니, 자신의 영혼, 그 이상인 아이였다.

'그 아이에게 일이… 그 아이에게 일이…….'

당군혜의 생각은 더 이상 이어지지 못했다.

핏!

희미한 소리와 함께 의식을 잃어버렸기 때문이다.

"정신이 좀 드느냐?"

당군혜가 제일 처음 들은 목소리는 마음을 포근히 감싸오는 따사롭
고 부드러운 목소리였다.

"증조 할머니!"

당군혜는 자리에서 벌떡 일어났다.

꿈이 아니었다.

가문의 최고 웃어른이자 자기를 가장 아껴주던 증조모, 노태태(老太太) 당기가 눈앞에서 웃고 있었다.

이미 백 세에 가까운 연치였지만, 이마에 자리한 주름만 없다면 아직도 육십이 안 되어 보이는 정정한 모습이었다.

"그간 잘 있었느냐, 아가야."

"할머니, 와앙! 할머니, 왜 이제야 오셨어요. 엉엉엉."

한동안 은거에 들어간 증조모였다.

당군혜는 증조모를 보자마자 어린애처럼 엉엉 통곡을 터뜨리고 말았다.

"할할. 미안하구나, 아가야. 불현듯 천명(天命)이 내려 마음 공부를 하고 있었더니라."

주름 가득한 손길로 눈물을 어루만지는 증조모.

혜아는 그간의 서러움이 봇물처럼 터져 와 한참을 오열하다가 갑자기 무슨 생각이 떠올랐는지 고개를 번쩍 치켜들었다.

"할머니! 도와주세요. 제게… 제 아이에게 무서운 일이 생겼어요. 저를 도와주실 분은 할머니뿐이에요. 제발… 제발 도와주세요!"

그러나 이상했다.

증조모는 조용한 눈길로 웃고만 있었다.

예전 같으면 무슨 일이냐며, 빨리 말하라며 오히려 성화를 부리던 양반이었는데…….

그리고 보니 이상하게도 증조모의 얼굴에서 은은한 서기가 흘러나

오는 것 같기도 했다.

"하, 할머니?"

당군혜는 당혹 어린 눈길, 그러나 눈물이 그렁한 눈빛으로 당기를 올려다봤다.

"아가야, 다 알고 있느니라. 이 할미가 이미 다 알고 있느니라."

"할머니, 그럼, 그럼?"

당군혜의 얼굴에 환한 기대가 어렸다. 그러나 곧 당군혜는 얼음장처럼 굳고 말았다.

"막을 수 없는 일이니라. 하늘이 하는 일이니라."

은은한 미소로 내뱉는 증조모의 말.

당군혜는 기대가 충격으로 변해 그 자리에서 까무러치고 말았다.

"휴우… 불쌍한 것. 네 인생이 어찌 이리도 기구하단 말이더냐……."

당기는 혼절한 당군혜의 뺨을 어루만지며 탄식을 터뜨렸다.

"이 모든 것이 운명이고 네 업인 것을… 이 할미가 네게 해줄 수 있는 것은 단 하나, 이것뿐이니……."

당기의 전신이 갑자기 황금빛으로 물들었다. 그리고 황금빛으로 변한 당기의 손바닥이 서서히 당군혜의 명문혈로 향했다.

우우우우웅!

순식간에 당군혜의 전신이 서기에 휩싸였다.

"아가야, 미안하구나. 그러나 어쩌겠느냐? 이미 정해진 하늘의 안배이고, 네 운명인 것을……. 그러나 단 하나, 할미가 네게 마지막 행복 하나만은 주고 가마. 그게 비록 네 목숨 값이라 하여도 훗날… 너는 충분히 웃으며 갈 수 있을 게다."

그 말을 끝으로 당기의 몸에서 후광이 사라졌다. 그리고 당기의 몸은 순식간에 변해, 하얗게 변한 백발과 쭈글쭈글한 주름으로 뒤덮였다.

"하아… 인생에는 왜 이다지도 한과 슬픔이 많더란 말이냐? 짧디짧은 인생인데 왜 그리 아웅다웅하며 사는 것이란 말이더냐. 다 부질없는 것인데……. 지나고 나면 다 일장춘몽, 아무것도 아닌 일들인데……."

당기의 신형은 어느새 사라지고 그녀의 목소리만 방 안에 남았다.

그날 새벽.

당군혜가 의식을 잃고 있는 동안, 수많은 당가의 무인들이 비밀리에 당가를 떠났다. 그리고 그날, 당가의 최고 웃어른인 당기는 평화로운 미소를 지은 채 은거지에서 눈을 감았다.

후일담이지만, 그녀의 시신은 한참 뒤에 발견되었다. 그리고 그녀의 장례식은 성대히 거행되었다.

그러나 장례식이 거행되는 동안 몇몇 원로들은 고개를 갸웃거렸다.

'돌아가시기 전에 이미 반로환동(返老還童)의 경지에까지 이르셨다고 들었다. 그런데 그분의 존체에는 왜 그런 징후가 발견되지 않는 걸까?'

그녀의 주검을 본 원로들의 궁금증이었다.

*　　　　*　　　　*

백일 축하연이 벌어지기 하루 전.

쏴아아…….

한겨울인데도 사흘 전부터 폭우가 내렸다.

매옥은 쏟아지는 비를 보며 입을 삐죽였다.

“뭐야? 이게 뭐야? 우리 아기 백일에 이게 뭐야?”

내리는 비를 보며 한참을 쫑알대던 매옥은 갑자기 고개를 획 돌렸다.

“오라버니! 저 좀 봐요!”

빽 지르는 소리에 곽무한이 화들짝 놀라 매옥을 쳐다봤다.

“어? 애가 깨겠어. 왜 소리를 지르고 그래?”

잠시 멀뚱한 눈으로 매옥을 보던 곽무한의 고개는 또다시 아기에게로 향했다.

그 모습을 본 매옥의 눈이 바짝 올라갔다.

“오라버닛!”

“살살 말해도 다 들려. 제발 좀 조용히 말해.”

곽무한은 매옥을 한 번 쳐다보고 또 아기를 한 번 쳐다보고 하면서 전전긍긍한 표정을 지었다.

“흥! 그런 표정 짓지 말아요. 그런다고 제가 그냥 지나갈 줄 알았어요?”

척 하니 허리에 손을 얹은 매옥, 속사포처럼 말을 이어나갔다.

“도대체 당신이 애기 아빠 맞아요? 아무리 비가 내려도 그렇지, 다른 사람도 아닌 우리 대평이 대정이 만복이 현이의 백일이란 말이에요. 그런데!”

갑자기 말을 뚝 끊은 매옥, 한층 높아진 음성으로 말을 이었다.

“채주들더러 오지 말라고 명하다뇨? 그게 도대체 말이나 되는 소리예요? 다른 사람은 몰라도, 우리 대평이 대정이 만복이 현이의 의숙부가 될 분들이에요. 당연히 오셔야 하는 것 아닌가요?”

이름도 자꾸 듣다가 보면 귀에 익는 걸까?

마음에 드는 이름이 없어 궁여지책으로 노문사들이 권한 이름과 매옥이 권한 이름을 동시에 부르기 시작한 곽무한, 매옥은 그 이름을 듣다가 덩달아 입에 붙어버린 모양이었다. 잔소리 중에도 저리 긴 이름을 부르는 걸 보니.

"하하하. 매옥. 어쩌겠어? 보다시피 갑자기 쏟아지는 폭우야. 특히 금사강 쪽엔 물이 넘쳐 난리도 아니라잖아? 그런 상황에서 아기 백일이 문제야? 그래도 인근에 있는 수채는 참석한다고 하니 그나마 다행이잖아. 그리고 어차피 그들이 온다고 해도 실내에서 진행해야 하는데, 그 인원을 어찌 다 수용해? 그런 사실을 잘 알면서 왜 그래?"

곽무한은 이제 매옥의 잔소리에 만성이 된 모양이었다. 귀가 따가울 정도의 잔소리인데도 싱긋 웃으며 받아치는 걸 보니.

곽무한의 그런 넉살 때문일까? 매옥의 목소리가 한층 누그러졌다.

"치. 아무리 그래도 그렇지, 수석 채주께서는 꼭 오셔야 한단 말이에요."

그러나 이탁이 참석하지 못한다는 사실이 못내 서운했던지 아직은 샐쭉한 표정의 매옥이다. 곽무한은 그런 매옥을 보며 다시 한 번 웃음 지었다.

"하하하! 수석 채주는 지금 적취협을 단장하느라 정신이 없는 상태야. 우리 대평이 대정이 만복이 현이의 첫돌 때는 꼭 온다고 약속했으니 너무 섭섭하게 생각하지 말라구. 어이쿠! 이놈 보게! 또 싼 모양이야!"

"어머나? 또 쌌어요? 난 몰라."

어느새 표정이 풀린 매옥, 호들갑을 떨며 아기에게 다가갔다.

환한 웃음으로 번쩍 아기를 치켜든 매옥.

아기의 뺨에 제 입술을 부비더니 품속에 꼭 끌어안고 밖으로 나갔다.

"아유, 우리 도련님. 나중에 커서 뭐가 되려고 이리 자주 싸니? 혹시 아빠를 닮은 거 아니니?"

"어이쿠! 그게 무슨 소리야?"

혀를 쏙 내밀고 사라지는 매옥을 보며 곽무한은 헛웃음을 지었다. 그러다가 곧 고개를 돌려 침상 한 켠에 곱게 개인 옷을 보며 인상을 찌푸렸다.

"그나저나 이 옷을 어찌 입는담?"

눈처럼 하얀 옷이었다. 더구나 가슴에 금빛 황어 문양이 커다랗게 수놓인 옷이었다.

"휴우… 도저히 안 되겠어. 잔소리를 듣는 한이 있어도 절대 입지 말아야지. 내일 이런 옷을 입고 등장한다면 반드시 모두에게 놀림감이 되고 말 거야."

매옥이 아기를 돌보는 와중에도 밤을 새가며 만든 옷이었다. 그러나 곽무한이 보기에는 너무 화려한 옷이라 내키지가 않았다. 더구나 왠지 섬뜩하리만치 하얀 색이 유독 마음에 들지 않았다.

곽무한은 옷을 침상 아래에 숨기고는 방을 나섰다.

"매옥! 처리할 일이 좀 있어서 집무실로 갈 거야."

"아니, 내일이 백일인데 꼭 오늘 처리하셔야 해요?"

등 뒤에서 매옥의 잔소리가 들려왔지만 곽무한은 후다닥 집무실로 달아나고 말았다.

　　　　　＊　　　＊　　　＊

이른 새벽.

콰콰콰!

마차 바퀴가 빗물을 튕겨냈다.

"내려!"

거친 목소리와 함께 마차 문이 덜컥 열렸다. 그리고 한 사람이 비틀거리는 몸짓으로 마차에서 내렸다.

마차에서 내린 사람은 초췌한 몰골의 장직이었다.

"시간… 잊지 마!"

예의 그 거친 목소리가 다시 흘러나오더니 마차 바퀴가 쿨렁거렸다.

장직은 급히 마차의 문고리를 잡았다.

"제발 저는 살려주십시오! 제발……."

"걱정 마! 다시 한 번 말하지만, 효력은 반나절 후 나타나. 그러니 시간을 잘 계산해! 아님… 네 목숨은 없어!"

차가운 목소리와 함께 마차가 떠나갔다.

장직은 멍한 눈으로 마차를 쳐다보다가 떨리는 손으로 품속을 더듬었다.

손 안 가득 만져지는 감촉.

장직은 한동안 뺨을 푸들거리다가 힘없이 돌아섰다.

쏴아아…….

내리는 비 탓인지 본채로 향하는 소롯길이 유난히도 좁고 컴컴해 보였다. 기분 탓인지, 마치 지옥으로 향하는 길 같았다.

장직은 어깨를 축 늘어뜨린 채 터벅터벅 걸었다.

"아니, 채주님 아니십니까? 역시 제일 먼저 도착하셨군요. 그런데 왜 비를 맞으며……?"

망루에서 누군가가 걱정 어린 목소리로 물어왔다.

장직은 흠칫 놀란 표정으로 좌우를 둘러보다가 아무 일도 아니라는 듯이 손을 흔들었다. 그리고는 어깨를 펴고 빠른 걸음으로 본채 입구로 향했다.

＊　　　　　＊　　　　　＊

"와하하하! 어서들 오시게!"

날이 밝자 폭우에도 불구하고 많은 하객이 몰려들었다.

꼬리에 꼬리를 물고 들어서는 사람들.

그야말로 인산인해였다.

"아유! 이 일을 어째? 손님이 너무 많이 왔어. 유대고! 자리 좀 더 만들어봐! 자리가 너무 부족해!"

매옥은 속으로는 입이 귀에 걸리고, 겉으로는 민망해서 어쩔 줄 모르겠다는 표정으로 애꿎은 유대고만 재촉해 댔다.

시중드는 여인들이 분주히 움직이고, 채의 무사들까지 나서 자리를 급조한 바람에 그나마 대부분의 손님을 앉힐 수 있었다.

"하하하! 축하하네, 아우!"

"경하드립니다, 총채주!"

"축하드립니다, 대인!"

곽무한은 인사를 받느라 정신이 하나도 없었다.

가릉채의 채주인 진묵을 위시해 사천의 실력자 중 한 사람인 동지대인을 거쳐 인근 현의 관리들까지, 거기다가 주변의 상인들까지 모여들어 저마다 손을 내미니 정신이 없을 법도 했다.

휘하 수채에서는 지렁이와 장직, 무견과 편은극 등이 참석했다.

요란한 수인사가 오가는 가운데, 중인들은 산해진미가 차려진 식탁 주위에 몰려 저마다 웃고 떠들며 흥을 돋웠다.

그러던 중 드디어 오늘의 주인공이 등장했다.

"와아아!"

"휘이익! 죽인다!"

"우와! 정말 멋진 등장인걸!"

하객들은 아기가 등장하자마자 환호성을 질렀다.

그 이유는 바로 청랑 때문이었다.

으쓱, 으쓱!

마치 자기가 오늘의 주인공이나 된 것처럼 빳빳이 고개를 세운 채 우아한 걸음으로 걷는 청랑.

아기는 청랑의 등 위에 앉아 재미있다는 듯이 까르르 웃고 있었다.

그 모습이 어찌나 잘 어울리고 귀여웠던지, 사람들은 저마다 박장대소를 터뜨렸다.

"와아! 저 웃으시는 모습 좀 봐! 천상의 미동이 따로 없구만!"

"아유! 저 보조개 좀 보게. 숨이 넘어가겠어!"

"와하하! 모두 아기씨만 보지 말고 저 늑대도 좀 보라구! 저 흐뭇해하는 표정을 좀 보란 말이야! 제 작은 주인을 정말 좋아하는 것 같지 않나?"

"하하하! 그렇군, 그래! 제 주인이 놀랄까 봐 아주 사뿐사뿐 걷고 있는걸? 저런 늑대는 처음 봐!"

그랬다.

으스대는 가운데서도 청랑은 누가 봐도 한눈에 알아차릴 만큼 아기를 배려했다. 걷는 와중에도 몇 번씩이고 고개를 돌려 아기를 쳐다보며 걸음걸이를 조절하곤 했다. 그 모습을 본 하객들은 연신 감탄을 터뜨리며 대견하다는 눈빛을 보냈다.

"보자! 우리 귀여운 아기."

곽무한은 흐뭇한 표정으로 청랑의 머리를 한 번 쓰다듬어 주고는 아기를 품에 안았다.

잠시 만감이 교차하는 눈빛으로 아기를 바라보던 곽무한.

손을 목으로 가져갔다.

"음?"

웃으며 곽무한을 지켜보던 매옥의 눈이 흔들렸다.

곽무한의 손에 들린 물건 때문이었다.

"사랑하는 내 아들아, 아빠가 주는 마음의 선물이란다. 부디 많은 사람에게 행복을 주고 하늘로 훨훨 날아오르는 용이 되렴."

곽무한이 아기에게 준 것은 목걸이였다.

어린 시절, 엄마가 남겨준 유일한 유품.

곽무한은 아기의 목에 목걸이를 걸어주며 살짝 눈물 한 방울을 흘렸다.

"오라버니……."

매옥이 좌중의 눈치를 살피며 다가왔다.

곽무한은 잔뜩 굳어 있는 매옥의 표정을 보며 귀엣말을 건넸다.

"다른 의미는 아냐. 나보다 훌륭한 사람이 되라는 의미일 뿐이야."

그러나 매옥은 어두운 표정으로 고개를 저었다.

"오라버니, 죄송한 말이지만… 불길한 물건이잖아요. 그것 때문에 오라버니가 평생 외롭고 힘들게 사셨으면서 왜 아이에게 그걸……."

매옥의 말이 채 끝나기 전이었다.

"매옥!"

곽무한의 표정이 순식간에 굳어버렸다.

"죄, 죄송해요."

매옥은 흠칫한 표정으로 고개를 숙였다.

곽무한이 이렇게 엄한 표정을 지은 건 처음이었기 때문이다.

잠시 매옥을 쳐다보던 곽무한, 곧 표정을 풀고 온화한 낯빛으로 말했다.

"매옥이 걱정하는 게 뭔지 잘 알아. 그러나 이건 내게 있어 가장 소중한 물건이야. 네가 우려하는 것… 알아! 그러나 그 업은 이미 내가 다 짊어졌어. 그리고 그 덕에 이렇게 아홉 수채의 총채주도 됐고 말이야. 그게 이 목걸이를 이 녀석에게 주는 이유야. 이 녀석은 나보다 훨씬 더 크게, 훨씬 더 높게 날아야 할 테니 말이야. 이런 내 마음… 이해해?"

곽무한의 설명에 매옥은 눈물이 핑 돌았다.

아녀자의 좁은 소견으로 사랑하는 이의 마음을 아프게 했다는 것이 너무 미안했다.

"피이……."

그러나 매옥은 혀를 내밀어 보이는 것으로 미안한 마음을 대신했다.

두 사람의 대화가 끝나자 기다렸다는 듯이 하객들이 몰려들었다.

“와아아! 아기씨의 건강을 기원합니다!”

“소공자의 건강을 기원합니다!”

“도련님의 건강을 위해!”

곧 아기 앞에 많은 선물이 쌓였다.

거금을 들인 귀한 선물도 있었고, 소박하니 내미는 선물도 있었다.

곽무한은 연신 민망한 표정을 지었으나, 매옥은 선물을 받을 때마다 함박웃음을 지으며 즐거워했다.

“오늘 같은 날 술이 빠질 수 있나? 아우님! 한잔하시게!”

“와아아! 한잔하십시오!”

선물 전달이 끝나자 진묵이 웃으며 건배를 제의했다. 그러자 많은 사람들이 잔을 치켜들며 호응을 했다.

“궂은 날씨를 마다하고, 공사다망하신 중에도 이렇게 귀한 걸음들을 해주셔서 뭐라 드릴 말씀이 없습니다. 그 죄로 제가 벌주 석 잔을 마실 테니 부디 해량하여 주시길…….”

곽무한은 좌중을 향해 미소를 지어 보이며 단숨에 세 잔의 술을 들이켰다.

“하하하! 이 사람아! 오늘 모인 사람이 얼만데 그걸로 빠져나가려 하는가? 모르긴 몰라도 삼천 잔은 마셔야 할 걸세!”

진묵이 웃으며 농을 건넸다. 그러자 좌중이 떠들썩해지며 너도 나도 잔을 건네기 시작했다.

“옳은 소리요! 사천 제일의 호걸께서 고작 석 잔이라뇨? 적어도 삼만 잔은 드셔야죠!”

“이 사람아! 고작 삼만 잔이라니? 삼십만 잔은 마셔야지!”

왁자한 웃음과 함께 여기저기서 날아드는 술잔.

그 모습을 지켜보던 채주들은 모두 신이 났다.

"과연 총채주서!"

"저기 좀 봐! 가릉채주께서 또 술을 권하시네?"

"동지 대인은 어떻고? 저분은 술 안 드시기로 유명하신 분인데?"

그들은 마치 자신들이 잔을 받은 듯한 표정으로 곽무한을 쳐다보다가 아기에게로 시선을 돌렸다.

"하하하! 저기 좀 보게! 아기씨께서도 오늘의 주인공이 자신이라는 걸 아시는 모양이야. 활짝 웃고 계시네그려!"

폭우와 밀린 업무에도 불구하고 날아오다시피한 지렁이가 아기를 가리키며 웃자 편은극이 그 말을 받았다.

"그러게 말이오! 정말 보면 볼수록 껴안아주고 싶은 아기씨오. 저 무서운 흡혈 청랑을 마치 조랑말 부리듯이 부리시다니!"

편은극이 귀여워 어쩔 줄 모르겠다는 표정으로 말하자 지렁이가 웃으며 흉터를 꿈틀거려 보였다.

"하하하! 자네 큰일 날 소리를 하는구만! 자네가 아기씨를 껴안는 순간, 자네 몸뚱이는 사분오열, 난자될 것이네!"

"아니, 형님. 그게 무슨 망발이시오?"

편은극이 발끈했다.

지렁이가 웃으며 대답했다.

"이 사람, 몰라서 묻는 겐가? 자네의 그 덩치로 아기씨를 안아봐! 그야말로 살인 미수지, 살인 미수! 푸하하하!"

"아니, 형님! 이래 봬도 제 가슴팍 하나만큼은 보드랍기 짝이 없는 솜털이란 말이오! 이 가슴에 안긴 여인네들마다 얼마나 행복해하는데, 그런 말도 안 되는 망발이시오?"

편은극이 씩씩대자 이번엔 무견이 끼어들었다.

"아닐세. 내가 보기에도 형님의 말씀이 옳네! 자네 가슴에 안긴 여인네들이 어떻게 나올지는 몰라도… 내 칼은 벌써 피를 머금을 준비가 되어 있다네!"

"아니, 형님까지?"

무견이 칼까지 내비치며 놀리자 얼굴이 시뻘겋게 변한 편은극, 지나가던 매옥을 붙잡고 늘어졌다.

"형수님! 이놈에게 부탁이 하나 있습니다. 오늘 저에게 아기씨를 한 번만 안게 해주십시오. 형님들께 제가 얼마나 부드러운 남자인지 증명해 보여야 되겠습니다."

그러나 편은극은 곧 새파랗게 질린 얼굴로 달아나야만 했다.

"아니, 뭐라고요? 세상에! 의숙부란 양반이 어쩜 그런 말씀을 하실 수가! 이토록 귀엽고 예쁜 우리 아기를 질식사시킬 일 있어요? 그 말씀 당장 취소해요! 어서욧!"

암팡진 눈에 쨍하니 솟아오른 목소리.

그 바람에 한꺼번에 몰리는 좌중의 시선.

편은극은 쥐구멍을 찾아 달아났다.

"흑흑. 그래도 곽패 형님에 비하면 난 정말 날씬한 편인데……."

육 척 장신의 사내가 찔끔거리는 모습은 정말 궁상맞아 보였다.

백일 축하연은 그렇게 왁자한 웃음과 소동 속에서 진행되고 있었다.

장직은 한쪽 구석에서 그 모습을 지켜봤다.

'그래! 행복하군. 다들 행복해하고 있어! 나는 이렇게 고통 속에 몸부림치고 있는데 너희는 행복해하고 있군. 그래, 당해보거라! 내가 당한 그 고통만큼 당해보거라!'

장직은 천천히 곽무한과 매옥에게 다가갔다.

"아기의 백일을 진심으로… 축하합니다."

장직은 깊숙한 포권과 함께 자기 병을 꺼내 매옥에게 주었다.

자기 병을 본 매옥은 눈이 한껏 벌어졌다.

"어머? 이, 이건 그 귀하다는 청자?"

장직은 흐린 미소를 지었다.

"병보다 더 귀한 것은 그 안에 든 것이지요. 백 년이 넘은 소흥주랍니다."

"어머, 어머! 이게 정말 말로만 듣던 백 년 묵은 소흥주?"

매옥뿐만이 아니었다.

주변에 있던 하객들이 모두 눈이 휘둥그레져서 쳐다봤다.

"아! 백 년 묵은 소흥주라니? 그건 그야말로 인세의 보물이나 다름이 없지 않던가?"

"그러게나 말이요! 그 옛날 구천(勾踐)이 권토중래(捲土重來)를 꾀할 때 백성들과 함께 마신 술이 아니오? 또한 왕희지(王羲之)가 정말 마음에 맞는 문인들을 대할 때만 고이 꺼내던 그 술이 아니오?"

중인들의 말마따나 자기 병에선 온몸이 날아갈 것 같은 청아한 향이 났다.

"아시다시피 소흥주는 백 년이 넘으면 이렇게 반고체 덩어리가 되지요. 이걸 희석시켜도 맛과 향은 그대로랍니다. 부디 이 술로 권토중래의 꿈을 이루시길……."

곽무한은 장직의 말을 듣고 그의 손을 덥석 잡았다.

"고맙네, 정말 고맙네. 이 술이 문제가 아니라, 술에 담긴 뜻이 너무도 고맙네."

장직은 고개를 살짝 숙였다.

그러나 곽무한은 한동안 그의 손을 꽉 잡고 있었다.

미운 정도 정이라던가?

곽무한에게 있어 단 하나뿐인 고향 친구였다.

기억도 제대로 나지 않는 자신의 어린 시절을 떠올리게 해주는 유일한 친구였다. 그동안 자신을 적대시하기만 했기에 멀리한 적도 있었지만, 근래 들어서는 그 누구보다 충직한 모습을 보이는 친구였다.

그래서 고마웠다.

특히나 과거의 실패를 잊지 말고 다시 일어서라는 뜻이, 마음에 맞는 사람과 나눠 마신다는 뜻이 너무도 고마웠던 것이다.

'후후후. 어리석은 놈! 내가 그런 뜻으로 가져온 줄 아느냐? 네놈에게 빼앗긴 모든 것을 내가 되찾겠다는 뜻이다! 여기 있는 놈들을 다 죽이고, 내 마음에 드는 놈들과 다시 내 꿈을 펼치려는 의미가 담긴 독이란 말이다, 이놈아! 크흐흐흐.'

장직은 속으로 통쾌하게 웃어 젖혔다. 그리고는 잠시 경계망을 둘러보고 오겠다며 몸을 돌렸다.

"음……."

지렁이는 문밖으로 사라지는 장직의 뒷모습을 보며 고개를 갸웃거렸다.

장직의 속내를 익히 알고 있던 그로서는 알 수 없는 불길한 예감이 들어 견딜 수 없었다.

지렁이는 혹시나 하여 매옥에게 다가갔다.

"부인! 그 술을 잠시만……."

그러나 지렁이가 매옥에게 자기 병을 요청하는 순간, 아기를 등에

태운 청랑이 다가왔다. 그러자 매옥이 환한 웃음을 지으며 아기를 안아 올렸다.

"어머! 우리 도련님! 돌고 돌아 엄마를 찾아왔구나! 아이고, 귀여운 우리 아들!"

이미 아들에게 정신이 팔린 매옥에게 지렁이의 말이 귀에 들어올 리가 없었다. 더구나 예전부터 사이가 좋지 않았기에 더 더욱 그랬다.

그래서였다.

지렁이는 씁쓸한 표정으로 등을 돌리느라, 곽무한은 매옥이 아이를 안아버리는 바람에, 다른 사람들은 담소를 나누느라 아무도 아기의 목에 걸린 목걸이에서 파란 빛이 새어 나오는 것을 발견하지 못했다. 그리고 잠시 시간이 흐른 후, 매옥의 명에 의해 술독이 연회장 안으로 들어왔다. 그리고 반고체 상태의 소홍주는 천천히 술독 안으로 사라졌다.

사람들이 침을 꼴깍 삼키며 소홍주를 기다리는 동안 매옥은 아기와 함께 침실로 향했다. 이미 술에 얼큰히 취한 곽무한의 옷에 양념이 묻은 것을 보고 자기가 지은 옷으로 갈아입혀야겠다는 생각이 들어서였다.

제59장
참변

참변

철벅, 철벅.

장직은 비를 맞으며 입구 쪽으로 향했다.

그토록 왁자지껄한 소리도 내리는 빗소리에 잠겨 들리지 않았다.

입구 쪽에 도착하자 경계를 서고 있던 네 사람이 장직을 보며 반가이 미소를 보내왔다. 그러나 장직의 소매가 펄럭이자 그들은 목을 움켜쥐며 쓰러졌다.

"빗소리 때문에 비명 소리가 들리지 않아 다행이야……."

장직은 혼잣말을 중얼거리며 시체들을 한쪽으로 치웠다. 그리고는 어깨로 육중한 문을 밀기 시작했다.

끼이이…….

마치 저 깊은 유부 세계에서 들려오는 듯한 소리.

"제기랄! 이놈의 문짝! 비까지 먹어 사람 간 떨리게 만드네."

장직은 투덜거리며 문을 활짝 열었다. 그리고는 밖으로 나가 한쪽 구석에 숨어 곧 나타날 저승사자들을 기다렸다.

부스스…….

숲이 움직였다.

휘리릭! 쐐애액!

바람이 불고 칼이 날았다.

"커흑!"

답답한 신음성과 함께 피가 튀었다.

쓰러진 시체들 앞에 빗물 뚝뚝 흐르는 발들이 나타났다.

"이번이 마지막 망루. 이로써 놈들의 눈과 귀가 모두 닫혔군, 후후후."

낮은 웃음소리.

비를 피하려는 듯 눌러쓴 죽립 속에 미끈한 턱 선이 보였다.

"소장주! 저희 쪽도 끝났습니다."

한 사내가 내려서며 죽립인에게 깊이 고개를 숙였다.

"좋아! 그럼 슬슬 놈들을 족치러 가볼까? 비록 손맛은 없겠지만 말이야……."

사내가 살짝 죽립을 치켜들며 저 앞쪽에 보이는 수룡채를 쳐다봤다. 그 바람에 드러난 얼굴, 그는 남궁세가의 소장주, 남궁하진이었다.

"가자!"

남궁하진이 몸을 날리자 십여 명의 사내가 그 뒤를 따랐다.

파라라라락!

내리는 비가 그들의 몸 근처에 이르러 사방으로 튀었다.

"휴우. 비록 수적들이지만 저리도 함부로 살수를 뿌려서야……."

사라지는 남궁세가의 인물들을 보며 나직이 한숨을 쉬는 사람들이 있었다. 그들 역시 죽립을 썼는데 모두 호리호리한 몸매였다.

"너희는 모두 손속에 정을 남겨라! 아무리 수적패들이라 하나 그들 역시 사람, 자비를 잊지 마라!"

낮지만 또박또박 울리는 목소리의 주인공은 예전 남궁하진과 비무할 예정이었던 묘화선자였다.

아미승들은 목례로 그녀의 말에 화답했다.

"자, 우리도 가자꾸나!"

파파팟!

아미승들도 곧 빗속으로 사라졌다.

그들이 사라지고도 많은 그림자들이 나타났다. 그리고 그들도 차례차례 수룡채를 향해 사라져 갔다.

"후후후. 우리가 마지막인가? 가자! 가서 놈에게 당한 치욕을 갚자!"

가장 늦게 나타난 무리는 웅풍산장이었다.

악무달은 수룡채를 보며 흉소를 짓다가 몸을 날렸다.

육운릉을 비롯해 무표정한 눈빛의 사내들이 그 뒤를 따랐다.

웅풍산장의 무인들까지 모두 사라지고 나자 숲은 다시 정적에 잠겼다.

그러나 반 각 정도가 흐르자 숲은 또다시 흔들렸다.

스스슷!

조용히 나뭇가지를 들추며 수룡채를 노려보는 그림자들.

그들은 모두 검은 복면에 두툼한 장갑을 꼈다.

"우리는 뒤에서 지켜보다가 ·최악의 경우에만 나선다. 모두 그 점을 명심하도록!"

까마귀가 우짖는 듯한 목소리였다.

복면인들은 말없이 고개만 끄덕였다.

치이이…….

괴이하게도 그들이 선 자리에서는 폭우가 쏟아지고 있음에도 노란 연기가 피어올랐다.

*   *   *

"와하하하! 여기 한 잔만 더 주시오!"

"정말 죽이는 술이요! 하하하."

연회장의 분위기는 한껏 달아올라 있었다.

쏟아지는 비와 짙어지는 어둠.

굳이 주당이 아니어도 절로 술 생각이 날 만큼 절묘한 분위기였다.

명주(名酒) 중의 명주라는 소흥주가 나오고부터는 모두 더 신이 난 것 같았다. 이대로 두면 이 밤을 꼴딱 샐 것만 같은 그런 분위기였다.

그러나,

콰자자자작!

난데없이 연회실 문이 박살나고부터는 분위기가 돌변했다.

"까아아아악!"

가장 먼저 여인들의 비명 소리가 터져 나왔다. 그리고 연이어 몰아닥치기 시작한 피바람.

"끄아악!"

"으아악!"

좌중은 순식간에 아비규환에 빠졌다.

"적이다! 기습이다아아!"

누군가가 목이 터져라 고함을 질렀지만 제대로 반격하는 사람은 없었다.

"한 놈도 남기지 마라!"

굳이 연회장을 쩌렁쩌렁 울리는 사자후가 아니더라도 침입자들의 무위는 무시무시했다.

그들이 휘두르는 칼에 얼결에 치켜든 탁자가 두 조각이 나고, 억지로 뺀 든 칼이 산산이 부서지고 말았다.

"크아아악!"

와장창! 콰지직!

눈 깜빡할 사이에 수십 명이 피를 뿌리며 쓰러졌다.

곽무한은 그제야 정신을 차렸다.

"이놈들! 손을 멈춰라!"

곽무한은 급한 김에 유대고의 목을 날리려는 죽립인을 맨손으로 맞았다.

패애애액!

검명이 장난이 아니었다.

"웃?"

곽무한은 섬뜩한 느낌이 들자마자 급히 유대고를 밀쳐 버리고 손등으로 검을 받았다.

따당!

순간적으로 손등이 얼얼해 왔다.

“이놈 봐라?”

죽립인의 눈에서 이채가 어렸다.

바로 그 순간, 곽무한의 몸이 찰나간에 바닥으로 꺼졌다. 그 바람에 연이어 휘두른 죽립인의 검은 애꿎은 허공을 갈랐다. 그와 동시에 죽립인의 입에서 ‘컥!’ 하는 비명 소리가 새어 나오며 몸이 새우처럼 구부러졌다.

“모두 밖으로 몸을 피하시오! 각 채주들은 하객들을 보호하라!”

곽무한은 죽립인의 목을 부러뜨림과 동시에 그의 검을 빼앗아 들고는 탁자 위로 뛰어올랐다.

“이놈들! 어디서 온 놈들이냐?”

곽무한의 호통 소리에 천장이 들썩거렸다.

일부러 이목을 집중시키려는 의도였다.

그 의도는 일정 부분 통했다.

“저놈이 수괴다! 저놈을 잡아!”

침입자들에게서 호령 소리가 나오는가 싶더니 순식간에 십여 개의 신형이 날아들었다.

“헉! 신검합일?”

곽무한은 어찌나 놀랐는지 찰나간에 안색이 굳어버렸다.

빛살처럼 쇄도하는 검기!

강호의 일류고수가 아니라면 절대 나올 수 없는 무위였다.

“이야압!”

곽무한은 곧 진기를 북돋워 그들의 검에 맞섰다.

카카카카카캉!

귀가 쨍한 격돌음이 나고 몇 개의 검이 부러져 허공을 날았다.

“헉! 이럴 수가?”

부러져 나간 자신의 검을 보며 죽립인들이 경악성을 터뜨리는 순간, 곽무한의 검이 연이어 움직였다.

서거걱!

“끄아악!”

“커헉!”

세 사람의 죽립인이 그 자리에서 고꾸라졌다. 그러나 곽무한의 안색은 무슨 충격을 받기라도 한 듯 파리하게 변했다. 그리고 곧 곽무한의 입에서 비명 같은 고함 소리가 터져 나왔다.

“독! 독이다! 모두 호흡을 멈춰!”

놈들과의 격돌 순간 내공이 흩어지는 것을 느꼈기 때문이다.

사자후로 중인들의 주의를 환기시킨 곽무한은 곧바로 숨을 멈추며 사방을 둘러봤다. 그 순간, 눈앞으로 일곱 개의 검이 다시 날아왔다. 바로 그때, 눈앞이 어른거리며 하나의 인영이 곽무한의 앞을 막아섰다.

“아우! 제수씨와 아기부터!”

무정괴조 진묵이었다.

이미 상처를 입었는지 그의 등에서는 피가 줄줄 흘러내리고 있었다. 그러나 그는 굳건한 자세로 날아오는 검을 맞고 있었다. 그 모습을 보니 걱정이 되긴 했지만, 금방 당할 것 같지는 않았다.

“그럼 형님, 잠시만 부탁합니다!”

곽무한은 억지로 진기를 돌려 신형을 뽑아 올렸다.

“이놈! 어디로 가느냐?”

갑자기 으스스한 검기가 좌측에서 날아들었다.

곽무한은 급히 공중제비를 돌았다. 그러나 등판이 화끈해 왔다.

"놈! 가려면 목을 내놓고 가거라!"

곽무한은 가슴이 철렁했다.

서늘한 눈빛으로 자신을 노려보고 있는 죽립인.

엄청난 고수였다.

아무리 내공이 흩어졌다손 치더라도 신법 하나만큼은 천하의 그 누구에게도 뒤지지 않는다는 자부심을 갖고 있던 자신이었는데, 찰나간에 상처를 입었다.

"으음……."

곽무한은 신음을 흘리며 검을 곧추세웠다. 그러나 평소 쓰던 도도 아닌데다가 독기로 인해 내공이 급속도로 흩어지고 있어 무척 부담스러웠다. 더구나 안채로 들어간 매옥과 아기가 걱정되어 정신도 산만했다.

바로 그 순간을 노렸을까?

피읏!

갑자기 눈앞이 아찔해 왔다.

"우웃!"

곽무한은 벼락같이 몸을 틀며 본능적으로 검을 쳐 올렸다.

카캉!

"음? 이놈 봐라?"

죽립인의 턱 선이 움찔거렸다.

"이놈! 이것도 받아봐라!"

놈의 검이 다시 날아왔다.

검봉이 미미하게 떨리며 사선으로 날아오는 검!

곽무한은 숱한 실전을 겪어 알고 있었다. 저런 각도가 가장 위험하다는 것을. 어느 순간 궤적을 바꿀지 모르는 각도에, 떨림이었다.

쉬잇!

과연이었다.

어느 점에 이르러 놈의 검이 일직선으로 변해 심장을 찔러왔다. 바로 그 순간, 곽무한의 뇌리에 퍼뜩 하나의 생각이 떠올랐다.

곽무한은 빠르지도 않게, 그렇다고 느리지도 않게 검을 내밀었다.

쩡!

죽립인의 턱 선이 딱 굳어버렸다.

점과 점!

검과 검끝이 정면으로 부딪친 것이다.

그러나 죽립인이 더 놀랄 일이 생겼다.

어느 순간 자신의 검과 맞서던 힘이 사라지나 싶더니 놈의 몸이 훨훨 허공을 날고 있는 것이 아닌가?

"저럴 수가?"

죽립인, 남궁하진이 표정을 바꾸며 막 몸을 날리려는 순간, 이미 곽무한의 신형은 사라지고 없었다.

"기다려! 곧 돌아올 테니!"

멍하니 서 있는 남궁하진의 귀에 한 서린 목소리만 뱅글뱅글 맴을 돌았다.

"저런 놈이!"

남궁하진은 한동안 넋 나간 표정으로 곽무한이 부수고 사라진 창문만 바라보았다.

                    *   *   *

"아이 참! 도대체 어디다 두었지?"

매옥은 안타까운 표정으로 온 방을 뒤졌다.

그러나 아무리 찾아도 침상 위에 둔 옷은 보이지가 않았다.

"휴우… 난 도저히 못 찾겠다. 청랑, 네가 찾아봐!"

결국 매옥은 자신이 수놓던 실을 청랑의 코에 들이밀며 부탁했다.

크르릉!

청랑이 움직이니 금방이었다.

"아유, 진작 네게 부탁할 걸 괜히 혼자 끙끙거렸네."

매옥은 청랑이 찾아낸 옷을 들고 문밖으로 나섰다.

청랑이 깡총거리며 매옥을 따랐다.

바로 그때였다.

"까아아아악!"

요란한 비명 소리가 들려왔다.

"맙소사! 적이야! 적이 쳐들어왔어!"

매옥의 표정은 순식간에 굳어버렸다.

한동안 석상처럼 굳어 있던 매옥이 갑자기 움직이기 시작했다.

"아기! 내 아기!"

매옥은 아기부터 안아 들었다. 그리고는 방으로 돌아가 곽무한의 도
를 들고 나왔다. 한 손으로 들기엔 무척 무거운 도였지만, 매옥은 무거
운지 가벼운지조차 느끼지 못했다. 그저 두렵고 떨리는 마음으로 청랑
을 앞세운 채 곽무한을 찾아 연회가 벌어지고 있는 대회의실로 뛰어갔
다. 그곳이 아무리 위험한 곳이라 해도 가야 했다. 그를 찾아야만 안심

이 될 것 같았다.

정신없이 얼마나 달렸을까?

누군가가 와락 어깨를 잡아왔다.

"아악!"

매옥은 비명을 지르며 아기부터 품에 안았다.

그때 들려온 목소리.

"매옥! 나야!"

"아아! 오라버니!"

매옥은 자기도 모르게 눈시울이 뜨거워졌다.

언제나 그랬다.

자신이 가장 힘들 때면 꼭 옆에서 지켜보기라도 한 것처럼 나타나는 사람, 바로 그녀의 사랑이었다.

"가자! 어서 이곳을 피해야 해!"

곽무한의 목소리는 제대로 들리지 않았다. 그저 매옥은 그의 목소리에 취해 그가 이끄는 대로 멍하니 발길을 옮길 뿐이었다.

곽무한은 밖으로 나가는 동안 잠시 아기의 목걸이를 빼 자신의 목에 걸었다.

촌각이나 지났을까?

푸시시시!

목걸이가 푸른 빛을 발하며 독기를 해소해 나갔다.

"과연!"

곽무한은 나직이 탄성을 터뜨렸다. 바로 그때,

콰콰쾅!

눈앞의 벽 한쪽이 터져 나가며 피투성이가 된 신형 하나가 내동댕이 쳐졌다.

"형니임!"

곽무한의 눈이 부릅떠졌다.

심장 어림에서 피를 콸콸 쏟으며 쓰러진 신형, 진묵이었다.

그토록 강해 보이던 진묵이 피투성이가 된 채 눈앞에서 쓰러진 것이었다.

곽무한은 다급히 진묵을 부축했다.

"크으… 아우. 어서… 어서 몸을… 구대문파, 구대문파가… 끄륵!"

진묵은 채 할 말도 다 하지 못하고 그 자리에서 숨을 거뒀다. 그러나 진묵이 단편적으로 떠듬거린 말은 곽무한에게 엄청난 충격을 안겼다.

"구대문파? 구대문파란 말인가?"

상상도 안 되는 이름이었다.

강호를 횡행하는 무인들이 단 한 번이라도 만나보기를 소원한다는 그 구대문파가 왜 난데없이 이곳에 나타났단 말인가?

곽무한이 충격으로 채 정신을 차리기도 전이었다.

"으아아악!"

"크아아악!"

사방에서 요란한 비명 소리가 들려왔다.

곽무한은 자신도 모르게 고개를 들었다. 그러나 차라리 고개를 돌리지 않느니만 못했다.

이미 대회의실의 벽은 사방이 뚫려져 나갔고, 천장도 대부분 허물어지다시피했다. 그리고 무너진 벽 너머로 많은 사람들이 도망쳐 나오고 있었는데, 그 뒤로 검을 든 죽립인들이 마치 토끼 사냥을 하듯 그들을 베어 넘기고 있었다.

일 검에 두세 사람씩.

단 한 번도 헛손질이 없었다.

"으아아! 채주! 피하십시오, 어서 몸을… 끄르륵!"

편은극이 쏟아져 내리는 내장을 움켜쥐며 도를 휘두르다 쓰러졌다.

"크흐으! 어서, 어서 도망을!"

지렁이와 무견 역시 피투성이가 된 상태로 도망쳐 오고 있었다. 그 외에도 많았다. 두 눈에 차고 넘치도록 많은 사람들이 죽어가고 있었고 도망치고 있었다.

곽무한은 마치 꿈을 꾸는 기분이었다.

쏟아져 내리는 폭우 속에 사방에 시체가 즐비했다.

그 와중에 눈앞으로 죽립인들이 날아오고 있었다.

"으아아아아아!"

곽무한은 괴성을 터뜨리다가 찬물을 뒤집어쓴 듯 퍼뜩 정신을 차렸다. 아기, 자신의 분신이 옆에 있었던 것이다.

"응애, 응애!"

아기는 고함 소리에 놀라 자지러지게 울고 있었다.

"크흐흐흐흑!"

곽무한은 터져 나오는 분노성을 짓씹으며 매옥을 쳐다봤다.

"매옥! 도망가! 위로, 능선을 타고 대파산으로 가! 내가 놈들을 따돌릴게!"

"싫어요! 전 죽어도 오라버니와 함께 죽을래요."

매옥이 울며 소리쳤다.

곽무한은 목에 핏줄을 돋우며 고함을 질렀다.

"이 바보야! 아기! 우리 아기가 있어!"

고함 끝에 자기도 모르게 울음기가 묻어 나왔다.

매옥은 그야말로 하늘이 무너져 내리는 충격을 받았다.

곽무한이 이런 비통한 목소리로 말하는 것은 평생 처음이었다.

"어서! 어서 가! 아기! 아기부터 생각해!"

재차 이어진 곽무한의 고함 소리.

매옥은 얼음물을 뒤집어쓴 듯 번쩍 정신을 차렸다.

"아기… 우리 아기… 내 귀여운 아기!"

매옥은 미친 듯이 아기를 끌어안았다.

"그래! 어서 가! 내가 곧 뒤따라갈게! 어서!"

곽무한이 매옥의 등을 떠미는 순간이었다.

"총채주! 제가! 제가 따라가겠습니다!"

눈앞에 장직이 나타났다.

다른 사람들에 비해 거의 상처가 없는 모습이었다.

곽무한은 급박히 사방을 둘러봤다.

이미 도망쳐 나오던 사람들의 대부분이 죽고 지렁이와 무건이 등 몇몇 수하들만이 겨우겨우 버티고 있었다. 그 모습을 보자 곽무한은 다른 생각을 할 겨를이 없었다.

"뒷산으로 가! 알지? 대파산으로 이어진 길로 가! 청랑! 부탁한다!"

곽무한은 목걸이를 빼 다시 아기에게 걸어주고는 뺨에 입을 맞췄다. 그리고 떨리는 눈빛으로 장직에게 매옥과 아이를 부탁했다.

"염려 마, 무한아! 내가 지켜줄게! 아무 걱정 마!"

장직은 묘한 미소를 보이며 돌아섰다.

곽무한은 떠나는 매옥과 아기의 뒷모습을 영혼 깊이 각인시키려는 듯 바라보았다. 그러다가 어느 순간 불을 뿜는 눈빛으로 돌아섰다.

"우아아아아아! 이놈들!"

사자후와 함께 신형을 뽑아 올린 곽무한, 단숨에 공간을 단축해 지렁이와 무건에게 다가서는 죽립인들을 향해 혈뢰도를 뿌렸다.

쐐애애액!

하얀 빛살을 토하며 날아가는 도기.

"크아악!"

"으아악!"

죽립인들이 피를 쏟으며 쓰러졌다.

그러나 예상밖이었다.

자신이 노린 이들 중 태반이 몸을 피해 재차 공격할 준비를 갖추고 있었다. 과연 구대문파였다. 그들은 명가의 제자들답게 절묘한 신법으로 자신의 초식을 피해 버린 것이다.

"크으으! 구대문파에서! 구대문파에서 우리와 무슨 원한이 있기에?"

곽무한은 활활 타오르는 눈빛으로 죽립인들을 노려봤다.

그때 한 사람이 앞으로 나섰다.

"호호호. 이놈! 구대문파만 나선 게 아니다! 우리도 있다!"

악무달이었다.

곽무한은 머리 속에 폭발이 일어나는 기분이었다.

"이놈! 금년 오늘이 네놈 제삿날이다!"

악무달은 그 말을 남기고 슬쩍 뒤로 빠졌다.

"좋다! 구대문파도 좋고 웅풍산장도 좋다! 너희는 오늘 아무도 살아나가지 못한다!"

곽무한은 피눈물을 삼키며 도를 겨눴다.

우우우우웅!

혈뢰도가 울었다.

그러나 곽무한의 표정이 순간적으로 일그러졌다. 비록 독기를 해소했다지만, 아직도 본신 공력을 완전히 회복하지 못한 상태인데다가 혈음고가 꿈틀거린 때문이었다.

곽무한은 약세를 보이지 않으려 이를 악물었다.

그때 귀를 찌르는 서늘한 목소리가 들려왔다.

"후후후! 놈! 기개가 가상하군! 네놈의 목은 이 몸, 청풍협께서 베어주마!"

대회의실에서 자신에게 서늘한 검기를 뿌렸던 그자였다.

"후후후! 안 그래도 찾아가려 했었지!"

곽무한은 차가운 미소를 지으며 성큼 한 발을 앞으로 내디뎠다.

"웃기는 놈이군! 주제에 기는 죽기 싫단 말인가?"

남궁하진은 입 꼬리를 비틀며 마주 나아갔다. 바로 그 순간,

"타핫!"

기합성과 함께 놈의 도가 날아왔다.

"풋! 가소로운!"

남궁하진은 코웃음을 쳤다.

역시 수적답게 단조로운 도법이었다. 그저 횡으로 휘두르는.

그러나 남궁하진은 냉철했다.

명가의 후손답게 자신의 절초 중 극쾌와 극강의 힘을 고루 갖춘 섬(閃)의 초식을 펼쳤다.

콰콰콰콰콰!

쐐애애애액!

두 가닥의 검기가 서로를 향해 날았다. 그러나 격돌 직전, 남궁하진의 표정이 창백하게 변해 버렸다.

콰콰콰콰콰!

저 소리, 저 빛깔!

상상을 초월하는 힘이었다. 도기가 아니라 도막 수준이었다.

"흡?"

남궁하진은 순간적으로 힘을 분산해 신형을 허공으로 띄웠다.

콰콰콰콰콰콰!

거대한 도막이 발끝을 아슬아슬하게 스치고 지나갔다. 그러나 뒤이어 터져 나온 비명성에 남궁하진의 인상이 잔뜩 일그러졌다.

"크헉!"

"으아악!"

자신이 도세를 피하는 바람에 뒤에 있던 수하들이 당한 것이다.

"이노옴!"

상처 입은 자존심인가?

남궁하진은 찢어질 듯한 기합성으로 눈 아래의 곽무한을 향해 붕(崩)의 초식을 뿌렸다.

꽈르르릉!

마치 해일 같은 검세!

곽무한은 이를 악물었다.

"타합! 폭풍멸절!"

두 가닥 기파가 정면으로 부딪쳤다.

콰콰콰콰쾅!

엄청난 굉음이 터지고 두 사람의 신형이 정신없이 뒤로 튕겨났다.

“크으윽!”

“으으음!”

남궁하진은 피를 울컥울컥 토하고 있었고, 곽무한은 창백한 낯빛으로 다시 도를 세우고 있었다. 곽무한은 극도의 인내심으로 들끓는 진기를 억눌렀다. 그리고 남궁하진을 향해 재차 몸을 날리려 했다. 바로 그 순간,

“소공자께서 위험하다!”

갑자기 십여 줄기의 살기가 날아들었다.

곽무한은 순간적으로 위기를 느껴, 빙글 몸을 돌려 날아드는 십여 줄기의 검세를 받았다. 그런데 그때,

“타하압! 창궁만리파, 멸(滅)!”

등 뒤에서 끔찍한 살기가 날아들었다. 피를 토하고 있던 남궁하진이었다.

“아… 비겁하다!”

저 뒤쪽에 있던 아미승들에게서 탄식성이 흘러나왔다.

곽무한은 이를 악물었다.

초식을 변환하고 싶었지만 이미 늦어버렸다.

“끼야아아압!”

곽무한은 괴성을 터뜨리며 회오리처럼 신형을 회전시켰다.

카카카카카칵!

서거걱!

몇 개의 상반된 음향이 흘러나왔다.

“아!”

아미승들에게서 아쉬움과 경탄이 범벅된 신음성이 새어 나왔다.

“크으윽!”

곽무한은 등판이 쩍 갈린 채 바닥에 무릎을 꿇고 있었다. 그러나 그에게 쇄도하던 십여 명의 남궁세가 무인들은 태반 이상이 허리가 두 토막 난 상태로 쓰러져 버렸다. 남궁하진은 다시 피를 울컥울컥 토하며 땅바닥에 주저앉아 있었다.

“크으으… 신병이기라니…….”

남궁하진의 입에서 원독 어린 목소리가 흘러나왔다.

그랬다.

곽무한은 극쾌의 신법을 동원한 임기응변과 혈뢰도 덕분에 위기를 넘긴 것이었다.

“지금이야! 모두 저놈을 쳐!”

악무달이 나선 것은 바로 그때였다.

“야하압!”

웅풍산장의 무인들은 일제히 곽무한에게 날아들었다.

무려 백여 명에 이르는 무인들이 한꺼번에 날아오르는 모습은 무척 장관이었다. 그러나 당하는 입장에 있는 곽무한은 눈앞이 캄캄할 지경이었다. 바로 그 순간, 곽무한의 뇌리에 떠오른 초식.

“참―마―뢰!”

무슨 힘으로 일어났으며, 또 무슨 힘으로 땅을 박찼을까?

허공으로 치솟은 곽무한의 입에서 쩌렁쩌렁한 기합성이 터져 나왔다.

바로 그 순간,

번쩍, 번쩍, 번쩍!

수백 가닥의 혈광이 섬광처럼 사방을 쓸어갔다.

“으아아아! 피해!”

“끄아아악!”

“맙소사!”

참경이었다.

멀찍이 떨어져서 구경하고 있던 아미승들은 자기도 모르게 눈을 질끈 감았다.

순식간에 그물처럼 터져 나온 빛.

그 빛에 닿은 웅풍산장의 무인들마다 온몸이 쩍쩍 갈라진 상태로 생을 마감하고 말았다.

실로 믿을 수 없는 광경이었다.

구대문파 이하 각 명문가의 무인들은 눈앞의 참경을 보고 모두 넋을 잃고 말았다.

“크으으… 쿨럭, 쿨럭! 뭣들 하나? 어서, 어서 몸을 피해!”

비틀거리며 일어서는 곽무한의 입에선 연신 검은 핏덩어리가 게워지고 있었다. 그러나 그는 그 상태에서도 수하들을 향해 절규를 토해냈다.

“총채주!”

“크흐흑! 총채주! 총채주께서 먼저 몸을…….”

자신들에게 있어 신이나 마찬가지인 곽무한이다.

그런데 저런 처참한 상태라니? 그 가운데서도 그런데도 자신들더러 먼저 도망가라니?

지렁이와 무견 등은 피눈물을 흘리며 곽무한에게 다가가려 했다. 그러나 그들은 몇 걸음도 채 움직이지 못했다.

"뭣들 하시오? 이때요! 모두 공격!"

다시 한 번 터져 나온 남궁하진의 명 때문이었다.

파파파팟!

쐐애애액!

주변에 있던 무인들이 곽무한과 수룡채들을 향해 다시 공격을 개시했다.

"아아! 이건 너무하군!"

그 모습을 본 몇몇 구대문파들은 눈살을 찌푸리며 뒤로 물러섰다.

"크으으… 이놈들!"

지렁이 등은 피가 나도록 입술을 깨물며 그들과 부딪쳐 나갔다.

그러나 실력의 차이가 너무 컸다.

그들의 상대는 일반 수적이 아니라 강호의 정통 무인, 그중에서도 최상위에 속한다는 무인들이었다.

"으아악!"

조환이 가장 먼저 쓰러졌다.

그는 죽음이 원통했던 듯 하얗게 눈을 까뒤집으며 죽어갔다.

뒤이어 악중광이 전신이 난자된 채 상대 무인과 함께 동귀어진했으며, 왕패는 자신이 던진 쇠구슬에 자기 이마가 꿰뚫린 채 쓰러졌다. 물론 그의 쇠구슬에 당한 시체도 두 구 있었지만……

"푸헉! 끄으… 총채주……. 무한아… 도망… 쳐……."

무견 역시 쓰러졌다.

무견은 세 명의 무인을 베어버린 후, 실로 오랜만에 곽무한의 이름을 부르며 죽어갔다.

이제 남은 사람은 곧 쓰러질 듯한 지렁이 하나뿐.

그러나 그는 이미 양팔이 잘리고 두 눈이 뚫려 있었다.

이미 회생 불능의 상태.

그러나 지렁이는 그 상태에서도 악착같이 곽무한 쪽으로 다가오고 있었다. 그 모습이 어찌나 처절했던지 그를 막아섰던 구대문파 무인들이 앞을 틔워주었다.

"지… 렁이……."

곽무한은 지렁이를 껴안으며 눈물을 주르륵 흘렸다.

"끄그극! 총채주! 분하고 원통합니다! 오늘이 백일 축하연만 아니었더라면… 삼두점 이탁과 독심환 추단, 무적쌍부 곽패만 있었더라도 놈들을… 놈들을 모두……."

지렁이는 이미 숨이 끊기기 직전이었다.

그는 한 서린 목소리를 토해내다가 갑자기 사지를 부들부들 떨며 고개를 움직였다. 그는 경련을 일으키며 필사적으로 곽무한 쪽으로 고개를 움직이려 하고 있었다.

곽무한은 그의 의도를 알아차렸다.

그는 지금 자신에게 마지막 유언을 남기려 하고 있었다.

곽무한은 뺨을 푸들푸들 떨며 그에게 귀를 가져갔다.

"총채주… 무한… 끄르륵… 푸우… 부탁… 애원… 제발 도망… 도망… 그리고 복수, 이 복수를……."

지렁이는 떠듬떠듬 몇 마디를 남긴 채 힘없이 고개를 떨어뜨렸다. 바로 그 순간, 곽무한의 눈에서 피눈물이 쏟아지며 절규성이 터져 나왔다.

"으아아아아아아!"

　그와 동시에 곽무한의 전신에서 폭풍 같은 회오리가 치기 시작했다.

　눈앞에서 죽어가는 수하의 모습을 본 곽무한, 그가 전신공력을 일으킨 것이다.

　곽무한의 눈에서 시뻘건 화염이 치솟고, 이마에서 번갯불 같은 빛이 번쩍였다.

　"죽일 것이다! 이 자리에 있는 모두를 죽여 버릴 것이다!"

　피눈물을 흘리며 내뱉는 으스스한 목소리.

　곽무한을 포위한 무인들은 모두 움찔 몸을 떨었다.

　서서히 치켜지는 곽무한의 도.

　보기에도 섬뜩한 광채가 일 장여나 뻗어 나왔다.

　"헉! 도강! 무려 일 장에나 달하는 도강이라니?"

　무인들은 일이 심상치 않음을 알고 주춤주춤 뒤로 물러났다.

　거기엔 남궁하진도, 악무달도 예외는 아니었다.

　"으으으!"

　곽무한의 기파에 압도당해 뒤로 물러서던 남궁하진은 지금 이 순간이 자신의 절체절명의 위기란 것을 느꼈다. 그는 하얗게 질린 얼굴로 검을 세우며 뒤를 향해 고함을 질렀다.

　"구대문파에서는 뭣들 하시오? 일이 이 지경인데도 뒷짐만 지실 생각이시오?"

　사력을 다해 고함친 게 통했을까?

　멀찍이서 구경하고 있던 구대문파의 무인들이 어쩔 수 없다는 듯 하나둘 합류하기 시작했다. 그리고 결국에는 아미파의 고수들까지 한숨을 내쉬며 곽무한을 에워쌌다.

건드리면 곧 폭발할 것만 같은 팽팽한 긴장 상태.

"죽인다! 모두 죽인다!"

급기야 곽무한의 도가 하늘 높이 세워지기 시작했다. 그와 동시에 곽무한의 전신이 폭풍을 만난 듯 떨기 시작했다.

곽무한을 에워싼 무인들은 모두 극도의 긴장으로 전신공력을 돋우기 시작했다.

바로 그때였다.

"으아앙!"

곽무한의 귀에 모기가 앵앵거리는 듯한 아기 울음소리가 들렸다.

그리고 뒤이어 들려오는 소리.

"아악! 이거 놔!"

바로 그 순간, 곽무한의 신형이 벼락을 맞은 듯 떨렸다.

"매옥! 내 아들!"

곽무한의 신형이 부들부들 떨리더니 돌연 어느 한쪽을 향해 섬전처럼 날아갔다.

"앗! 놈이 달아난다!"

남궁하진은 순간적으로 전신의 힘이 쭉 빠지는 것을 느꼈다. 그러나 이내 극도의 위기감을 느꼈다. 그는 상처 입은 호랑이였다. 절대 밀림으로 되돌려 보내면 안 되는 무시무시한 야수였다. 그런 생각을 가진 건 남궁하진뿐만이 아니었다. 악무달도 마찬가지였다.

"놈을 놓쳐서는 안 되오! 절대 놓쳐서는 안 되는 놈이오!"

두 사람의 입에서 거의 동시에 터져 나온 고함이었다.

보란 듯 그들이 먼저 몸을 날리자 소속 무인들이 그 뒤를 따랐다. 잠시 한숨을 내쉬던 구대문파의 무인들도 결국 그들의 뒤를 따랐다.

"하아… 삭초제근이라……. 뿌리까지 뽑아야 한다는 말인가?"

묘화선자는 탄식성을 흘리며 사제들에게 눈짓을 했다.

파파팟!

마지막까지 남아 있던 아미파마저 떠나고 나자 수룡채의 연무장은 곧 즐비한 시체만 가득했다.

휘우웅…….

삭막한 겨울바람이 시체들의 옷깃만 스치고 지나갈 무렵, 텅 빈 연무장에 수십 개의 그림자가 불쑥 나타났다.

그들은 모두 검은 복면에 두툼한 장갑을 낀 무리들, 사천당가의 혈우단이었다.

"으음… 결국 우려하던 최악의 상황으로 치닫고 말았군……."

복면인들 중 선두에 선 자가 까마귀 우짖는 소리로 중얼거렸다.

그는 곽무한이 사라진 방향을 쳐다보다가 등 뒤로 고개를 돌렸다.

"모두 복면을 벗어라! 상황이 발생하면 우리가 나선다!"

"존명!"

혈우단의 독인들은 까마귀 목소리를 지닌 자에게 극공의 예를 표하며 복면을 벗었다.

사천당가에서 혈우단에게 극공의 예를 받는 사람은 단 두 사람뿐이었다.

당금 사천당가의 가주와 혈우단의 단주.

사천당가의 가주인 추혼나백 당장욱은 까마귀 목소리를 지니지 않았다. 그러니 지금 나타난 사람은 당가의 숨은 힘을 좌지우지한다는 혈우단주, 독마 당무극이었다.

"가자!"

당무극이 몸을 날리자 혈우단들이 그 뒤를 따랐다.

푸스스…….

그들이 사라지고 나자 그토록 즐비하던 연무장의 시체가 흔적조차 없이 사라져 버렸다. 엄밀히 말하자면 사라진 것이 아니라 녹아버린 것이었지만.

*　　　*　　　*

곽무한의 눈은 더 이상 커질 수 없을 만큼 커져 있었다.

"장직! 네가… 네가……."

도저히 믿어지지 않는다는 표정으로 턱까지 덜덜 떠는 곽무한.

장직은 곽무한을 보며 통쾌한 웃음을 터뜨렸다.

"곽무한! 네게도 이런 날이 올 줄은 꿈에도 몰랐지? 크하하하!"

장직은 광소를 터뜨리는 와중에도 매옥의 목을 꽉 움켜쥐고 있었다.

"오라버니……."

매옥은 사색이 된 표정으로 곽무한을 쳐다보고 있었다. 그리고 매옥의 품에 안긴 아기는 자지러질 듯 울음을 터뜨리고 있었고, 청랑은 언제 당했는지 옆구리에 피를 흘리며 꿈틀거리고 있었다.

"호호호. 이놈의 애새끼 때문에 틀려 버렸어. 그래도 하나뿐인 고향 친구라 마음에 상처를 주지 않고 한적한 곳에서 처리하려고 했는데 말이야! 애새끼가 워낙 울어야 말이지? 덕분에 이 빌어먹을 년도 자꾸 너를 찾으며 찔찔 짜고 말이야. 그래서 결국 이 계곡으로 오고 말았군. 미안해, 친구. 네게 피눈물을 흘리게 만들어서……."

장직은 말과는 달리 기분 좋아죽겠다는 표정을 지었다. 그는 한 손에 든 비도로 매옥의 뺨을 슬슬 건드리며 곽무한에게 조소를 보냈다.

"이놈! 이 악마 같은 놈! 그 더러운 손 떼지 못해?"

곽무한은 핏발 선 눈으로 장직을 노려봤다. 그러나 아이와 매옥이 동시에 잡혀 있어 그 어떤 행동도 취하지 못하고 그저 몸만 푸들푸들 떨고 있었다.

구대문파의 무인들과 남궁세가 등이 도착한 것은 바로 이때였다.

"오오! 협사는 누구시오?"

"으음… 인질을……."

세가의 무인들은 장직을 향해 찬탄을 보냈고, 구대문파의 무인들은 짐짓 눈살을 찌푸렸다.

"저는 장직이라고, 이놈의 강요와 협박에 못 이겨 본의 아니게 수적질을 하게 된 몸이지요. 그러나 여러 협객들께서 오시는 바람에 제 평생의 한을 풀게 됐습니다. 저 빌어먹을 개자식이 강제로 제 아내를 욕보이고 처참히 죽여 버렸지요. 제가 이 계집을 인질로 잡고 있는 이유는 바로 그 때문입니다. 비록 치졸하게 보일진 몰라도 아내를 잃은 제 심정을 헤아려 주시길……."

교활한 혓바닥이었다.

그러나 진위 여부는 아무도 알 수 없는 것.

가뜩이나 곽무한의 무위에 질려 있던 세가의 무인들. 삽시간에 그들의 눈길이 싸늘해졌다.

"역시 패악만을 일삼는 수적패의 괴수답구나! 다 자업자득이다!"

남궁하진은 곽무한을 에워싸며 조롱을 퍼부었다.

"거짓말이야! 다 거짓말이에요. 흑흑흑."

매옥은 너무 기가 막혀 울음을 터뜨렸다. 그러나 너무 기가 막히고 분노가 치미는 거짓말이어서 제대로 된 설명조차 못하고 펑펑 울기만 했다.

"이노오옴! 이 치사하고 더러운 놈!"

곽무한 역시 사지만 덜덜 떨 뿐 아무런 변명을 않았다.

그때 장직의 눈이 사악하게 빛났다.

"네게 마누라와 자식을 살릴 기회를 주마! 도를 버리고 무릎을 꿇어라! 그래서 저 협객들에게 네가 저지른 그동안의 죄과를 받아라! 그럼 네 자식과 마누라는 살려주마! 어떠냐?"

"크으으윽!"

어찌나 분하고 원통했던지 꽉 깨문 곽무한의 입에서 피가 흘러내렸다.

"셋까지 세겠다. 그래도 무릎을 꿇지 않는다면 내가 당한 것처럼, 아니, 내가 당한 것보다는 못하지만 네 마누라와 아이의 목숨을 끊겠다. 이놈, 곽가야, 잔머리는 굴리지 마! 내 성질은 네가 더 잘 알고 있겠지?"

바로 그때였다.

장직이 느물거리며 곽무한을 협박하는 바로 그때였다.

"오라버니! 안 돼요! 절대 안 돼요!"

매옥이 갑자기 비장한 목소리로 외쳤다. 그와 동시에 뒤통수로 장직의 코를 들이박았다.

"아앗! 이년이?"

장직은 본능적으로 위기를 느끼며 재차 매옥의 목을 붙잡았다. 그걸 본 곽무한의 눈에 불똥이 튀며 팔뚝에 시퍼런 힘줄이 돋았다. 그러나

바로 그 찰나의 순간,

"청랑! 아기를 부탁해!"

매옥의 입에서 애절한 고함 소리가 터져 나오며 아기가 청랑이 있는 쪽을 향해 날았다. 바로 그 순간, 폭발하듯 곽무한의 신형이 날았으며, 그와 동시에 곽무한을 주시하고 있던 무인들이 날아올랐다. 모두 동시에 일어난 일이었다.

이때 모두가 예상치도 못한 일이 벌어졌다.

크와앙!

피를 흘리며 죽은 듯이 쓰러져 있던 청랑.

갑자기 무슨 힘이 났는지 매옥이 던진 아이를 받아 물고는 바람처럼 계곡 우측으로 달렸다.

"앗?"

"청랑!"

"저런!"

모두가 돌변한 상황에 놀라 경악성을 토해내는 순간,

"아아악!"

비단 폭 끊어지는 비명 소리가 터져 나왔다.

이미 만사가 글렀다는 것을 직감한 장직이 안간힘을 다해 매옥의 심장을 찔러 버린 것이다.

"매—옥!"

바로 그 순간 곽무한의 입에서 비통한 절규가 터져 나왔고, 동시에 혈뢰도가 시뻘건 광망을 토해냈다.

"끄아아악!"

순식간에 장직의 양팔이 잘려져 나가고, 어느새 곽무한의 신형이 장직의 눈앞에 나타났다.

"이노오오오옴!"

곽무한의 입에서 상처 입은 야수의 외침이 터져 나오며 장직의 사지가 수십, 수백 조각으로 나누어져 버렸다.

"끄그그그……."

장직은 미처 비명조차 못 내뱉고 어육덩어리로 변해 버렸다.

"매옥! 매옥!"

곽무한은 장직을 베자마자 매옥의 시신을 끌어안고 피눈물을 흘렸다.

이미 싸늘하게 식어버린 매옥의 시신.

그러나 굳어버린 그녀의 눈동자는 아기가 사라진 방향만을 보고 있었다.

"크흐흐흐흑!"

곽무한은 통곡을 터뜨렸다.

그러나 상황은 마음 편히 울고 있을 여유를 주지 않았다.

찰나간에 벌어진 비극 때문에 몸을 멈칫 세운 무인들, 그중 남궁하진의 입에서 쩌렁쩌렁한 고함 소리가 나왔다.

"지금이요! 지금이 놈을 잡을 절호의 기회요!"

남궁하진은 고함 소리가 채 끝나기도 전에 곽무한의 등을 향해 검을 날렸다. 그 순간, 악무달은 청랑이 사라진 방향으로 몸을 날렸다.

"놈의 아들도 잡아야 하오! 그 애는 우리가 잡겠소!"

두 사람의 신형이 움직이자 주변에 있던 무인들이 덩달아 몸을 날렸다.

일부는 남궁하진의 뒤를 따랐으며 일부는 악무달의 뒤를 따랐다.

구대문파의 무인들은 어정쩡한 상태로 막 신형을 움직이려 했다.

바로 그때였다.

"끄아아아아아!"

곽무한의 입에서 상처 입은 야수의 절규성이 터져 나왔다. 그리고 곧 그보다 더 엄청난 기합성이 뒤를 이었다. 마치 천지를 뒤흔들 듯한 기합성이었다.

"단—천—뢰!"

곽무한을 향해 검을 날리던 무인들은 자기도 모르게 귀를 틀어막고 말았다. 반면 뒤늦게 몸을 날리려던 구대문파의 무인들은 모두 눈을 질끈 감고 말았다.

고오오오오오!

끔찍했다.

엄청난 혈광이었다.

강기(罡氣)로 이루어진 무시무시한 빛덩어리가 방원 삼 장여를 뒤덮었다. 그리고 그 위력은 모두의 상상을 초월하고 말았다.

퍼퍼퍼퍼퍽!

곽무한의 등을 노리고 날아들던 남궁하진이 순식간에 핏물로 화해 버렸다. 그 뒤를 따르던 몇 사람의 몸도 마찬가지였다. 그 모습을 본 누군가가 필사적으로 몸을 빼며 목이 터져라 소리쳤다.

"도강이다! 모두 사력을 다해서 막아야……."

그러나 그의 목소리는 채 맺지도 못하고 사라져 버렸다.

목소리의 주인공이 산산이 터져 버렸으니 당연한 일이었다.

혈광의 위력은 그때부터 시작이었다.

벽라대제가 남긴 뇌정도법의 두 번째 초식.

극성으로 펼친다면 방원 십 장여를 강기로 초토화시켜 버린다는
그 단천뢰였다. 비록 삼성 정도의 위력에 불과한 단천뢰라지만, 이
자리에 있는 그 누구도 벼락처럼 쇄도하는 도강을 막아낼 수는 없었
다.

쿠콰콰콰콰콰쾅!

"으아아악!"

"크흑!"

"*끄아아악!*"

번천지복의 굉음과 함께 혈광이 미치는 곳마다 단말마의 비명 소리
가 흘러나왔다.

그러나 비명을 지를 수 있는 자들은 그나마 고수 축에 속하는 자들
이었다. 대부분은 비명 소리조차 제대로 못 지르고 전신이 쩍쩍 갈라
진 채 피분수를 뿜으며 쓰러지고 말았다.

"으으으… 저, 저럴 수가?"

그나마 문파의 위신을 생각해 멀리서 구경하고 있던 점창파와 아
미파의 무인들은 눈앞에서 벌어진 이 끔찍한 참경에 놀라 모두 굳어
버리고 말았다. 그러나 그들은 곧 안간힘으로 움직일 수밖에 없었
다.

"크크킄! 모두… 모두 죽일 것이다! 모두 죽여 버릴 것이다!"

입으로는 끊임없이 피를 흘리며, 거기에 더하여 눈과 코, 귀에서까
지 피를 철철 흘리며 다시 일어서는 곽무한 때문이었다.

"으으으… 악귀, 악귀 같은 자다!"

지금 이 순간에는 구대문파의 체면이고 뭐고 가릴 겨를이 없었다.

살아남은 자들은 모두 기가 질려 손가락 하나 까딱할 수 없었다.

"심마! 심마 상태다! 공력을 극성까지 끌어올려 심마에 빠진 상태다!"

묘화선자는 등에 식은땀이 흐르는 것을 느꼈다.

그녀는 곽무한의 상태를 정확히 알아차렸다.

활활 타오르는 눈동자, 올올이 곤두선 머리카락. 거기에다가 점점 강한 광채를 뿜기 시작하는 강기.

그는 지금 전신 진기를 끌어올리다 못해 진원지기까지 동원하는 바람에 심마에 빠져 있었다. 곧 그에게서 자폭하듯 토해지는 최악의 초식이 뿜어져 나올 것이다.

그때였다.

모두가 다가올 죽음을 기다리며 멍한 눈빛으로 굳어 있는 바로 그때,

크르릉! 크아앙!

멀리서 청랑의 애절한 울부짖음이 들려왔다.

바로 그 순간, 거짓말처럼 곽무한의 눈빛이 돌변했다.

활활 타오르는 곽무한의 눈빛에 피투성이가 되어 달아나고 있는 청랑이 들어온 것이다. 그리고 청랑의 입에 물려져 있는 강보가 들어온 것이다.

"으앙, 으앙!"

환청처럼 들려오는 아기 울음소리.

"으아아아아아아아!"

곽무한은 괴성을 터뜨리며 신형을 날렸다.

쐐애애애애액!

바람 소리가 한참이 지나서야 들릴 정도로 벼락같은 신법이었다.

"으으으……."

"세, 세상에 저럴 수가?"

지옥 문턱에 들어섰다가 겨우 살아남은 사람들. 그들은 곽무한의 신법을 보고, 뒤이어 전개된 그의 신위를 보고 그저 입만 쩍 벌리고 있었다.

쿠콰콰콰콰콰!

거대한 암벽이고 아름드리 나무고 소용이 없었다.

곽무한의 도에서 뻗어 나온 혈광이 미치는 곳마다 산산이 부서져 나갔다. 그 끔찍한 혈광은 웅풍산장의 무인들이라고 해서 피해가지 않았다. 그들 역시 핏물만을 흔적으로 남긴 채 형체조차 없이 사라져 갔다.

"헉!"

살아남은 자들은 다시 경악성을 터뜨리며 굳어버렸다.

이미 눈동자가 하얗게 뒤집힌 곽무한.

그의 신형이 돌아서더니 자신들을 보고 있었기 때문이다.

그는 달아난 청랑, 정확히 말하자면 자기 아들을 물고 사라진 청랑을 보호하려는 듯 두 발을 지면에 굳게 박은 채 도를 세워 들고 있었다.

이미 진원지기를 상해 칠공으로 시커먼 피를 토하는 곽무한.

구대문파의 무인들은 모두 그의 상태가 치명적임을 알아차렸다. 그러나 그 누구도 움직이는 사람이 없었다.

화르르르르!

하늘을 떠받치듯 굳게 선 그의 도에서 아직도 시뻘건 화염이 쏟아지고 있었기 때문이다.

*　　　*　　　*

아직 먼동이 트려면 이른 새벽.

정적만이 흐르는 낮은 언덕.

초라한 모옥이 달빛을 맞으며 외로이 서 있다.

먹구름이 살짝 달빛을 비켜나 환한 달빛이 모옥을 비추는 순간,

"콜록, 콜록"

모옥 안에서 잔기침 소리가 흘러나왔다. 그러자 모옥 안에서 부스럭 거리는 소리가 나는가 싶더니 조용한 목소리가 흘러나왔다.

"할아버지… 잠시 일어나셔서 이 약을 드시고 다시 주무세요."

맑고 투명한 목소리였다. 그 목소리가 흘러나온 후 잔기침 소리가 잦아들고 모옥은 다시 정적에 잠겼다.

얼마간의 시간이 지났을까?

달빛이 다시 한 번 모옥을 비춘 순간,

삐이꺽!

낮은 마찰음과 함께 모옥 문이 열렸다.

"하아… 할아버지의 병세가 너무 깊어졌구나……."

나직한 한숨을 흘리며 달빛을 바라보는 소녀.

그녀는 얼굴 가득 수심을 드리운 설아였다.

"마음 공부를 중단한 탓일까? 오늘따라 왜 이리 잠도 오지 않고 번 잡스러운지……."

설아는 휘영청한 달빛을 보며 나직이 한숨을 내쉬었다.

설아는 얼마 전 적취협을 떠나 모옥으로 돌아와 있었다.

적취협에 낯선 사람들이 보여 마음 공부에 방해가 된 때문이었다.

오욕칠정을 끊어버리고 인적이 드문 곳에서 수련해야 하는 태청현단공. 막 팔성의 경지를 넘어 구성에 다다르려는 순간 집중력이 깨져 버린 것이다.

다시 집중하려 했지만 이미 물거품처럼 사라져 버린 깨달음.

더구나 자신의 애틋한 추억이 어린 그곳에 낯선 사람들의 모습이 보이자 설아는 마음이 흔들려 버렸다.

오랜만에 대하는 사람들.

그들을 보자 한동안 묻어두었던 그리운 얼굴이 떠오른 것이다.

설아는 며칠을 고민하다가 그곳을 떠났다.

더 이상 그의 얼굴을 떠올리기 싫어서였다.

그를 떠올리면 떠올릴수록 가슴이 아파 견딜 수가 없었기에.

채 노인은 돌아온 설아를 보고 아무것도 묻지 않았다.

그저 노안을 적시며 가슴 깊이 안아주었을 뿐이었다.

설아는 그때 알아차렸다.

조부의 노환이 골수에까지 드리웠음을.

설아는 그때부터 조부의 병구완에 힘썼다.

오늘도 마찬가지로 조부의 기침 소리를 듣고 잠에서 깼다.

조부에게 약을 먹인 후 잠자리에 들었으나 종내 잠이 오지 않았다.

그러다가 설핏 잠이 들었는데, 기이한 소리가 들려와 눈을 떴다.

쫘악, 쫘악!

가슴이 진탕되는 소리였다. 그리고 눈앞이 아찔한 장소였다.

아련한 기억 속의 그 소리였고, 심혼에 새겨진 그 자리였다.

"으음……."

설아는 자신도 모르게 신음성을 흘렸다.

그날 그 자리처럼, 까무잡잡한 피부의 앳된 소년이 벌거벗은 채로 채찍을 맞고 있었다.

그였다.

과거의 그날처럼 그가 채찍을 맞으며 사지를 비틀고 있었다.

그의 등에서 튀어 오르는 피가 망막에 선연히 맺혔다.

"아아……."

설아는 가슴이 찢어질 듯 아파와 자리에 주저앉고 말았다.

심장이 깨지고 전신이 해체되는 느낌이었다.

그가 겪는 고통이 고스란히 전해져 왔다.

매옥은 떨리는 손으로 약병을 찾았다.

그러나 자꾸만 약통을 떨어뜨리고 마는 바보 같은 자신.

설아는 안타깝고 서러워 눈물이 났다.

"이를 어째? 이 일을 어째?"

설아는 발을 구르며 울다가 잠에서 깼다.

꿈이었다.

그러나 마치 현실처럼 선명한 꿈이었다.

"하아… 이미 잊은 사람이거늘… 잊어야 하는 사람이거늘……."

설아는 장탄식을 흘렸다.

사문의 절기인 태청현단공을 경지에까지 익히려면 모든 감정을 죽여야 했다. 그런데 이런 꿈이라니?

"이게 경지에 다다르기 전에 꼭 한 번은 온다는 그 심마인가?"

설아는 달빛을 쳐다봤다.

그러나 이상했다.

가슴이 쿵쿵 뛰었다.

알 수 없는 불안감으로 미칠 것만 같았다.

"심마야! 이건 심마야!"

설아는 입술을 잘근 씹으며 돌아섰다.

삐이걱!

낮은 마찰음과 함께 설아의 신형이 모옥 안으로 사라졌다.

사위는 다시 고요한 적막에 잠겼다.

시간이 흐름에 따라 먹구름이 다시 달빛을 가렸다.

그때였다.

덜컥!

굳게 닫혔던 모옥 문이 다시 열렸다.

"불길해! 너무 불길해! 예전에도 이런 적이 있었어!"

먹구름 아래 선 설아의 신형이 가늘게 떨렸다.

억지로 잠자리에 들려던 설아의 뇌리에 불현듯 과거의 그 비극적인 장면이 떠올라 자리를 박차고 나온 것이다.

사방이 시뻘겋게 변하고 파리하게 식어가던 그의 모습.

그 바람에 결국 그와 이별하게 되었지만, 그날과 똑같은 증세였다.

"아닐 거야! 이번엔 아닐 거야! 그러면 안 돼! 그가 그런 일을 겪으면 절대 안 돼!"

설아는 눈물을 글썽이다가 결국은 가부좌를 틀고 자리에 앉고 말았다.

다시는 쓰지 않겠다고 결심했던 현현원영공.

시전할수록 수명이 줄어든다는 그 신공을 다시 펼치고야 마는 설아였다.

"아아악!"

설아는 현현원영공을 시전하자마자 비명을 지르며 벌떡 일어났다.

설아의 얼굴은 창백하다 못해 하얗게 질려 있었다.

"이럴 수가? 그의 느낌이… 그의 느낌이 잡히지가 않아!"

비명처럼 터져 나온 설아의 외침.

설아는 마치 정신이 나간 사람처럼 손발을 덜덜 떨었다.

눈에서는 끊임없이 눈물이 흐르고 입술에서는 망연한 중얼거림만 계속되었다.

"그가… 그가 죽어가고 있어! 아니, 이미 죽어버렸을 수도 있어! 우아이아앙!"

설아는 눈물을 펑펑 흘리며 발을 구르다가 급히 두 손을 모았다.

"아이아이아!"

설아의 입에서 기음이 흘러나왔다.

백아를 부르는 소리였다.

그러나 이토록 처절하게 부른 적은 처음이었다.

마치 짝을 잃은 외기러기가 고개를 파묻고 우는 듯한 구슬픈 소리였다. 그런 소리였기 때문일까?

끼아아아!

그토록 게으른 백아가 섬전처럼 날아왔다.

"백아! 어쩌면 좋아! 그가… 그가… 우와앙!"

설아는 꺽꺽 울며 정신없이 백아의 등에 올랐다.

백아의 등에 오르고도 설아는 아무 말도 못한 채 손발을 떨며 울고만 있었다.

꾸르륵!

백아는 제 주인의 심경을 알아차린 듯 방향을 잡았다.

그곳은 바로 곽무한의 혼인식을 훔쳐보며 설아가 눈물을 뿌리던 곳, 칠반산이었다.

『장강수로채』 7권에 계속…

청 어 람 신 무 협 판 타 지 소 설

「Go! 무림판타지」를 점령한
최고의 인기와 화제를 뿌리는 대작!

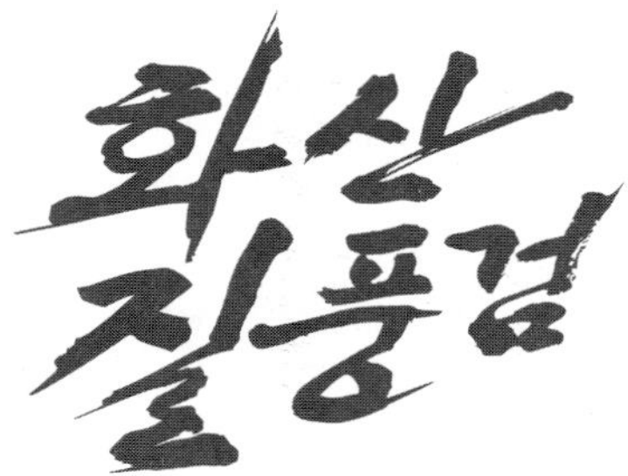

화산질풍검(華山疾風劍) / 한백림 지음

화산에는 질풍검이 있고 무당에는 마검이 있으니, 소림에는 신권이 있어 구파의 영명을 드높인다.
육가에는 잠룡인 파천과 오호도가 있고, 낭인들은 그들만의 왕이 있어 천지에 제각기 힘을 뽐내도다.

겁난의 시대에 장강에서 교룡이 승천하니, 법술의 환신이 하늘을 날고,
광륜의 주인이 지상을 배회하며, 천룡의 의지와 살문의 유업이 강호를 누빈다.
천하 열 명의 제천이, 도래하는 팔황에 맞서 십익의 날개를 드높이고…
구주가 좁다 한들, 대지는 끝없이 펼쳤구나.

**"잔잔한 미풍으로 시작한 한 사람이, 천하를 질주하는 질풍이 될 때까지.
그의 삶은 그의 이름처럼 한줄기 바람과 같았다."**

청 어 람 신 무 협 판 타 지 소 설

『초일』,『건곤권』으로 유명해진 작가 백준의 신작!!

송백(松百) / 백준 지음

그녀의 검끝… 그 검끝에 닿은 그의 목젖… 목젖에 맺힌 붉은 피 한 방울.
그리고 그 피 한 방울이 흘러… 닿아버린 반쪽의 승룡패……

"당신… 누구?"

"너를 위해 살아왔다."

"…저의 과거는… 아무것도 없어요."

『초일』의 끈끈함,『건곤권』의 시원화끈함!

이번 작품 『송백(松百)』에
작가 백준의 모든 것을 걸었다!